广东青年批评家丛书

# 时代的双面
## 重读革命与文学

包莹 著

TWO SIDES OF THE TIMES

SPM 南方传媒
花城出版社
中国·广州

## 图书在版编目（CIP）数据

时代的双面：重读革命与文学 / 包莹著. -- 广州：花城出版社，2024.3
（广东青年批评家丛书）
ISBN 978-7-5749-0124-7

Ⅰ. ①时… Ⅱ. ①包… Ⅲ. ①中国文学－现代文学－文学评论②中国文学－当代文学－文学评论 Ⅳ. ①I206.6

中国国家版本馆CIP数据核字(2024)第020692号

出 版 人：张　懿
责任编辑：黎　萍　夏显夫
责任校对：李道学
技术编辑：林佳莹
封面设计：吴丹娜

| 书　　名 | 时代的双面：重读革命与文学 |
|---|---|
|  | SHIDAI DE SHUANGMIAN: CHONGDU GEMING YU WENXUE |
| 出版发行 | 花城出版社 |
|  | （广州市环市东路水荫路11号） |
| 经　　销 | 全国新华书店 |
| 印　　刷 | 广东鹏腾宇文化创新有限公司 |
|  | （广东省珠海市高新区唐家湾镇科技九路88号10栋） |
| 开　　本 | 880 毫米×1230 毫米　32 开 |
| 印　　张 | 9.125　1 插页 |
| 字　　数 | 194,000 字 |
| 版　　次 | 2024 年 3 月第 1 版　2024 年 3 月第 1 次印刷 |
| 定　　价 | 54.00 元 |

如发现印装质量问题，请直接与印刷厂联系调换。
购书热线：020－37604658　37602954
花城出版社网站：http://www.fcph.com.cn

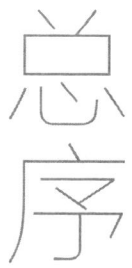

# 擦亮"湾区批评"的青年品牌

张培忠

习近平总书记在文艺工作座谈会上的重要讲话中指出："文艺批评是文艺创作的一面镜子、一剂良药,是引导创作、多出精品、提高审美、引领风尚的重要力量。"文学批评是文艺批评的重要组成部分,是文学工作的重要一环,是文学发展的重要推动力,具有引导文学创作生产、提高作品质量、提升审美情趣、扩大社会影响等积极作用。溯本追源,"粤派批评"历来是广东文学的一大品牌。晚清时期,黄遵宪、梁启超倡导的"诗界革命""小说界革命"曾经引领时代潮流,对20世纪中国文学批评影响至深。二十世纪二三十年代,钟敬文研究民间文学推动了这一文学门类的发展,是20世纪中国民间文化界的学术巨匠。新中国成立后,萧殷、黄秋耘、楼栖等在全国评论界占有重要地位,饶芃子、黄树森、黄伟宗、谢望新、李钟声、程文超、蒋述卓、林岗、谢有顺、陈剑晖、贺仲明等也建树颇丰,树立了"粤派批评家"的集体形象,也形成了"粤派批评"的独特风格,即坚持批评立场、批评观念,立足本土经验,面向时代和生活,感受文艺风潮脉动,又高度重视审美中的文化积累和文化传承，既追求批评的理论性、科学性和体系建构，注重文学史的梳理阐释，又强调批评的实践性，注重感性与诗性的个性呈现。

新时代以来，广东省作家协会加强和改进文学批评工作，弘扬中华美学精神，进行科学的、全面的文学批评，建设有影响力的文学批评阵地，营造良好的文学批评生态，在全国文学批评领域发出广东强音。10年间，积极组织文学批评家跟踪研究评析当代作家作品及文学思潮和现象，旗帜鲜明地回应当代文学发展的重大理论和实践问题，召开了一百多位作家的作品研讨会。高度重视对老一辈作家文学创作回顾研究与宣传，组织了广东文学名家系列学术研讨会，树立标杆，引领后人。创办了"文学·现场"论坛，定期组织作家、评论家面对面畅谈文学话题，为批评家介入文学现场搭建平台。接棒《网络文学评论》杂志，创办《粤港澳大湾区文学评论》杂志，中国作协主席铁凝同志为《粤港澳大湾区文学评论》题词："祝贺《粤港澳大湾区文学评论》创刊，希望这份杂志在建设大湾区的宏伟实践中，在多元文化的汇流激荡中，以充沛的活力和创造力，成为新时代中国文学理论创新、观念变革的前沿。"联合南方日报社、羊城晚报社等实施了"广东文艺评论提升计划"。推行两届文学批评家"签约制"，聘定我省22位著名文学批评家，着力从整体上打造骨干文学评论队伍，提升"粤派批评"影响力。总的来说，广东文学理论家、文学批评家思想活跃，秉持学术良知，循乎为文正道，在学院批评、理论研究、理论联系社会现实和创作实践方面，在探索文学规律、鼓励新生力量、评论推介广东优秀作家作品方面，在批评错误倾向、形成文学创作的良好氛围方面,均取得显著成绩,为繁荣我省文学事业做出了积极贡献。

2021年,为发现和培养广东优秀青年批评人才,促进广东文学理论评论多出成果、多出人才,推动新时代广东文学评论工作创新发展,广东省作协经公开征集、评审,确定扶持"'广东青年批评家丛书'出版项目"10部作品,具体为杨汤琛《趋光的书写:诗歌、地域与抒情》、徐诗颖《跨界融合:湾区文学的多元审视》、贺江《深圳文学的十二副面孔》、杨璐临《湾区的瞻望》、王金芝《网络文学:媒介、文本和叙事》、包莹《时代的双面——重读革命与文学》、陈劲松《寻美的批评》、朱郁文《在湾区写作——粤港澳文学论丛》、徐威《文学的轻与重》、冯娜《时差和异质时间——当代诗歌观察》。入选者都拥有博士或硕士学位,以扎实的专业素养、开阔的文学视野形成独到的文学品味、合理的价值判断。历经两年,这套"广东青年批评家丛书"如期面世。这批青年批评家从创作主题、作品结构、叙事方式等文学内部问题探讨作品的得失,从中国现当代作家的作品出发,从不同的审美倾向和美学旨趣出发,探讨现当代文学为汉语所积累的新美学经验,坚持以理立论、以理服人,敢于褒优贬劣、激浊扬清,有效展现了"粤派批评"的公正性、权威性、针对性和实效性。

党的二十大报告强调:"坚守中华文化立场,提炼展示中华文明的精神标识和文化精髓,加快构建中国话语和中国叙事体系,讲好中国故事、传播好中国声音,展现可信、可爱、可敬的中国形象。"构建中国文学话语和叙事体系是构建中国话语和中国叙事体系的题中应有之义,是新时代文学批评家的新使命新任务。回望西方话语体系主导世界，其实也只是并不久远的事情：在殖民主义时代之前，世界是多元并存、相互孤立的；在殖民主义时期，西方话语逐渐成为世界的主导性话语；在冷战时期，西方话语体现为美苏两大阵营的意识形态竞争；在后冷战时代，以美国为代表的西方话语一度独霸世界。当今世界和西方国家内部面临的一些挑战，包括人口危机、环境危机和文明群体之间的矛盾，都很难在西方话语框架之中找到答案。中国在大国崛起过程中产生的种种现象，仅仅通过西方话语体系也难以解释。这些反映在文学领域同样发人深省。曾几何时，一些人误将西方文学话语和叙事体系奉为圭臬，"以洋为尊""以洋为美""唯洋是从"，丧失了中国文学话语的骨气、底气、志气。伴随着西方话语体系的公信力持续下降，构建客观、公正的中国话语和中国叙事体系恰逢其时，前程远大。

　　王国维《宋元戏曲考》称"凡一代有一代之文学"。与此相对应，一个时代必然有一个时代的文学批评。在全球化的语境下，迫切需要广大作家增强主动塑造和传播中国形象的自觉意识和行动能力，既要创作精品力作、讲好中国故事，又要传播好中国声音、阐释好中国特色。对文本的创作，更加要强调信息的含量、思想的容量、情感的力量，并对文学话语体系构建的深刻性、独特性、预见性、形象性提出更高要求，在国际舆论场上和文坛上彰显中华文化软实力、中国文学话语权，塑造中华民族和平崛起、伟大复兴的大国风范和大国形象。积极构建中国文学话语和叙事体系，我们就是要在独特的审美创造中形成独特的中国风格、中国流派，不断标注中国文学水平的新高度，让世界文艺百花园还原群芳竞艳的本真景致。

在新时代中国踔厉奋进的新征程中，粤港澳大湾区建设是一道风景线。"9+2"，11城串珠成链，握指成拳，美好愿景正变为生动现实，粤港澳大湾区文学融合发展也不断升温。与此相契合，"粤派批评"正逐步向"湾区批评"升级，以大湾区海纳百川、兼收并蓄的开放姿态，契合湾区的文学地理特质，重视岭南文脉传承，坚持国际眼光和本土意识相融、前瞻视野与务实批评结合，树立湾区批评立场、批评观念，面对中国当代变革中的新鲜经验和大湾区建设伟大实践的复杂经验，善于做出直接反应和艺术判断，注重批评的理论性、科学性和体系完善，突出批评的指导性、实践性、日常性，"湾区批评"在全国的话语权逐步凸显。文学批评是一项充满挑战，也充满着诗性光辉和思想正义的事业，需要更多有志者投身其中，共同发出大湾区文学的强音。从某种意义上说，青年批评家是文学大军中最具锐气、最能创造、最会开拓进取的骨干力量，后生可畏，未来可期。

"广东青年批评家丛书"集结青年批评家接受检阅和评点，对青年批评家研究、评论成果进行宣传和评述，是一次有益的探索。希望这套丛书激发更多青年批评家成长成熟，坚持开展专业权威的文学批评，弘扬中华美学精神，倡导"批评精神"，积极探索构建"湾区批评"的审美体系和评价标准，多出文质兼美的文学批评，发挥价值引导、精神引领、审美启迪作用，不断擦亮"湾区批评"品牌。是为序。

**作者系中国报告文学学会副会长、广东省作家协会党组书记**

# 我所理解的广东现代文学

代序

包　莹

　　论文集的主要讨论对象是广东现代作家作品。根据学界惯例，这里所说的"广东现代文学"与中国现代文学三十年的时间段及具体分期保持一致。在我的阅读感受中，广东现代文学虽然时间不长，但每一个阶段的不同作家，均不约而同对他所处的时代环境做出敏捷反应，他们的作品表现出开放性与多样性。中国社会在现代时期变化剧烈，不同代际之间的作家呈现出迥然不同的艺术面貌；"五四"时期西方文艺思潮的大量译介则极大拓展了作家可师法的对象。这两方面因素对广东现代作家影响犹大。同时，广东濒临南海，沿海地区民众的生活方式与内地农村差别较大，他们对生活的直观感受也与内地农民不同，这些都在广东作家作品中有所体现。

　　广东现代作家作品最突出的特点是对现代文化经验的融汇化用。李金发、林风眠、林文铮被誉为"留法三剑客"，他们率先在象征派诗歌、现代绘画等方面进行创作尝试，并致力于中国的美育教育。留日张资平写作中国现代文坛第一部长篇小说，他早期的短篇小说《梅岭之春》等作品，虽写家乡农村故事，但充满对科学之力的信仰。梁宗岱、冯乃超、钟敬文等人在20年代均驰骋于自己感兴趣的领域。广东知识界较早译介西方哲学美学思想,杨匏安1919年在报刊连载《青年心理讲话》《美学拾零》《马克斯主义》等长文,详细介绍柏拉图、康德、费希特、黑格尔、哈特曼、马克思等十几位西方学者及其学说。谭平山、谭植棠、朱执信等人较早接触共产主义思想,他们在广东办刊写文章推行新文化,朱执信创作的对话体小说《超儿》是对"五四"个性解放问题的回应。

相对于城市化经验,农村成为广东作家笔下的重要风景。广东由三大民系构成,分别以广府文化、客家文化与潮汕文化为代表。这几个文化区不仅语言截然不同,在风俗、饮食、自然景观等方面亦有巨大差异。不同地域作家对家乡的书写,丰富了广东现代文学的人文地理性。欧阳山、草明等广府片区作家,有较为深入的广州城乡书写,较早关注打工群体;戴平万、洪灵菲、冯铿等潮汕籍作家与萧殷、楼栖、杜埃等客家籍作家,勾勒了不少家乡风景图。洪灵菲在著名的流亡小说之外,对潮汕农村的描写相当出色。为应对生活的艰难,广东农村历来有出洋谋生传统,潮汕地区称之为"过番",客家地区称之为"下南洋",广府地区更有大量华工乘坐猪仔船漂洋过海到美洲和欧洲谋生,五邑侨乡随处可见的碉楼便是"金山伯"归国光宗耀祖的见证。于逢、易巩、黄谷柳、郑江萍等作家呈现了小市民生活的基本面貌,虾球的父亲亦是一位华侨。除了通过水路与外面的世界接触,广东不少农村手工业兴盛,较早向近现代社会转型。最为突出的是草明的家乡顺德,它的蚕丝业全国有名,曾经是广东经济的支柱。这些书写都呈现出广东农村的开放性,祖辈原始的经济积累与贸易观念的盛行,改变了当地农民墨守成规的眼光,也为下一代走出农村、山区,以更包容的眼光接受世界信息做好了准备。广东作家笔下的农村喧闹许多,不少农民认识到自己的命运之后开始发声。这些都是近代以来广东在思想、社会变革等方面开风气之先的经济文化优势。

广东较早感受到西方殖民东来的影响,是鸦片战争的发生地,因此觉醒早、反抗意识强,广东作家对此有不少现实主义的描写;全面抗战爆发后,已繁荣一时的广州城遭到日军毁灭性轰炸,对战争的思考与对民众的深刻同情被镌刻在纸上。用文学来叙述革命战争,既是对现实的再现,也是对历史的重构,其中贯穿着创作者对生活的理解与判断。受到不同价值取向的限制,作家们选取的角度差异甚大,但对人物心灵的探索是他们共同关注的主题。抗战时期于逢写《乡下姑娘》,便从新的角度讨论了人的觉醒问题与妇女解放的复杂性。同一时期丘东平、黑炎、陈残云、楼栖、杜埃、华嘉、司马文森等人都对战争表达了自己的看法,他们的作品触及农村经济结构变化、旧家族解体、战争对农村的侵入等社会现实问题,从多维角度来理解与介入革命。

总体来说,广东现代文学在追寻与世界交流的同时,注重本土现代化的书写;它紧随20世纪中国革命的步伐、积极回应时代感召,亦不忘人心,关怀小人物在历史中漂浮的命运。广东现代文学表现出浓郁的地域特色与纵深的文化意识,对人文活力的持续追求是其魅力所在。目前"粤港澳大湾区文学"的构想已具雏形,与一个世纪前广东现代作家"向外走"的经验相较,今天的湾区接纳了更多移民,也共享了更繁荣的文学艺术。革命时代已经远去,在全球化更为快速变幻的文化流动中,我们重新想象当年现代作家奔走于省港澳乃至更远世界的身影,或许能增加一丝探索未知的勇气。

# Contents

**第一辑　时代的地域叙述**

粤语大众化写作的探索与启示

——以粤语小说《单眼虎》为讨论中心　/　003

欧阳山早期作品与广东文学　/　028

从娜拉到革命女性：草明早期小说对女性解放问题的探索　/　056

浅谈萧殷早年的现实主义创作　/　078

现代战争小说的"非战性"

——丘东平小说再解读　/　096

**第二辑　革命的诗性回响**

从象征主义进入中国传统

——重读《为幸福而歌》　/　121

论李金发诗中的现代性体验

——以《里昂车中》为例 / 147

梁宗岱的"诗与真" / 163

"创造社最后送出的三位诗人"之一:冯乃超 / 169

寻找"诗心"

——钟敬文与他的文字 / 177

与革命唱和:《中国诗坛》的歌 / 188

**第三辑 文学的中西碰撞**

试论"沿海传统"对广东近现代文学的影响 / 199

近现代时期广东话剧发展的两个方向 / 217

浅谈五邑华工的精神遗产 / 238

何为"乡愁":论《珠江文港》《珠江文海》的研究视野 / 258

**后记** / 277

第一辑

# 时代的地域叙述

# 粤语大众化写作的探索与启示
## ——以粤语小说《单眼虎》为讨论中心

20世纪30年代"左联"成立后曾开展三次文艺大众化讨论,就什么是大众文艺,大众文艺的任务与目的、内容与形式、语言(大众语)等问题展开讨论。总的来说,文艺大众化运动要求作家落实两方面工作,一是在反帝救亡的背景下,考虑运用文艺动员群众;二是致力于五四未完成的向民众转移文学权利的任务,将大众化问题的核心定位在"怎样使大众能整个地获得他们自己的文学"[①]上来。带着这样的使命,青年欧阳山1931年回到广东,主编《广州文艺》等刊物,倡导"粤语文学"。《广州文艺》共出版二十多期,主要刊登用粤语创作的评论、小说、诗歌、散文等作品。另外有两部粤方言白话体中篇小说刊行,一是欧阳山创作的《单眼虎》,一是欧阳山根据草明的国语小说改编而成的《附丝女失身记》。"粤语文学"运动仅开展一年多便遭陈济棠政府镇压,欧阳山再次离开广州来到上海,适逢文艺大众化第三次讨论。这次讨论主要关注语言文字问题,兼及大众语、方言土语等形式的论辩,来自广东的粤语文学作品成为方言土语文学的代表性作品。

---

① 郑伯奇:《关于文学大众化的问题》,《大众文艺》第2卷第3期,1930年3月1日。

目前《广州文艺》等相关刊物已散佚，未见期间刊登的方言文学作品。笔者近年从广东省立中山图书馆查阅到《单眼虎》初版本，亦未见《附丝女失身记》。幸运的是，《单眼虎》保存完好，署名胡依依，正文共66页，民国二十二年六月（1933年）由香港书店出版。该书封二印有《附丝女失身记》销售广告，可推断两书当时曾先后出版。① 《单眼虎》是为数不多的粤语白话体小说，在当时乃至今天都具有较高的语文书写水平，其内容与形式也积极向大众靠拢。欧阳山曾说，"如果我们用一种广东人民大众所不懂的文学用语来写作，无论我们为了什么人，企图怎样，写些什么东西，广东人民大众还是觉得异常隔膜的。"② 《单眼虎》正是为了消除"隔膜"的尝试，它不单纯是方言写作，也是左翼文艺大众化的具体实践。文艺大众化的要求来自知识界动员群众的需要，"粤语文学"运动虽是一个地方个案，但它闪现着文化界自五四以来存在的文化救国思路和对底层民众的人文关怀；它的实践也折射出现代知识分子对大众文艺的想象。本文将以《单眼虎》为中心，借助它的修辞与形式分析，检视方言文学自身的特性与局

---

① 《单眼虎》是香港书店"每月小说"之一种。该书封面留有两个英文签名、两个中文签名、三个不同的图书编号及一个藏书章，说明曾几易其手，封二印有《附丝女失身记》销售广告。《附丝女失身记》的作者是草明，该小说用普通话写成，在香港出版时由欧阳山改成粤语表述。该广告正首标题为"广东第一部白话著名大胆离奇特别杰构、震动省港澳读书界嘅小说"，中印书名，后接六句四字广告语："唔係淫书、又唔写情、绝冇封建、更非神怪、人人中意、个个买本"。署名右侧是作者简介："顺德桂乡惊人故事、褚雅明女士精心作"。褚雅明即草明。见胡依依：《单眼虎》，香港书店，1933。
② 欧阳山：《我写大众小说的经过》，《欧阳山文集》第10卷，花城出版社，1988，第4057页。

限，考察它在文艺动员方面可利用的限度，兼及知识分子与大众、大众与作品之间的关系等问题。

## 一、从言文不一致到"粤语文学"的提出

在广州开展文艺大众化运动，相对其它地方阻力更大。首先是语言掣制。白话文是新文学运动的重要标志，它追求"言文一致"，以国语的文学为前提，也就是胡适所说："白话的'白'，是戏台上说白的'白'，是俗语'土白'的白。故白话即是俗话。"[①]但在广东，俗话是粤语，不是国语，语言使用习惯上的差异导致国语及国语文学推广困难。据统计，广东地区国语的普及远较其它地区缓慢，尽管政府及民间在整个1920年代作出不少努力，但国语教育成效不大。[②]与此同时，广东是近代革命策源地，粤语在意识形态层面被作为政治正统来看待，粤语的地位昭示着粤籍革命党人的政治地位。[③]这在一定程度上也促使当局持重粤语。因此大多数本土居民不仅不能阅读、创作新文学，连听说国语也感到相当困难。新文学在广东的影响集中高等学府及青年知识分子，不过后者对国语的运用也不是十分熟练，听说读写能力不强。1927年鲁迅到广

---

① 胡适：《论小说及白话韵文——答钱玄同》，《新青年》第4卷第1号，1918年1月15日。
② 崔明海：《近代国语运动研究》，安徽师范大学出版社，2018，第187—192页。
③ 喻忠恩：《政治话语与语言教育：20世纪20年代后期的广东国语运动》，《井冈山大学学报》2010年第5期。

州中山大学讲授中国小说史课程时,很多学生就听不懂他带有绍兴方言口音的国语,以致该课程开头座无虚席,后面来的人寥寥无几。①白话文运动期望以"白话"取代文言,以承载它反传统的变革思想,这一理想来到广东后,与现实有一定差距。

"言文一致"不仅体现在书面语表达上,也要求作者在实际书写过程中达到个人观念、表达口吻与白话形式的一致,这就对写作者提出了很高的要求。粤语地区自古以来已形成官话(文言)、民间(粤白)的稳定系统,虽然上下层民众在日常生活中均使用粤语,一旦提笔,则自动借助不同的语言表达实现阶层分野。国语书写的介入,对知识群体尚且存在使用上的障碍,于下层民众而言无异于他种文字。粤籍国民党人朱执信是白话文运动的积极响应者,曾经用白话文创作小说,但他平素讲粤语,下笔作文时便能深刻感受到文言与白话之争"非独新旧之问题,尤非作制难易之问题,乃人能曲喻与否之问题耳"②。哪怕是接受新式教育的知识青年,在尝试国语写作时也发现"用广州话把那故事讲出来,——虽是很朴素的,但也很动人。他们没法子用它把国语——白话文——写下来"③。这促使朱执信在倡导白话文的同时也注重方言写作,他认为在闽粤、上海等有独立土话的地方,用当地方言来做文章是可行

---

① 温梓川:《在广州见到了鲁迅》,温梓川著,钦鸿编:《文人的另一面》,广西师范大学出版社,2004,第240页。
② 朱执信:《致杨庶堪函》,《朱执信集》(下),中华书局,1979,第683页。
③ 欧阳山:《关于〈广州文艺〉的通讯》,《欧阳山文集》第10卷,花城出版社,1988,第3991页。

的，因为"这是和用白话做文的真正理由一致的，是把活文字换死文字的一种必要手段，不是弄糟"①。

其次是新文化运动之前民间粤语通俗文学的成熟，对外来的白话新文学存在天然的排斥。广东民间说唱文艺在晚清之前已经历复杂演变，清帝乾隆留粤海关一口通商后，广州商贾云集，贸易繁盛，直接带动了民间曲艺的兴盛。粤语民间曲艺以木鱼书、龙舟、南音、粤讴等表演形式为主要载体，经过长时期的发展大多具备文字底本或歌册。它们以"粤白"表述为主，"粤白"在性质上类似胡适言及的"说白"、"土白"。这些曲艺在粤地的勾栏瓦舍广泛流行，不少文人日常亦写作粤语诗与粤讴、笺注粤剧剧本。因而胡适在总结京语、吴语、粤语三大方言文学片区的特点时，便认为粤语文学"以'粤讴'为中心"②，许地山亦专门撰文《粤讴在文学上底地位》（1922）介绍这一民间形式，它在语言与形式上都已形成较为完善的书写系统。

近代以后，广东爱国志士认识到粤语书写可作为启蒙民智的利器，遂将讽喻朝政、鞭挞社会的新思想注入其中。近代报刊业在沿海地区的发展，又促使他们将这些说唱底本从民间艺人手中搬到公开发行的报纸上。这正如郑贯公所说："讴歌戏本不能不多撰也。开智之道，开上流社会易，开下流社会难。报纸为开智之良剂；而讴歌戏本，为开下流社会智识之圣乐。故迩来报界，渐次进化，皆知讴歌戏本，为开一般社会智慧不

---

① 朱执信：《广东土话文》，《朱执信集》（下），中华书局，1979，第763页。
② 胡适：《〈吴歌甲集〉序》，《胡适全集》第3卷，安徽教育出版社，2003，第756—757页。

二法门，乐为撰作。"①《唯一趣报有所谓》（1905）、《广东白话报》（1907）、《岭南白话杂志》（1908）等方言报刊在当时都有一定影响。这样一来，原本依赖表演来呈现意指的民间曲艺，便转变成通过文字来确定意义的可读性文本，它们由文人写就，不再用来演唱，而演变为通俗文学作品，并具有一定的教诲意义。如粤讴《你唔好死住》②是挖苦保皇党的名作。

值得注意的是，晚清知识界的做法尚局限于旧形式（粤讴、粤剧等），语言也是粤语与文言互渗，有些作品以粤白为主，有些则以粤语为文言之谐趣。这些粤语作品基本上都是文人拟作，尽管也以普通大众为理想读者，但其作者并未实际考虑到读者接受问题，只是在语言、形式上借鉴民间形式，其修辞与审美趣味仍是知识分子的。尤其是粤讴，作词时需考虑对演唱形制的适应，格律严谨、有明确的书写体例，需要写作者具有较高的文化素养。也就是说，粤讴等通俗形式，经过文人旧瓶装新酒、灌注新思想再创作后，已不如其原初形态那样与民众产生直接接触。此外，广东思想界一直处于守旧派与新文化派的对抗中，前者在当地势力强大。陈独秀1920年代初受陈炯明之邀到广州主持教育，便遭当地报刊嘲讽其为"陈毒兽"，因粤语中"独秀"与"毒兽"发音相同。③到1920年代，被党派往广东工作的张国焘在街头发现"当地出版的书刊

---

① 贯公：《拒约必须急设机关日报》，《有所谓报》1905年8月18日。
② 粤讴《你唔好死住》，《南越报》1911年12月20日。
③ 陈公博：《陈公博·周佛海回忆录》，（台北）跃昇文化事业有限公司，1988，第42页。

仍多具有旧文学的风格,黄色的读物,尤占多数"①。

三十年代以文艺大众化为目的的"粤语文学"运动,既继承了近代以来知识界利用方言写作启迪民智的精神,也包含对五四白话文的反思。从技术上来看,它要解决的是粤语"究竟离普通话太远"②所导致的言文不一致的问题。粤语具有独特的发音系统,经过长期积累也形成了一定数量的规范的方言用字,粤方言写作不论在表音与表意上都与国语文学差距较大,用它来组织文学作品具有相当的难度。因而,尽管梁启超大力倡导小说界革命,他本人未写出粤语小说,吴趼人、苏曼殊、黄小配等晚清重要的小说家均无此方面成就。如何为更广泛的民众创作文艺,实现属于大众的言文一致,成为"粤语文学"运动的出发点。

除了执行"左联"对大众化创作的相关要求③,"粤语文学"也有明确的政治诉求。第一次国共合作失败后,广东地区的革命局势发生变化,从1929至1936年陈济棠统治广东长达八年,推行积极反共政策。1930年"左联"成立后,广州进步青年学生受其影响,相继成立了中山大学抗日剧社、新兴读书会、世界情势社等团体。1932—1933年它们先后被陈济棠政府查禁,欧阳山等人也在逮捕之列。由此可见,"粤语文学"运动在五四启蒙使命之上,也包含深入社会底层,借助文

---

① 张国焘:《我的回忆》第2册,东方出版社,1998,第51页。
② 胡适:《〈吴歌甲集〉序》,《胡适全集》第3卷,安徽教育出版社,2003,第757页。
③ 冯雪峰:《中国无产阶级革命文学的新任务》,《文学导报》第1卷第8期,1931年11月25日。

艺来动员、鼓励、组织更多底层民众参与革命的大众化要求。与过去由知识精英振臂一呼、举起变革大旗不同，"粤语文学"运动由普通知识青年自发开展，《广州文艺》作家群本身来自民众，是受《新青年》影响的第一代新青年。他们的方言书写反映出经历五四落潮期的时代青年想要回到民众、传达左翼革命理念的迫切心态，因而其作品也交织着启蒙与走向大众的复杂感受。

## 二、《单眼虎》：粤方言白话体的大众小说

《单眼虎》是欧阳山依据大众小说的要求创作，它的主人公是陈虎，陈虎幼年患眼病无钱医治瞎了一只眼睛，因而得名"单眼虎"。小说的情节基本上集中于一条叫做"孖柳街"巷子，讲述陈虎如何从一个贫民的孩子成长为无产阶级暴动中的英雄。《单眼虎》出版于1933年，刚好参与1934年春夏的第三次"文艺大众化"讨论。这次讨论主要批判复古派对文言文的倡导与白话文的弊端，聚焦何为"大众语"和"大众语文学"。讨论者提出"大众语"、"工农大众语言"、"无产阶级语言"等表述来替代白话文，以解决后者存在的欧化、杂糅等问题，但热烈的文战并没有就何为大众语达成一致。退而求其次，方言土语暂时成了大众语言的重要标志。《单眼虎》刚好回应了大众语的合法性问题，因此得到讨论者认可。

《单眼虎》采用的是书面化程度较高的粤方言白话体。粤语作品主要包括三种表达方式，一是文白（粤）夹杂体、二是

"三及第"/三夹语文体（文言、白话、粤方言混合），三是粤方言白话体。近代以来粤地流行的通俗小说基本上采用"三及第"语言，到四十年代流行的《三德和尚三探西禅寺》（陈鲁劲，1948，单行本）和《鬼才伦文叙全集》（作者、出版时间不详）等仍是此类作品。《单眼虎》使用的粤方言白话体，其行文叙述的"文"与直接引语的"白"均采用粤语白话。这是一种成熟语体，它以粤方言口语为基础，以语篇为文本单位，有特定的语体建构规律及语法基础，在当时乃至现在均具有较高的书写水平。

以下试以一段阿虎的心理描写为例对其书面语进行分析：

粤语：条细佬个心有个黑影，随时罩住佢。做乜野事都係啫，做得好冇人理，做得曳有人闹，点唔心淡得㗎？屋企好似一穴山坟，学堂好似一座监狱，爬出坟墓就要趋入监房，喺监放出嚟又要捐翻入山窿，净係得个阿姑，俾的人气佢啫嘈。佢知道灿姑成付心血灌晒俾佢，叫佢入学堂，好大作志嘅，唔係呀，搵铁链锁佢都唔肯翻学嘅嚟。①

译文：孩子的心里有个阴影，随时将他笼罩。做什么事都如此，做得好就没人发现，做得差就会被人骂，怎么会不心凉呢？家里就像一处山坟，学堂好像一座监狱，爬出坟墓就要跃入监牢，出了监牢又得重新蜷缩着身子回去山洞。唯一只有自己的姑姑，让他感到自己还是有人喜欢的。他知道灿姑在自己身上灌注了全部心血，叫他去学堂读书，鼓励他要有大志气，

---

① 胡依依：《单眼虎》，香港书店，1933，第28页。

要不然，就算拿铁链来捆，他也不愿去上学。）

这段文本的粤语书面化程度较高，全文共使用86个字（重复使用不计入，不含标点），其中用法或字义与现代汉语不同的字达39个，几乎占了总字数的一半。包括：条（个），细佬（小孩），个（的），佢（他），乜野（什么），係、喺（是），啫（语气助词），冇（没有），曳（差），闹（骂），点（怎么），唔（不），得（才），㗎（表示惊奇或强调的最后一个词），屋企（家），趯（跃），嚟（来），捐（卷缩着身子爬），翻（回），窿（洞），净係（只是），俾（被），的（些），人气（受欢迎），噃（语气助词，加强提醒），成付（全部），晒（全部），作志（古语"志作"，志气、作为），嘅（结构助词，的），搵（找），翻学（上学），嚹（语气助词，音"啦"）。它不仅是粤语白话，而且是原汁原味的粤语口语，逐字逐句念出的话完全符合粤人日常讲话的用语习惯。粤语白话小说不同粤讴，前者篇幅长、字数多，重复使用的方言字更多，因此必须有一定的书写规则。《单眼虎》基本符合粤语既定核心词的使用规范，它的写作实践有效推进了粤语写作在民国时期的发展。

除了使用方言土语，欧阳山对文本的设计紧密围绕大众阅读趣味。在形式上，《单眼虎》采用章回体结构，全书共十三回，每回标题提示要旨。如第一回写主人公出生，标题就叫做"单眼虎出世"。在题材上，小说按照阶级分析的方法，设置了不同阶级的人物。欧阳山将《单眼虎》处理成人物成长小说，时间跨度近二十年。作品以阶级论为作品的精神内蕴，以阿虎及唯一疼爱他的灿姑为双重叙述视角，铺陈穷苦少年陈虎从出生到成长,从懵懂到走向革命,从自我潜伏到成为个人英雄的历程。小说的故事性强,充满矛盾起伏。在叙述上,欧阳山有意识借助人物对话来讲述事件,而在处理人物对话时,又着力还原底层人民的语言思维与说话方式。如谈起阿虎成长的艰难,欧阳山写道:"呢六年,佢两姑姪係一人赘旧大石喺后背脊,爬山咁爬过嘅。"①〔笔者译:这六年,姑侄两人仿佛是后背压着大石块,爬山那样走过来的。〕作品中的对话穿插了大量民间成语、谚语、歇后语、俗语等大众生活语言,本地民众读来能产生真实感与现场感。

在人物描写上,作者有意借鉴评书中的人物刻画方法,尽量通过对人物五官、神态、外形的描述,以提高逼真度。如第六回中十岁阿虎出场,作者从头到脚将其白描一遍。"佢成日嗒低头,侷埋泡腮唔出声,即使讲说话亦都蚊声细气,怕丑唔似怕丑,木独唔似木独,问佢十句答三声;人又瘦成个马骝咁,双眼一只嗱埋擘唔大,一只半开半闭,里便浑浑沌沌,几乎黑白分唔开;驼驼地背,行路八字脚,脚步轻到慌死踩亲蚁咁。"②〔笔者译:他整天低着头,鼓着腮泡不作声,就算说话都声音很小,害羞不像害羞,孤僻不似孤僻,问他十句话只回答三句;人又瘦得像小猴子,双眼一只黏在一起撑不起来,另一只半开半闭,里面混混沌沌,分不清黑白;背又有点驼,八字脚走路,脚步很轻,就像随时害怕踩到蚂蚁。〕这段描写十分精彩,语音上有很强的韵律感,用粤语念出来的话直接具有"讲古"效果。在文字上,这段人物刻画不单纯是叙述性的

---

① 胡依依:《单眼虎》,香港书店,1933,第37页。
② 胡依依:《单眼虎》,香港书店,1933,第27页。

外貌描写，而是将人物外形与动作结合起来，动静相宜，因此格外生动。尤其是最后一句"脚步轻到慌死踩亲蚁咁"，通过阿虎走路的姿态，将小朋友对生活小心翼翼、如履薄冰的状态传神刻画出来。在结构上，这段描写也具有承前启后的作用。《单眼虎》采用章回体，显然有意追求说书效果。说书的特点是故事长，人物复杂，但结构上要前后贯连，听众才不至于混淆情节。《单眼虎》从第五回叙述阿虎三岁失明，到第六回写他十岁时的生活，中间省略了七年时间，因此这里阿虎的重新出场，对作品人物成长的叙述就有重要作用。

茅盾认为，要使小说更接近民众，技术是主，文字为末，用明快的动作代替抽象的叙谈，真实的环境代替想象的故事，更能引起群众兴味。[①]《单眼虎》在语言、题材、形式等方面努力向大众靠拢，集中表现底层民众的生活。它有意识通过人物的语言、动作、对话来展现各自遭遇，以小人物命运来铺陈转型时期广州社会的变化，因而作品虽为虚构，但贴近广州现实，不少真实地名及沙基惨案等历史事件也出现在作品中。司马疵由此撰文称赞这部作品：

记得去年广州曾出过几个完全广州土话的刊物，有一个叫着《大家新闻》，还有两三个的刊名现在记不起来了。并且还出过广州土话的丛书。我看见过一本叫着《单眼虎出世》的。我不过仅仅懂得几句并不完全的广州话的。开头看自然很吃力，可是多看几下看惯了，有些地方就容易懂，因此我还被这本书增加了几句广州话。至于有几个广州朋友一看居然并不吃

---

① 止敬：《问题中的大众文艺》，《文学月报》第1卷第2号，1932年7月10日。

力地看下去,而且很有味。比如"寒棚冷放晒",他们看得非常之懂,我也懂。①

"单眼虎出世"是《单眼虎》第一回的标题,《大家新闻》则是《广州文艺》被迫停刊后秘密出版的刊物,司马疵所说的广州土话作品正是《单眼虎》。从司马疵的描述来看,他不懂粤语,开始阅读的时候有些吃力,但也能读下去,来自广州的读者则比较轻松,并且感到兴味。这说明《单眼虎》是适合司马疵等人的欣赏趣味的。但《单眼虎》的写作对象不是司马疵等知识分子,它是写给广大工人、店员、杂役等底层民众的作品。大众文艺首先要解决的是语言文字问题,瞿秋白、周扬等左翼理论家都持相同的看法,认为"文学大众化首先就是要创造大众看得懂的作品。在这里'文字'就成了先决问题"②。那大众是否能"看得懂"《单眼虎》?答案有待商榷。

## 三、《单眼虎》的阅读难度及大众化效果

抗战时期欧阳山谈及他写于1932—1933年的大众作品时,关注重心也是语言文字。他自陈写作大众化作品有三个目标,一是力求作品能让"稍识汉字的人们读得懂","不识汉字的人们听得懂";二是"运用本省民众或当地民众底口语给以艺术的提炼";三是在旧形式之外提高作品的故事性和趣味

---

① 司马疵:《内容与形式》,《中华日报·动向》1934年7月2日。
② 起应:《关于文学大众化》,《北斗》第2卷第3、4期合刊,1932年7月20日。

性。①从上一节的分析来看，采用章回体形式、在语言表述上模仿说书人口吻、尽量多用人物对话及本地俗语等做法，都是作者力图让作品更通俗易懂，以接近大众的努力。不过，上述几个目标都是站在知识阶层的角度来考虑的，欧阳山忽略了一个最为重要的问题：读者接受，读者的实际文化水平才是决定他们能否真的"看得懂"、"听得懂"的因素。同时，《单眼虎》的样貌虽为"旧形式"，但它装的却是新酒，内含五四新文学经验，而后者恰恰是大众化讨论中要求扬弃的部分。粤方言白话体本身阅读难度大，它与底层民众的学识之间还是有些距离。

造成《单眼虎》阅读难度大的最主要原因，是大量方言字尤其是假借字的使用。粤语方言字包括本字（沿用古汉字的方言字）、自造字（根据发音或词义自行创造，不存在于共同语中的字）、假借字（借用共同语中音同或音近的汉字，赋予新义）、训读字（借义字）四类，《单眼虎》中使用最多的是本字与假借字。本字如"嘅""噃""咯""咪"等语气助词，在方言区较为常见，因此对读者产生的阅读障碍较少。假借字的影响则比较大，它仅仅向共同语的文字借了读音，含义全变。也就是说，假借字"被借用到该方言中以后，即失去其原来在共同语中或其他方言中的字义，表达与原义完全不同的意义"②。如"捐"（选文中已加粗），普通话中的常见

---

① 欧阳山：《我底三条件》，《欧阳山文集》第10卷，花城出版社，1988，第4027页。
② 赵一凡：《港台书面语中的方言字问题》，刁晏斌主编：《两岸四地现代汉语对比研究新收获》，语文出版社，2013，第347页。

含义是"捐助",或"舍弃",但此处的意义是"钻入"。其它的像扯(走)、松人(走)、两枝弓(两个人)、搵(挣钱、寻找)、嬲(生气)等都是假借字。假借字与共同语汉字构成了"同形异义"的关系,但有些时候,"形"又不是固定的。如司马疵提到的"寒棚冷",音为"haambaalang",意思是"全部"。这个音有多种写法,传教士倾向使用"喊口棒呤"或"含口棒呤",欧阳山有时写成"寒棚冷",有时写成"坎棚冷",同一个粤语词汇使用不同假借字的情况在文本中很常见。同时,选择共同语汉字的过程也受到作家原有的口语语音系统的限制,具有随意性与主观性。也就是说,带有地方口音的粤语写作者,它写某一个词语时选用的假借字便可能与广州、香港等地写作者的选择不同。欧阳山就经常使用"直译"[①]来保存口头语言,有些地方还模仿顺德口音来写作[②]。要使"稍识汉字"的底层民众能读懂这些复杂的文字,几乎是不可能的事。

《单眼虎》在表达上有个比较突出的问题,是它未有效区分市井口语与文学语言。欧阳山追求"所接触的人物,生活,事件底全部真实性"[③],想要直接还原民众的生活语言,因而作品全文采用粤语白话。问题在于白话文不等于口语,欧阳山在还原市井之言时甚至还将大量不文明用语纳入进来,这就大

---

① 欧阳山:《我底苦心——〈失败的失败者〉代序》,《欧阳山文集》第10卷,花城出版社,1988,第4016页。
② 胡依依:《单眼虎》,香港书店,1993,第4页。
③ 欧阳山:《我底苦心——〈失败的失败者〉代序》,《欧阳山文集》第10卷,花城出版社,1988,第4015页。

大削弱了作品的艺术感染力。同时入文的还有口语中的语气词、助词,这样的做法使文本极为繁冗啰嗦。试看作者模拟他者口吻作的后记:

呢部书话俾我地听,呢个社会系有两个世界嘅:一个矜贵嘅享福嘅人嘅世界,一个系贱格嘅受苦嘅人嘅世界。呢两个世界嘅唔相同,就好似天共地咁。除唨个的少数嘅贵人之外,个的替人做牛马嘅多数人嘅生活,就艰难到,好似呢部小说里头讲嘅咁,连仔都唔配你生;佢地生出嚟嘅细蚊仔,只会养得面黄骨瘦,呆蠢,下流。①

短短的引文中单是"嘅"就出现了13次。当然这个问题也是粤语白话文的通病,早在1920年初广东地方刊物《新学生》就有评论指出:"我也是广东人,看嘅嗧咯咪等字,反而觉得非常累赘,不如看国语的通顺。"②但如何将之处理好,其实在作者是可以细细斟酌的。《单眼虎》对地方方言的原样录入,涉及到方言写作中方言口语与文学用语的关系问题,文学作品不等于材料记录,它的语词除了指向原本的意义,也可以有溢出的感情,甚至陌生化效果。欧阳山未注意到这一点,因而他在作品中有意营造的大众语言氛围,反倒影响了读者实际的阅读感受。

既然底层读者不容易"看得懂",那如果有人读给他们听,他们是否能"听得懂"?不一定。造成这一障碍的原因是

---

① 胡侬侬:《单眼虎》,香港书店,1933,第67页。
② 朱执信:《广东土话文》,《朱执信集》(下),中华书局,1979,第760页。

作品中大量使用的现代小说叙事技巧。《单眼虎》并不像传统说书那样，一个故事讲完再讲另一个，结构单纯，眉目清晰，而是综合采用倒叙、插叙等方法。作品叙事上的跳跃常中断事件的顺时发展逻辑，这就不利于"说"给民众听。以第一回为例，该回标题为"单眼虎出生"，但这一回从头到尾都未叙述阿虎出生的过程，只是中部略略以婴儿的一声啼哭带过。按照说书的要求，作品开头就应该仔细叙说阿虎的出生，而小说写的却是阿虎的姑姑陈阿灿，为帮大哥赚取侄儿的接生费，不惜出卖身体的情节，作品甚至详叙陈阿灿与与嫖客周旋的过程。按照现有的文本，如果上来就给民众念一通这样的叙述，听众将丈二摸不着头脑。小说每一小节的标题也只是一些描述性短语，既不对仗也不工整，而且没有逻辑上的联系，读者无法通过阅读回目获得对故事的整体印象。其次，在与人物对话同时存在的是大量叙述性的风景描写与人物心理描写，这些需要联想与暗示的内容同样增加了作品理解的难度。再次，小说注重细节铺垫，积极刻画立体饱满的人物形象，就连第一回出现的嫖客陈正宾，作者都给予他较为充裕的心理活动空间。这种写法有利于塑造人物，但这些次要人物会分散听众的关注度，也不利于作品传诵。

进一步来看，既要熟悉粤语白话体，也须具备一定的文学鉴赏能力，《单眼虎》对读者提出了更高的要求。欧阳山要为底层民众写作，却未充分考虑读者的实际文化素养，《单眼虎》欧化色彩明显，作品中粤语白话的语文水平相当成熟，因此大大增加了普通读者阅读的难度。司马疵其实感觉到这个问题，他在肯定《单眼虎》的成绩之后，继而接着说，"自然我们是知识分子,比较有点敏感,容易学会,可是据我所听见的,这几个刊物和丛书曾经受过不少的大众的欢迎"①。司马疵等人身处上海,他们看得懂是自身体会,但该作品是否也受当地大众欢迎,则尚待考证。鲁迅曾谈及方言写作的限度问题,那就是在大多数人都不识字的前提下,它的可行性并不高。"目下通行的白话文,也非大家能懂的文章;言语又不统一,若用方言,许多字是写不出的,即使用别字代出,也只为一处地方人所懂,阅读的范围反而收小了。"②倘若连该方言区民众也不能懂这些别字,那它便不能实现大众化的效果。

除了作者的知识水平,不懂粤语的司马疵能欣赏粤语文学作品,根本原因在于汉字具有超方言的特性。汉字是表意文字,除了独特的生僻古本字、方言字,不同地区的方言均能借助相当一部分通用汉字来书写,人们无须懂得这些字在各地方言中的读音,但通过这些通用的方块字,能猜测其意义。粤方言通过汉字变成书面语的过程中不可避免存在言文脱节的现象,因而它的一部分表达可使用通用汉字,一部分使用方言字。对于识字并且不懂粤语的读者来说,通用汉字基本可懂,方言字的意思或多或少可进行猜测。如果读者本身识字并且懂粤语,那么在阅读的过程中依据方言发音,能轻松辨认出汉字在方言中的意义。但如果读者仅是"稍识汉字",那面对数目众多的方言字,则基本上无法理解。

同理,除了通用汉字,人们也可以运用"通语"或方言语音来诵读汉语文本,赵元任称之为"借文字"。他曾举例说,

---

① 司马疵:《内容与形式》,《中华日报·动向》1934年7月2日。
② 鲁迅:《文艺的大众化》,《大众文艺》第2卷第3期,1930年3月1日。

在纽约的公共交通上可以看到很多德国的犹太移民拿着希伯来文的报纸，但他们念出来以后全是德文，这就是"借文字"。"一字一言的中文跟一字一音的西文都是写语言，都是辨意义，不同的就是单位的尺寸不同。"①这也是我们传统所说的"虽南北分腔，而语言则一"②。从这个角度来看《单眼虎》的大众化意图，其效果也是不理想的，其受众面也不可能广泛。因为如果读者是文化程度较低的民众，对它的阅读几乎不可能；如果读者是知识分子，由他来把故事说给不识字的大众听，那他也无须一字一句照着文本来念，只需"借文字"便能辨意义，从而将故事讲出来。

## 四、在启蒙立场与走向大众之间

欧阳山的粤语白话体小说创作实验止步于《单眼虎》。"粤语文学"运动开展仅一年，"广州文艺社"便遭镇压，欧阳山、草明等人于1933年8月离开广州。在上海，欧阳山不再使用粤方言白话体进行创作，但他继续从三个方面展开粤语大众化写作：语法上向北方话发起挑战，"放胆把白话文的语法尽量破坏一下"③；语用思维上，坚持粤方言的表述逻辑，

---

① 赵元任：《语言跟文字》，《语言问题》，商务印书馆，1980，第147页。
② 梁作楫：《正音咀华·序》，莎彝尊著《正音咀华》，见林庆彰、赖明德、刘兆祐、张高评主编：《晚清四部丛刊》（第四编）第28册，文昕阁图书有限公司，2010。
③ 欧阳山：《我底苦心——〈失败的失败者〉代序》，《欧阳山文集》第10卷，花城出版社，1988，第4015页。

必要时直译部分土话,以展现粤地特色与粤人性格;作品叙述上仍用当时已被批评的"欧化"方法。依据这几个标准,欧阳山很快用他改良后的国语创作出一批反映广东底层人民生活的大众小说。不过,这些作品的现实反响并不明显,它们读起来比《单眼虎》更加不大众化。文坛对它们的普遍评价是:"晦涩,不流利,不明畅,不通俗,或者'刻意为文','摹仿高尔基底作品底中国译文',以及太欧化。"①1935年欧阳山将它们结集出版后,胡风直接批评道:"用字和表现法有时和口语离得太远。"②胡风举的例子是短篇小说《康波父女》中的一个句子:"可是你为什么像一匹找不着洞儿的老鼠那样呵!"③熟悉粤语的读者会明白,这是一句粤语口语的直译:"之你点解好似一只搵唔到窿嘅老鼠咁㗎!"④这句话大意指一个人没有方向感,慌慌张张的状态。但离开粤语环境,直接译成白话文后,这句土语借老鼠偷溜的动态来描摹人物情状的意趣全无,不仅达不到叙事效果,而且还有些"隔"。

除语言表达外,为追求"语言创造形象",《康波父女》中几乎所有场景、人物、时刻都被密密麻麻的比喻包围着,如"马其焕像一只躲在腊梅树梢的相思鸟,从狭窄的喉咙里吐出吹口哨般的话语";"像一块树叶偶然从半空掉下水溪里似

---

① 欧阳山:《〈生底烦扰〉序》,《欧阳山文集》第10卷,花城出版社,1988,第4003页。
② 秋明:《〈七年忌〉读后》,《文学季刊》第2卷第3期,1935年9月16日。
③ 欧阳山:《康波父女》,《七年忌》,生活书店,1935,第151页。
④ 欧阳山:《我底苦心——〈失败的失败者〉代序》,《欧阳山文集》第10卷,花城出版社,1988,第4015页。

地,阿妙不知在什么时候溜了进来"。①欧阳山的本意是借用一些"上海人不懂的土语,有通俗白话文没有的欧化表现法、形容词、副词和抽象名词"②,写作带有地方性格的大众文学,表现"生活底真实"。实际的效果却是过头的比喻增加了文本的负担,这些为描述而描述,为形容而形容的语言喧宾夺主,弱化了叙述的主体内容。欧阳山的粤语大众化实验,再次沦为"智识阶级的言语这个皮囊"③。

不论采用粤方言白话体,还是借助粤方言的语法及思维逻辑来改造北方话,欧阳山的作品都未实现有效的大众化。在语言文字、读者接受等问题外,《单眼虎》的写作还关涉大众文学与通俗形式的关系问题,以及作家对通俗文学的态度。左翼理论家对"大众"的文化水平了然一心,当时占全国人口大多数的劳苦大众基本上都是文盲、半文盲。因而陈子展便提出,"大众语文学在诗歌小说戏曲三类,说、听、看三样都须顾到,尤其要注重听,叫人听得懂"④。左翼理论家们同时发现,在诗歌小说戏曲这些专门的艺术门类之外,说书、演义、小唱等受封建思想影响的"反动的大众文艺"更受民众欢迎。那么大众文学如何才能与之争夺阵地,成为民众新的选择?瞿秋白提出可以学习旧形式的两个优点:"一是它和口头文学的联系,二是它是用的浅近的叙述方法。"⑤这些看法获得

---

① 欧阳山:《康波父女》,《七年忌》,生活书店,1935,第165,168页。
② 欧阳山:《我底苦心——〈失败的失败者〉代序》,《欧阳山文集》第10卷,花城出版社,1988,第4016页。
③ 穆木天:《我希望于大众文艺的》,《大众文艺》第2卷第4期,1930年5月1日。
④ 陈子展:《文言——白话——大众语》,《申报·自由谈》1934年6月18日。
⑤ 宋阳:《大众文艺的问题》,《文学月报》创刊号,1932年6月10日。

讨论者共识，这也是众人推崇方言文学的理论基础。但在向旧形式学习、与旧形式相结合的过程中，大众文艺应该保持怎样的限度，又成为新的难题。在当时迫切的政治形势下，不管是郭沫若说的通俗到不成文艺也无妨①，还是鲁迅说的要积极考虑读者，创作"种种难易不同的文艺，以应各种程度的读者之需"②，都各有赞同的声音。

对旧形式取舍问题的犹豫，反映出作家们看待通俗文学的暧昧态度。一方面，现实证明利用、改造现有的通俗文学，能更有效开展宣传鼓动工作，是知识分子走向民众的重要途径。另一方面，使用适应大众文化水平的修辞与形式来创作，又意味着放下身份，成仿吾那句若要艺术低就民众"不啻是艺术的自灭"③说出了大部分作家的心声。欧阳山的态度同样不明朗。在上海的大众化创作接连遭到同行批评后，欧阳山撰文为自己的思路辩解。在他看来，通俗文学只是文艺大众化的准备阶段，以教育为主；真正的文艺大众化在思想上要继承五四新文化的变革意识，以马克思主义为指导，改造民众的世界观与价值观；在形式上需接纳新文艺的欧化表达，强调"用语言创造形象的能力"；语言上则尽量使用广东的标准语，尤其是人民大众与民间文艺中的"活的口语"。④但欧阳山并未说明何时适合采用通俗文学教育，何时才能达到文艺大众化阶段，甚至他的观点本身都自相矛盾。比如他他期望"新文艺在可能

---

① 郭沫若：《新兴大众文艺的认识》，《大众文艺》第2卷第3期，1930年3月1日。
② 鲁迅：《文艺的大众化》，《大众文艺》第2卷第3期，1930年3月1日。
③ 成仿吾：《民众艺术》，《创造周报》第47号，1924年4月。
④ 欧阳山：《我写大众小说的经过》，《欧阳山文集》第10卷，花城出版社，1988，第4054—4059页。

的最短期间内和人民大众,尤其是工农大众结合起来"①,又认为"普罗文艺可以塑造人们底灵魂,但不能做实际工作的指导"②。这些都反映出欧阳山在积极实践文艺大众化的过程中,始终无法放下知识分子的启蒙立场。

欧阳山原名杨凤岐,二十年代在广东出道时笔名是"罗西"(rose音译),当时他倾心"至情文学",是五四新文学的积极学徒。三十年代左倾后改用笔名"欧阳山",以"有特定意义的现实主义底大众化"③为创作目标,转向大众小说创作。欧阳山的转变显示出革命风起之时左翼知识群体对文学与民众关系的重视,他们希望通过一系列文艺大众化实践建构起无产阶级文学,为革命斩获民众基础,为民众求得文学的权利。欧阳山所说的要由"大众自己起来继承文化传统,大众运用它们自己的语言文字(记录各地大众口头语的新文字)来创造更高度的文化"④,表达出知识群体的真诚。他们普遍具有明确的文艺动员意识,在具体工作中希望借助方言文学、文字拉丁化等形式,进一步传播左翼革命思想,满足民众的文化要求,帮助后者获得无产阶级意识,最终投身民族解放运动。不过,左翼知识分子未对现实作谨慎的调查,行动上过于急迫激

---

① 欧阳山:《我写大众小说的经过》,《欧阳山文集》第10卷,花城出版社,1988,第4054页。
② 欧阳山:《普罗文艺底存在》,《欧阳山文集》第10卷,花城出版社,1988,第4335页。
③ 欧阳山:《我底苦心——〈失败的失败者〉代序》,《欧阳山文集》第10卷,花城出版社,1988,第4011页。
④ 欧阳山:《我底苦心——〈失败的失败者〉代序》,《欧阳山文集》第10卷,花城出版社,1988,第4011页。

进,他们的文艺大众化努力忽视了实际对象的真实需求。如"粤语文学"关注言文合一多于文化教育;瞿秋白等人的汉字拉丁化试验过于肯定文字的独立性而脱离了语言的实用性,这两种代表性的实践都不契合当时的大众现实,更多出于知识分子对大众文艺的想象,因而只能纸上谈兵,注定失败。

抗战兴起后方言文学继续为知识分子所用,但战时所需的是简短、明快、清晰的方言作品,以歌谣、鼓词等民间形式为上,《单眼虎》这类小说作品不论篇幅、内容,还是语文水平都超出宣传所需。到了四十年代,华南地区曾开展广泛的方言文学讨论,此时《单眼虎》更加不合时宜,因为"用我们知识分子原有的一套腔调,去写方言作品,尽管你用的是广州方言,也是要失败的"[1]。知识分子原有腔调指的便是五四欧化手法,因而《单眼虎》可视作知识分子换了一种语言来写的五四新小说。更重要的是,三十年代文艺大众化讨论对方言文学的倡导,左翼作家们坚持的仍是精英群体的启蒙立场,而在四十年代方言文学讨论中,知识分子是否使用方言土语则成为其是否走向大众、是否自觉开展自我改造和身份转换的重要标志。四十年代欧阳山在延安再次尝试用陕北方言进行创作,不仅完全放弃了五四欧化手法,而且有意识使用"两种语言〔笔者注:陕北方言与普通话〕都通用的这种词汇"[2],便隐含着这样的心路历程。此外,现代民族国家的建设也要求语言一

---

[1] 白纹:《方言文学创作上的一个小问题》,《文艺生活》(海外版)第14期,1949年5月15日。

[2] 欧阳山:《关于建设中国新文学语言问题的谈话》,欧阳代娜编著:《欧阳山访谈录》,中国文史出版社,2008,第84页。

统，方言与国语的竞争意味着地方的崛起，地方性与民族性之间的冲突同样制约着方言文学创作。此处不再展开论述。

以《单眼虎》为代表作的"粤语文学"运动，虽未实现文艺大众化目标，但它的探索将粤语白话的书写水平向前推进了一大步。在当时浓厚的政治氛围中，欧阳山坚持五四文学革命精神，将新文学的创作经验与通俗文学形式相结合，《单眼虎》成为左翼文艺大众化视野中方言文学创作的重要尝试。《单眼虎》使用了大量粤地市井俚语，切近地气民生，有些辞句今日读来仍让人淋漓酣畅，有置身街头菜场的感觉，显示出当年欧阳山亲近民众的强烈愿望。最后，从后人的眼光来看，《单眼虎》奠定了欧阳山以小家写大家、借助小人物进入大历史的创作特色；它对"孖柳街"民众生活的详尽书写，与三十年代的其它小说一道通往日后的《三家巷》——它们共同构成欧阳山作品中的"广州形象"序列。

# 欧阳山早期作品与广东文学[*]

地域文化与文学创作、文学研究之间的关系,早在20世纪初已为学者所关注,汪辟疆的《近代诗派与地域》、梁启超的《近代学风之地理的分布》等文章,虽然各有着眼点,但基本上考虑到了地域文化的独特性与其历史传承性。讨论地域文化与文学之间的关系,可以有许多不同的角度,但最重要的是以下两点:一是地域文化对作家的创作理念、题材选择、写作风格等方面的影响,写"故乡"是中外文学史上长久不衰的主题;二是地域文化会促使当地作家群的形成,这些个体写作者不管有没有提出明确的结群要求,他们的作品中会体现出一定的协同性。像讨论地域文学中不同的文体发展情况、方言创作、民俗等问题,基本上不能脱离当地的历史文化语境与社会经济发展情况。此外,为地域文学修史,也是现代文学学科发展中的一种趋向,此类文学史既可以选择行政区划或自然地理位置作为研究对象,如《香港文学史》《岭南现代文学史》;也可以以族群为研究主体,如《中国少数民族当代文学史》《广东客家文学史》;还可以根据地方历史沿革进行讨论,如《江西苏区文学史》《晋察冀文艺史》。

从本地文化工作者的角度来看,对地域文化进行学术讨论

---

[*] 原载于《海南师范大学学报(社会科学版)》2019年第2期。

与专业归类,不仅能够认清自身所处的"位置",而且可以培养地方文化自信,细分出来的各种文化标识可与知识精英、自然风物、建筑、非物质文化遗产共同参与到当地文化体系的建构中。在这其中,对地方学术群体、派别的发掘与定位是一种有效的手段。以广东为例,二十世纪八九十年代学界即有过关于"岭南文派"的讨论,后来则有偏向文学创作的"珠江文派"与偏向文学批评的"粤派批评"等概念的提出。这些讨论回应着当代文学对地域文化的重视,也涉及了广东文艺界的代际传承问题。

本文将重新梳理广东作家群体与建立"群""派"之间的关系,旨在提出:不管有无"派"的实际存在,不管后人如何定义它们,广东作家作品中一直体现出时代精神与人文意识,和作家们对地方文化风俗的切身感悟。正如胡风所评价的,"一个诚实的作家所爱的是活的人生真实"[①]。欧阳山的早期作品是他建构广东新文学所付出的努力与尝试,也包含作家对革命文学传统的继承与再创造。欧阳山曾说,"希望自己能够成为一个忠于生活的诚实的人"[②]。这也是我们今天重新讨论广东作家作品、关注广东文化、审视粤派精神应该关注的地方。

---

① 秋明:《〈七年忌〉读后》,袁向东主编:《欧阳山研究文集》,中国文史出版社,2008,第202页。
② 欧阳山:《〈欧阳山文集〉自序》,《欧阳山文选》第4卷,花城出版社,2008,第522页。

## 一、广东作家群体及其命名

以地域特性、创作特点、语言风格、精神特质等特征来命名文派,古已有之,如明清的"公安派""竟陵派""桐城派",进入现代以后,随着印刷业和出版业的发展以及通信技术的进步,人们的交流开始突破地域限制,结社也更为自由,因此又出现不少以较为统一的创作方向为宗旨的社团,如著名的文学研究会、创造社。谢有顺曾划分三类学派,一是问题式学派,一是师承式学派,一是地域式学派。[①]中国现代文学史中的"乡土文学"作家群、《七月》派、"东北作家群"是这三类学派的典型代表。既是从文学史的角度来谈,则涉及建史;既然是建史,则不得不涉及后人如何评判既定历史事实的问题。相对来说,古代的各种学派更多是地域式的,体现出来的是小圈子中士人们的共同志趣,他们在创作的时候更为纯粹,不需过多考虑作品的社会效果,如是否符合时代潮流、能解决什么问题、是否能迎合读者等,时人称呼他们的时候也不一定会带上一个"派"字,像竹林七贤、韩孟、元白、公安三袁,都是指向性非常清晰的称谓。

进入现代之后这种情况有所改变,文学创作和文学批评开始参与到民族国家的建构当中,它们不仅要使自己成为"新文学",以与"旧文学"相区别,而且在诞生之后不久便开始为自身建史。这种全新的学科体系受益于西方,其间亦涌现出大

---

[①] 谢有顺、李凤亮:《粤派批评超越岭南,成为中国的实证学派》,《羊城晚报》2016年6月19日,A07版。

量社团、学派。在这当中，一些学派延续了古代文人的言志传统，如周作人等人的"言志派"散文和林语堂、梁实秋等人的"性灵派"作品，强调个人主体性在文学写作中的作用；另一方面，由于每个社团几乎都会创办自己的刊物，因此出现许多借用自己的刊物名称来命名的创作群体，如新月派、语丝派、现代评论派等，这些名称本身就是团体风格的指代。更为重要的是，"派"逐渐成为划分作家身份的依据，从属于哪个派别、哪个阵营，是考量其文学地位的重要因素，五四新文学阵营对鸳蝴派的打击，就是最初的例证。革命文学兴起之后，后期创造社借用日本福本和夫主义来对新文学作者阶层进行划分的做法，是这一倾向的进一步发展。此外，也有不少学派因自身的观点没有很好地契合时代大潮流而遭淘汰或重创，如"学衡派"与"七月派"。今天我们在讨论以前的"派"时明显隔着"时间差"与"地域差"，再加上各家持不同的评判标准，因此如何定义、定性它们存在较大的斟酌空间。比如唐代诗人白居易、元稹等人倡导的新乐府运动，确有诗歌革新意味，他们有自己的理论主张，也留下了不少自创新题的"新乐府"诗，但是否形成一场"运动"，如何界定"运动"，则需要进一步商榷。又如20世纪80年代严家炎挖掘出来的"新感觉派"，则立刻遭到当时仍然在世的施蛰存本人的质疑。

在"五四"热闹的结社环境中，广东地区也出现了如中大的文学研究会广州分会、广州的"南中国文学社"、汕头的"火焰社"、30年代的左翼作家联盟广州分盟、广州诗坛社（后改成中国诗歌会）等社团，但它们的影响仅限于地方，"南中国文学社"甚至没有来得及开展实际工作就成员散失。

回顾从晚清至今一百多年的时间，尽管广东也被称为"革命的策源地"，在新中国成立以前就已经出现了康有为、梁启超、黄遵宪、丘逢甲、吴趼人、黄小配、张资平、梁宗岱、李金发、钟敬文、洪灵菲、欧阳山、草明、蒲风、丘东平等一批响当当的名字，但这些名家似乎都只在自己的领域当中出色耕耘。他们的创作努力与艺术成就，或许不输于同时代的"东北作家群"与后来的"荷花淀派""山药蛋派"，但无论创作、评论，还是学术研究，他们都没有集结成强烈的带有广东地方性也即"粤味"的团体，或者说，他们没有使故土广东，获得一个全国性的，与北京、上海旗鼓相当的地位。而且上述作家，往往是在离开故土后，在他乡获得声名与地位，因此文学史给予他们的，更多是对个人独立成就的肯定。

就学界对广东现代作家群的命名情况来看，目前影响较大的是抗战兴起后出现的"华南作家群"。但"华南"包含的地域范围大很多，这个名称不是广东作家独有的称呼，它包括1937—1949年间活动在广州、桂林、香港等地的作家群体，而且该群体的形成还与抗战爆发后全国大批知名作家的南撤相关。许翼心80年代提出"现代岭南作家群"，指代"华南作家群"中来自广东的那部分作家，但二者都是以地域作为命名依据，实际上"岭南"也不仅仅指"广东"。

这种现象的出现有内外两方面原因。在中国历史上，广东处于五岭之南，地理上与中原相分隔，文化上长期落后于北方，粤语也一度被称为"南蛮𪘏舌"。到了晚清近代，梁启超、黄遵宪等人开风气之先，很大程度上是中西文化冲突的结果，广东成为传输西方文化的重要阵地。在社会变革之际，文学的政治功利性开始被放大,广东作家更早体会到"口岸"打开之后的社会阵痛,因此不可能再将自己封闭在个人的浅语吟唱当中。外来文化与本土传统的结合,催生了艺术的全方位变革,广东的文学、绘画、音乐、建筑等领域,都不可避免地卷进这个大的潮流当中。广东的新文学氛围虽不如北京、上海,但其具有地缘上的优势,变革较早,并且受到国民党政权对地方文化的有意识保护①,因此对于二十世纪二三十年代登上文坛的广东作家来说,他们更加深刻地感受到革命浪潮的冲击,同时又带有对本土文化的自省与内化。在他们的文学表述中,既承载着新的民族、国家的建构使命,又显示着社会的重要变化:过去的被统治者民众、大众,慢慢地从被启蒙者转变成了"社会的主人"②,也就是毛泽东说的人民翻身做主。从三四十年代开始,来自苏联的"社会-历史"批评方法、"阶级论"的阐释体系逐渐占据重要地位,到了新中国成立以后,文学的"一体化"进程全面铺开,③文艺体制中几乎不存在具有独特理论主张和代表人物的学派,因此吴有恒说:"解放后,人们有点怕成为派。写海外题材,怕人说是宣扬资本主义,怕追海外关系;多一些地方色彩,怕人说是地方主义;连语言也怕人说不够规范"④。

---

① 喻忠恩:《政治话语与语言教育:20世纪20年代后期的广东国语运动》,《井冈山大学学报(社会科学版)》2010年第5期。
② 雷蒙德·威廉斯:《关键词:文化与社会的词汇》,刘建基译,生活·读书·新知三联书店,2016,第327页。
③ 洪子诚:《关于50—70年代的中国文学》,《当代文学的概念》,北京大学出版社,2010,第18—47页。
④ 吴有恒:《应有个岭南文派》,《吴有恒文选》第2卷,花城出版社,1993,第340页。

历史上的"学派"无名之状态,一直是广东文艺界的"心头之痛"。80年代吴有恒看到创作风向松动后,秦牧、陈残云、杜埃等广东老作家差不多同时写作华侨题材,而该题材又是广东历史中特有的,因而感慨"应有个岭南文派",由此很快引发讨论热潮。这次讨论一直延续到90年代中后期,涉及"岭南文派""珠江文学""珠江大文化圈""岭南新文化"等内容。近年来,黄伟宗又提出"珠江文派"概念,意图从水域文化的角度将珠江文化与黄河文化、长江文化并置,并通过"写作气派"来总结广东作家的群体特征。[①]而在文艺评论方面,较为热闹的则是关于"粤派批评"的讨论。2015年12月北京召开"闽派批评"研讨会,《羊城晚报》副刊编辑部受此启发,随即策划了一系列讨论,从翌年2月开始发稿,邀请各路名家参与,内容涉及"粤派批评"的有无、是什么、崛起与发展、历史与现状等。总的来说,讨论的结果是赞成的声音大于否定的看法,学者们更认同将"粤派批评"视为"一个受到特定地域文化影响的批评群体"[②]的观点,而不拘泥于"粤派"的理论主张、结构组织、代表人物。

或许正如谭运长所说,要寻找"派"、寻找"家",反映了人们对于文艺评论现状的焦虑心态。[③]其实,不管是"岭南文派""珠江文派"还是"粤派批评",这些概念都没有超出

---

① 黄伟宗:《珠江文派者,写作气派相通之广东作家群是也》,黄伟宗、李俏梅编著:《珠江文典——广东新文学经典作家作品选析》,广东旅游出版社,2017,第400页。
② 陈剑晖、梁凤莲、谭运长、龙扬志:《标识"粤派"批评 张扬本土旗帜》,《羊城晚报》2016年11月13日,A08版。
③ 谭运长:《"粤派批评"》,《粤海风》2016年第4期。

吴有恒当年的概括:岭南文派不是严谨意义上的社团组织,更不会有它们的理论纲领,这些称谓只是一个泛指,一个总结。吴有恒提到岭南文派有两个非常突出的特点:开放、新潮,同时强调它的地域色彩,包括方言的使用,这些观点也为后人所继承。新时期以来广东文学界展开过一系列热点问题讨论,如70年代末对欧阳山作品的评价、80年代对流行文化的争论、90年代的"南方人文精神主张""第三种批评"的讨论、新世纪初对"都市文学""打工文学"的探讨等,它们提供的"发达的事实感"[①]所体现的精神价值,早已超越是否属于"粤派"这个讨论层面,而这其实更是广东的文艺工作者所做出的实绩。广东文艺工作者的代际传承远较单一的籍贯、地域范畴复杂,单纯从是否为"粤人",是否在"粤地"出生、生活的角度来考量,或者人为圈定"粤派"之地域表述,也是过于直线的思维方式。

不过,我们也要注意到,对于广东籍作家来说,他们中的不少人生于斯、长于斯,后来才离开广东北上,以后又不断回粤,甚至定居下去,因此他们在外的个体努力,实际上复刻着故土的烙印和强烈的地域认同,广东较为自由流动、包容开放的文化性格又养育了他们独立、求索的个体意识与人文精神。新中国成立前广东出现各种小的地方社团,但缺乏鲜明意义上的广东文学流派,对于在现代文学史上赫赫有名的广东文艺家来说,他们在地域性格上或许属于"不党之一群"。新中国成

---

[①] 黄树森:《"粤派批评"的辉煌、沉寂与雄起》,《羊城晚报》2016年7月17日,A07版。

立后秦牧、陈残云、杜埃、岑桑、林遐、紫风、沈仁康、杨石等人写作了大批洋溢着岭南风情的散文作品，呈现出较为一致的写作面貌，便是明证。同时，他们当中也不乏领袖人物，比如黄树森就提到，1961年《羊城晚报》展开关于小说《金沙洲》的讨论时，萧殷起到了重要的组织、参与、引导作用，他是当时广东文艺批评的一面旗帜。[①]而与萧殷同辈的老作家中，不管讨论广东的什么"派"，欧阳山也是一个绕不过去的人物。本文亦愿意从这个整体性的角度来讨论欧阳山早期作品中的地域性与民族性。欧阳山最早的文学创作开始于20世纪20年代，至晚年笔耕不辍。他接受过"五四"洗礼，在他的作品中始终能读到某种自觉不自觉对人的关切，这种现象不仅仅存在于他早期的"至情文学"中，也体现在他转向左翼文学之后的"力作"、与他全面接受了《讲话》精神之后写的一系列宏观式"画卷"里。

## 二、黑夜意象与人文精神

欧阳山早年写作有一个发展过程，"至情文学"向"革命文学"的转变，是他自主选择的结果。欧阳山1924年发表第一篇短篇小说《那一夜》，署名凡鸟；1926年发表第一部中篇小说《玫瑰残了》，首次使用笔名"罗西"。"罗西"来自

---

① 黄树森：《"粤派批评"的辉煌、沉寂与雄起》，《羊城晚报》2016年7月17日，A07版。

"玫瑰"一词rose的英文音译,颇有浪漫色彩。罗西走上文坛不是来自某种传奇中的因缘际会,他与同时代的许多热血青年一样,更多因为感受到时代的召唤。因此他的作品一出现就带着"五四"印迹,《那一夜》是问题小说,写了妇女解放问题;《玫瑰残了》描写无法在现实与爱情中找到生存空间的多愁善感式男主人公V,书信体的形式、"自叙传"的影子、丰沛的感情、欧化文言化并存的新式白话文,均大大加强了小说的抒情性,再加上长诗《坟歌》、短篇集《仙歌》等作品,罗西的写作在当时吸引了不少新文艺爱好者。

V的处境,亦是罗西们当时的写照:"峋嶙的孤独的怪石峙立在臭恶充盈的池里,四周围绕的都是些腐霉肮脏的枯朽之残叶,它颤颤地傲倨地受尽了风雨霜雪的凌夷,受尽了周遭的强烈的恶化性的压逼,虽然它终于会腐烂而堕下那臭恶的死池,有那满身的疮痍和斑疤,也足以证明它是百战的勇士了。"[1]这些浸透着象征主义手法的表述,随着"五四"落潮而逝去,欧阳山在创作的同时,亦开始投身社会革命与文化活动,他在北伐军队伍中参与政治工作,1926年与赵慕鸿、冯慕韩等十几个青年朋友组织"广州文学会",该组织是后来"广州普罗作家同盟"的前身。欧阳山在1928年前后已经接触到马克思主义,在这期间他辗转上海、南京,逐渐"左"倾,开始普罗文学创作,作品数量也一下增多。与前一阶段相比,欧阳山此时写作的题材和风格都有了很大变化,其作品开始描写工人运动,并有意识地将广州下层民众的生活及粤语方

---

[1] 欧阳山:《玫瑰残了》,《欧阳山文选》第3卷,花城出版社,2008,第14页。

言写进小说,写广东地方特色。这一时期欧阳山的代表作是描写工人斗争的中篇小说《竹尺和铁锤》,"竹尺"和"铁锤"是工人们罢工斗争的武器,贯穿全篇,意象内涵丰富。主人公寡妇王九姑及其儿女阿华、阿菊,是当时广大社会底层平民的缩影,王九姑因生活所迫做过娼妓,阿华是失业青年,阿菊是织布厂女工。作者描写了他们一家走投无路,生活进入绝境的生存状态。阿菊和爱人阿樵,因家庭压力,相约离家出走,但在出走途中重新返回工人队伍,参与罢工,最后获得胜利。阿菊的觉醒,亦寓意工人阶级的觉醒及反抗。

  读欧阳山早期作品,常常能感受到强烈的黑夜意象。鲁迅去世后,欧阳山在悼念文章中写道:"太阳还在。黑夜以及寄生于黑夜中的鬼魅敢出来么?"[①]黑夜作为时代象征为作家们普遍接受,太阳的光亮与夜晚的黑沉之间的对比,也是人们愿意感悟的风景。欧阳山笔下的黑夜,与北方广袤农村的夜晚有着明显不同,其光源除了传统的煤油灯,电灯是一个显著的信物:广东较早接受现代工业的体现。

  街头底雪白的电灯照着那些孩子们各自回到母亲那里,他们每天在工厂里昏着,忙着,辛苦着,到现在才找到了苏醒的机会。[②]

  每逢晚上下雨,在一盏五支光的电灯底下,漏下来的水滴滴答答地四边响着,我们完全不能睡觉,连坐的地方也没有,

---

① 欧阳山:《一个够胆的男人》,《欧阳山文选》第4卷,花城出版社,2008,第49页。
② 欧阳山:《竹尺和铁锤》,《欧阳山文选》第3卷,花城出版社,2008,第101页。

就为了那些赌博的事情争吵起来,伕长也加进来评论。①

隔离间屋竖起晒中秋灯火,光橙橙好似日头咁,呢便一眼火水灯仔,照住三个大人响度叹气。②(隔壁那家人已经高高挂起中秋灯火,亮澄澄像太阳,这边只有一盏小小的煤油灯,照着灯下叹气的三个大人。)

与现代化进程相伴的,必然是工业的发展、资本的重组和劳资关系的紧张。欧阳山在其作品中勾勒了一幅底层众生相,在时间退去它白天的喧嚣与熙攘之后,黑夜中依然活动着生活提供给底层民众的不堪经验和暴动之力。这些东西有些来自欧阳山本人的生活记忆,有些来自他敏感的对于贫困、愚昧、痛苦、屈辱之情感体验。黑夜作为压迫的象征,不是欧阳山等人的发明,对夜晚的想象与写作,事实上是近代以来几代作家的共同选择。③但描写黑夜意象,选择现代产业链中的工人阶层、家园受到侵蚀的农民、将生命付诸战场的士兵作为载体,讲述现代化过程中个体情感的消融和对生命价值的把握,是广东作家早年写作的一个精神面向。欧阳山的短篇小说《水棚里的清道伕》,描写白色恐怖下旧社会清道夫(伕)(收垃圾工人)的悲惨生活。这些清道夫长期被视为社会最下等人,工作和生活环境极度恶劣,收入亦极低。但就是这群清道夫,在警

---

① 欧阳山:《水棚里的清道伕》,《欧阳山文选》第3卷,花城出版社,2008,第169页。
② 胡依依:《单眼虎》,香港书店,1933,第11页。
③ 刘纳:《望星空——一个文学意象的历史考察》,王晓明主编:《二十世纪中国文学史论》(上卷),东方出版中心,2005,第117—141页。

察局深夜要求他们去清理十几个被枪杀的青年男女的尸体时，举行联合罢工。虽然最后他们被逮捕，但他们的遭遇和反抗，一方面交代了白色恐怖下知识分子被肆意捕杀的社会现实，另一方面又凸显了革命低潮中，革命火种并未熄灭。短篇小说《七年忌》，则讲述了一位母亲的心路发展。倪三太的独子大德，七年前在广州沙基惨案中牺牲，之后老太太每年都在等待6月23日这个日子，因为这天大德的朋友褚坚会来看望她，并与她一道祭奠大德。但今年的这天，褚坚没有来。儿子的去世以及儿子的象征——祭奠仪式的取消，使得老太太悲痛欲绝。作家正是通过一名平凡母亲对儿子无尽思念之情的描摹，通过乱世之中最微小，却又绵远流长的普通亲情，来感悟这个时代，呈现革命和战争这个大熔炉下个体身不由己的无奈。

欧阳山与洪灵菲、戴平万、丘东平等广东作家，出生成长于动乱时期，接受过"五四"熏陶，后来又走向革命文学，因此对于时代风云的变幻，对于生活的多面性有着特殊的敏感。洪灵菲写《流亡》，狱中看到的太阳便犹如燃烧着的火红的玫瑰，在天边颤抖，这种对光明的憧憬，或许只有真正经历生死回转才能刻骨铭心。戴平万的《苦菜》，故事本是写东北同胞李老太到松林里采苦菜，受尽凌辱，最后被日本兵残忍枪杀的悲剧，但全文读完，充斥人心的是一种宗教般的静谧与救赎。作者并没有从正面渲染日本入侵对李老太一家正常生活的破坏，所有这些存在于李老太的心理活动中，作为背景而出现。在看不到未来的生活里，李老太转向过去祈求、转向菩萨祈求、把自己的希望寄托在密林深处一株株跳跃的绿的耀眼的苦菜身上，因为苦菜是自由的生命！在高远的天地之间，在生机勃勃雄伟如猛兽的松林里,李老太和她所遭遇的一切,仿佛化成历史的一缕轻烟,获得升华,正如子弹飞出之后李老太的叹息和日本兵的欢欣,旋即逝去,吞没他们的是松林里更多的静寂。广东作家们在时代的黑夜下,在激进的革命文学潮流中,依然在寻找人与自由,这是广东文学在发展过程中一直葆有的精神特质。

在寻找自由的过程中,作家的笔触常超出单纯的现实层面,走向优美与崇高,欧阳山的中篇小说《崩决》,颇有宗教意味,维化村那个唯美而崩决的夜晚,书写的是人们自我救赎的努力。小说中的维化村是广东的一个农村,因遭遇一场大洪水,村民迫于生存压力而集体流浪。村民的出逃,一方面源自自然灾害,更深层的原因则在于当地官僚、地主的长期盘剥;他们在流浪中,遭遇一次又一次的不幸,领头人焦顺也中弹死去,在实在没有办法的情况下,最后幸存的村民自发成立了一个农民组织——顺化堂。一年后,顺化堂已经成为附近几个县的所有农民都熟悉的堂名,五个首领全是出名的"脚色",他们在一个有风的秋夜里回到家乡为死去的亲人举行葬礼。这个结尾颇有梁山英雄意味的故事,承载着现代革命色彩,同时也是一部广东农村风情录。尤其值得注意的是,在革命外衣之下,作者对人的精神世界的体察是深刻的。在逃亡这一年非人的经历之后,村民们虽然"胜利地"回到家乡,但"家",始终是不存在的了。在结尾的葬礼上,欧阳山如此写道:

整个宇宙没有一点声音,静默得仿佛它已经死亡。人们像化石一般不能行动,只有这一个山岗上冒出火焰,吱吱地,毕剥地燃烧着。纯真的静默或许就是最大的声音。①

洪水崩决了村庄,而失落的家园、逝去的亡灵,崩决的却是人们内心深处的向往。于是静默之后大家开始疯狂,开始吟唱:"等我做点坏事啦/我是没了家,啰!"这些醉酒、发泄、激怒、摔碗的举动,这个混合着荒野、酒气、丁香花香、哀歌、汗水、农民的自暴自弃的黑夜,把作品,以及作品当中描写的"革命",推向了高潮。广东现代作家的作品中,不乏此类宗教式场景,丘东平的《一个连长的战斗遭遇》中,战士高峰受重伤死去后,他的尸体被抬了过来:

于是人类进入了一个庄严而宁静的世界,他们的灵魂和肉体都静默下来,赤裸裸地浸浴在一种凛肃的气氛里面,摒除了平日的偏私、邪欲、不可告人的意念,好像说:——"同志,在你的身边,我们把自己交出了,看呵,就这样,赤裸裸地!"②

人们交出自己,成就革命事业,不仅仅是成为一枚战争的螺丝钉,更多的是在这个过程中寻找生命的意义。这种努力,同样体现在欧阳山早年的几部成长小说上。这些小说虽然存在主题先行的问题,都是描写贫苦孩子受尽人间冷暖,最后成长为无产阶级英雄的故事,但在这个过程中,欧阳山不自觉写出

---

① 欧阳山:《崩决》,《欧阳山文选》第3卷,花城出版社,2008,第273页。
② 丘东平:《一个连长的战斗遭遇》,罗飞编:《丘东平文存》,宁夏人民出版社,2009,第221页。

了人物在成长过程中内心的变化,细节中体现出人物的反抗精神。在中篇小说《单眼虎》中,主人公阿虎的命运极为不幸,父亲抽大烟、赌博,母亲沦为娼妓,自小在贫民窟成长,并且因为无法接受治疗而失去一只眼睛,所以被人称为单眼虎。所幸的是阿虎有一个疼爱他的姑姑,在阿虎还在上学的时候,他最期待每月的1号和15号的到来,因为这两天是姑姑发工资的日子:"灿姑出左粮,食完晚饭七点钟耿翻屋企同阿虎出街顽,个晚就爽喇,有糖食,有饼食,有公园行,有时重上天台睇戏,之至紧要嘅,就係有个人真痛佢"①。在以前没有电视、没有手机、没有各种电子游戏产品的时代,对于孩子们来说,最开心的莫过于家长带着上街玩,买玩具,买零食,逛公园。欧阳山的这些描写,既写出了孩子纯真的感受,也真实地展现了当时的底层人民对温饱生活的向往。在革命风起云涌的时代,对于更多的底层民众来讲,他们所追求的或许并不是建功立业,更不是为了成为叱咤风云的人物,革命不过是给他们提供了对未来的期许和要求改变现实、追求平凡稳定生活的动力。在这一点上,《战果》进一步将笔触探入人性深处,讨论人的价值。

《战果》成书于1939年底,出版于1942年,在炮火纷飞当中,小说强调的依然是"人底价值"。《战果》的开头追溯泥螺村四百年的孤独,丁氏家族的老祖宗临终前一再强调:"最贵重的是人哪!"②但400年后,随着人类对自然的胜利

---

① 胡依依:《单眼虎》,香港书店,1933,第26页。
② 欧阳山:《战果》,《欧阳山文选》第2卷,花城出版社,2008,第6页。

而来的，是人的价值的失落，人们失去了自己优美的德行："他们不再能够互相尊敬，互相爱护，却代之以互相蔑视，互相憎恨。"①小不点丁泰，正是成长于这样的环境当中，贫穷的家境使他从小无法抬头做人，到他十几岁的时候，家庭甚至需要通过他的偷窃来维持基本的生活。作者在塑造极度恶劣的生存环境之时，一直牵着一条主线，那就是丁泰希望成为一个对自己有用、对"国家"有用的人。在丁泰的成长过程中，唯一信任过他的人是东乾叔，但丁泰却没有保管好东乾叔交给他保管的"巨款"，并连累后者丧了命。这件事成为丁泰人生的转折点，这之后他一直通过自己的努力，想要寻找真正的生活，实现自我救赎。在下乡学生宣传队的引导下，丁泰慢慢接触到外面的世界，看到了像"国家"一样的省城广州。通过擦皮鞋募捐的方式，完成了自己对"国家"所负有的义务，最后用一己薄弱之躯为东乾母亲挡住了日军轰炸中的致命子弹，摘取了"战果"。在小说的字里行间，地主恶霸对乡民的欺压、底层民众痛苦绝望的生存状况、日军猛烈的空袭等外部描写，都让位于丁泰长时间的忧郁和孤独的沉思，大革命时代的工人故事、战斗和浪游的神秘，只为了"洗濯他那极度疲乏的灵魂"②。在丁泰的成长过程中，他已经模糊地感受到了某种和他的年龄并不相称的罪感，这种罪感并不仅仅来自自己愧对的东乾叔，更多源于生活对他的亏欠。

---

① 欧阳山：《战果》，《欧阳山文选》第2卷，花城出版社，2008，第8页。
② 欧阳山：《战果》，《欧阳山文选》第2卷，花城出版社，2008，第16页。

## 三、地域色彩与乡愁记忆

陈思和曾提到,他的父亲常说广东文化有三样代表:一是唱粤剧的红线女,一是欧阳山的《三家巷》,一是历史悠久的《羊城晚报》。①《三家巷》的受欢迎,在于它在革命主题下书写的爱情故事与浓郁的广府风情,在文学必须反映政治与革命主题的语境中,这些旁逸斜出的内容会受到主流话语的批判,但这种批判与作品的阅读者关系并不大,在有限的条件下人们依然可以根据自己的口味来选择喜好的作品。翻开《三家巷》,随处可见"白云山高,珠江水长"。这些凝结着广东民众记忆的地理风情,也常出现在欧阳山前期的作品中,如广州街头的大小茶楼、租赁给下层气力出卖者居住的"咕哩馆"("咕哩"指苦力),穷人们聚居的僻巷和平房、广东特有的蚝壳屋等。新中国成立前欧阳山辗转全国各地,也写过其他地方,但广东人以及广东人的生活,一直是他写作的底色。为此他甚至还在上海受过讥笑,1937年他曾抱怨:"好像我总得写一点他们所知道的北平和南京,否则我就是固执和诡辩得简直没有药医的人了。"②尽管对于侨居他乡的写作者来说,身处异乡仍然能够"用笔写出他的胸臆",但来自地方本土的"异域情调",最后只隐现为乡愁,③这是当年鲁迅自况,亦

---

① 陈思和:《难忘〈三家巷〉》,袁向东主编:《欧阳山研究文集》,中国文史出版社,2008,第112页。
② 欧阳山:《我底苦心——〈失败的失败者〉代序》,《欧阳山文集》第10卷,花城出版社,1988,第4009页。
③ 鲁迅:《〈中国新文学大系〉小说二集序》,《鲁迅全集》第6卷,人民文学出版社,2005,第255页。

是许多写故乡作家面临的境遇。

在20世纪30年代前后,欧阳山有非常明确的"左"转动机:"想做中国的高尔基"①,有趣的是,他的朋友丘东平,也希望自己的作品中出现"高尔基的正确沉着的描写"②。在他们的作品中有许多广东人,"广东人,在他(笔者:指丘东平)和欧阳山的意念中,就是男性,硬汉的代名"③。由欧阳山、草明、东平、邵子南、于逢集体创作,东平执笔的中篇小说《给予者》,描写的就是这样一名灰暗、沉郁的广东硬汉黄伯祥的形象:他支付了他的生命,因为他自己本身就是战争。④这种个人反抗带有自发性,但充满对革命、战争悖论的思考:在争取民族独立的时候,是战死在战沟渠边贵重,还是以"回家"为当兵的目的?"家"所承载的意味,既包括自己的故土,也涵盖个体对所处文化环境产生的归宿感,作家描写地方文化与民俗风情,首先要有强烈的自我认同,鲁迅最终没有写出红军的故事,不仅因为距离的限制,更在于生活的隔断。就作品的对象来说,广东作家笔下那些爱唱山歌、咸水歌、粤讴的妇女,醉酒、打老婆、到处厮混的中年苦力,在树上采摘"黄皮"的小孩,在路边食杨桃的工人,在家门口抽着

---

① 温梓川:《在广州一年》,温梓川著,钦鸿编:《文人的另一面》,广西师范大学出版社,2004,第238页。
② 郭沫若:《东平的眉目》,《丘东平文存》,罗飞编:《丘东平文存》,宁夏人民出版社,2009,第340页。
③ 聂绀弩:《东平琐记》,《丘东平文存》,罗飞编:《丘东平文存》,宁夏人民出版社,2009,第347页。
④ 丘东平:《给予者》,《丘东平文存》,罗飞编:《丘东平文存》,宁夏人民出版社,2009,第127页。

水烟筒的老人，也是"地方"的一部分。他们的存在和白云山、万福街、明珠电影院一样，属于广东，也属于广东的生活。而他们的读者，因为与之处于同一种历史语境之中，因此能够从作品中的人物语言、行为、地方风物得到共鸣，比如欧阳山有些作品中夹杂市井阶层口语中常出现的粤语脏话，懂粤语的人读来，或许会感觉粤音如在耳边。

关于地方色彩的地域性与世界性，周氏兄弟有精彩阐释。周作人在评价刘大白的诗集《旧梦》时说，在现代民族国家的建构过程中，作家要冲破狭隘的国家主义眼光，在讨论个体的同时亦该考虑到自身是"人类一分子"，从这个角度来看乡土艺术的话，"强烈的地方趣味也正是'世界的'文学的一个重大成分"[1]。鲁迅亦说："现在的文学也一样，有地方色彩的，倒容易成为世界的，即为别国所注意。"[2]欧阳山写作的广东小说，呼应着同时代的"乡土文学"，乡土文学不排斥国民个性，亦恳切地把握现实，地方趣味与地方色彩承载的不仅仅是地方民俗，更包含人类普遍的情感与精神生活。《竹尺与铁锤》中的九姑，用拖病的身体在许多意想不到的晚上卖肉，实质是在卖生命；《七年忌》中永远在等儿子回来的倪三太，承受着失子永远的伤痛；《崩决》中的四姓亡魂，献身给家园的重建……这些鲜活的人物形象，既是广东的，也是全国的，

---

[1] 周作人：《〈旧梦〉绿洲（十）》，原载《晨报副镌》1923年4月12日，署名作人，钟叔河编订：《周作人散文全集》第3卷，广西师范大学出版社，2009，第55页。

[2] 鲁迅：《340419致陈烟桥》，《鲁迅全集》第13卷，人民文学出版社，2005，第81页。

他们所提供的文学经验充满对生活的挑战和对家园亲情的追求,他们的生活情状符合广东地区的社会现实,但他们的精神历程却是在革命话语之下的"黑夜"中游走。革命与反革命,剥削与反剥削,并不是广东所特有的,省港大罢工、沙基惨案等事件,与其他地区的类似事件共同构成了二三十年代的中国历史,亦顺应着同时期的世界性无产阶级革命潮流。

因此胡风说欧阳山的小说,"大多数场合用的不是故事底发展而是生活断片"①,这样的写法优点是可以摆脱"中心概念"的束缚,缺点则是使得作品"散漫",欧阳山亦成为"难懂"的作家。"难懂"正体现了欧阳山前期作品的复杂性,像《战果》中的人道主义色彩,就被丁玲批评为"欧化难懂"②,而有着明确"关照政策"和"中心主题"的《高干大》,又被冯雪峰批评为"仿佛它不是一株生在旷野间的树,而是一株砍倒了的、并已经当做木材用了的树"③,因为小说中作者的匠心过于可见,缺乏艺术上的力量。欧阳山是广东"土著",远赴陕北,不仅要适应地理气候、生活饮食等方面的巨大差异,而且面临着与南方截然不同的文化传统,这种后天短时期内建立起来的生活基础,其实无法一下成为作品的精神支撑。因此,尽管高生亮有着现实生活中的原型,《高干大》亦以欧阳山在陕北合作社与农民相处的日子为创作背景,但这部小说中所融入的作家生活体验,或许不如罗西时代的那

---

① 秋明:《〈七年忌〉读后》,袁向东主编:《欧阳山研究文集》,中国文史出版社,2008,第202页。
② 丁玲:《跨到新的时代来》,《文艺报》第2卷第11期,1950年8月。
③ 冯雪峰:《欧阳山的〈高干大〉》,《小说》1950年1月1日。

些广州记忆。欧阳山曾将《战果》改编成广东流行的粤调说唱形式木鱼书,但无法获得陕北农民的欢迎,体现的也正是这个道理。

## 四、粤方言写作的困境与发展路径

1932年欧阳山在广州参与组织"中国左翼作家联盟广州分盟",主编《广州文艺》周刊,与上海的左联直接联系,开展革命文艺活动,提倡"粤语文学"运动。对于"粤语文学"运动,目前学界尚缺乏统一名称,较常见的提法有四种:一、黄伟宗在《欧阳山评传》中使用"粤语文学活动与创作"与"'粤语文学'运动";二、张英姿在其硕士论文《论欧阳山的广州叙事》中使用"广州话文学";三、田海蓝在《欧阳山评传》、李琳琳在其硕士论文《欧阳山小说研究(1924—1949)》中均使用"'粤语文学'运动";四、欧阳山本人在1932年9月写给厉厂樵(笔者注:厉厂樵是《民国日报》文艺副刊《黄花》主编)的信《关于〈广州文艺〉的通讯》中,将"粤语文学"作为一个命题提出。

《关于〈广州文艺〉的通讯》讲述了开展"粤语文学"运动的缘由,欧阳山认为广东文坛存在"有钱也买不到好稿子"的现象,原因是广东作家多用文言、官话、土语的"三夹语",很少有能用国语写出"通顺"文章者。粤语和国语间的巨大差异,导致广东作家在写作时很难逾越口语转换到书面语时的障碍——可以用广州话讲出来的故事,没法用国语/白话文写出来，因此广东具备开展"粤语文学"运动的条件。欧阳山们当时有一个宏大的目标，希望动员更多广州的作家参与进来，《广州文艺》创刊号头条是罗西写的《请广州作家全体动员》，作者同期发表粤语小说《跛老鼠》，第三期发表粤语小说《懒理》，粤语诗《唔算出奇》，以及论文《粤语文学底根据和目的》。当时参与粤语文学运动的除了欧阳山外，还有龚明、赵慕鸿、草明、伍乃茵、易巩等人，他们的工作主要包括三个方面：一是创作、编辑、发行粤语文学作品，《广州文艺》周刊在当时有不错的发行量。二是由龚明负责进行语言调查和理论研究工作，如研究广州话的发音和语言情感表达等内容。三是收集整理广东地区民间粤语文学作品。

"欧阳山"这个笔名，始于1932年发表的粤语小说《懒理》。从"罗西"到"欧阳山"，代表着欧阳山本人早期创作中的两个阶段。"罗西"带给读者的更多是少男少女情怀，包括恋爱之初体验、对革命的感性理解、对未来的憧憬与想象等。"欧阳山"的出现，则标志着欧阳山的创作完成了"左"转。"粤语文学"运动是一场语言实验，凝结着广东新文学作家运用本地方言进行创作的想法，是探索现代粤语写作的一次有益尝试。同时，它也体现着欧阳山等几个从广州去到上海、又从上海回到广州的文学青年对左翼文学精神的感悟，以及他们渴望运用从左翼文坛带回来的新的、"革命的"、带有宣传性、工具性的文学创作标准，来打造广东新文学的真诚和激情。

欧阳山在创作之初即有意在作品中使用本地方言，1927年间开始有意识关注方言文学命题，1928年在上海出版的几部作品如《桃君的情人》《莲蓉月》《蜜丝红》等作品中都含有粤语方言。这种现象并不孤立地出现在欧阳山身上，在同时期的广东作家戴平万的短篇小说《流氓馆》、洪灵菲的中篇小说《流亡》、丘东平的报告文学《第七连》等作品中，都能看到不少粤语表述，出现概率较高的地方是人物对话。此外，洪灵菲还尝试将家乡方言（潮汕话）写进小说中，如《在洪流中》阿进母亲和瑞清嫂的对话，《归家》中百禄婶的诅咒，《金章老姆》中引用的当地民谣。

现代时期新文学确立自己权威地位的有效手段是运用语言这个工具，白话文取代文言文成为国语，一方面结束了过去"官话"的统治地位，另一方面也为各地不同方言区人们之间的交流提供了更广范围的便利。白话文自身所具有的开放性为方言写作提供了发展空间，但共同语所具有的话语权却同时制约了方言写作的独立发展，方言所具有的本土性和地域性，则是其自身固有之桎梏。因此"粤语文学"运动中用纯粤语来进行创作的做法，其中最突出的问题就是地方土语与方言字之间的转化困境，这也是粤语写作及其他方言写作本身需要克服的问题。另外，就读者而言，阅读粤语作品需要有扎实的粤语语言功底，典型的粤语方言词汇在理解上是不成问题的，但阅读通篇使用粤语叙述的文本，则不一定能达到流畅的阅读体验。而对于不懂粤语的读者来说，即使在广州生活，要理解这些作品也是比较困难的。

"粤语文学"运动持续了一年左右的时间，最后在巨大的政治压力下宣告失败，欧阳山与草明随后离开广州到上海。环境转换之后欧阳山无法继续纯粹的方言文学创作，但他继续着对"大众语言"的探索,并且不因此而否认方言创作。欧阳山参与了上海文艺大众化的几次讨论,就语言大众化问题提出了自己的看法,认为地方方言可以调和"大众语"与"白话文"之间的裂隙。欧阳山运用语言的能力在20世纪40年代的中篇小说《高干大》中得到淋漓尽致的体现,母语粤语的痕迹一挥而去,小说的基本语调是陕北方言。《高干大》使用的是经过"改造"的方言形式,只在人物对话,某些句子、俗语使用方言,小说主体使用白话文,基本没有出现方言生僻字。在作品中运用什么样的文学语言来进行创作,是欧阳山一直思考的问题,他最终放弃了30年代的纯方言写作,因为这样的东西写出来无法让全国的读者领会。为了扩大作品的受众面,只能够对地方土语加以选择、加工、提炼,尽量选取既能体现本地特色,又不存在大的阅读障碍的词汇,必要时可以在方言词汇背后加上解释,比如"车大炮"(吹牛)。《高干大》将欧阳山对方言写作的探索最终定型下来,也就是通过方言与共同语的"通用""互换"来实现。

## 五、结语:开放的文化心态

欧阳山早年的作品,处处回应着吴有恒半个世纪以后对广东文坛发出的关切之情。晚年欧阳山曾撰写《珠江文化猜想》一文,考究"珠江文化"到底涵盖哪些方面,老人给出的答案是:以社会主义文化为主体,融汇中原文化、本土文化、外来文化,涵盖广东文化、港澳文化,与西方现代文化主动对接。①这个开放性的设想契合着吴老提到的"开放、新潮",包含广东几代作家对本土文化的热爱,也是欧阳山对"究竟有没有一个岭南文派"的回答。在他看来,"岭南文派"既可说有,也可说无,因为一个学派不应靠呼吁来形容,而要靠作家群体在长期创作实践中的共同追求来实现。②

1986年回忆自己在30年代写作的一系列小说时,欧阳山说:"我决心抛弃小资产阶级知识分子的观点,然而常常抛弃不掉;我企图运用马克思主义的观点,然而常常运用不来。"③在时代的巨变当中,老人或有自省,更多的是谦虚。但用这个观点来重新审视他的前期作品,不无生动。对"人"的理解和关注,一直是他创作的本源。欧阳山各个时期的写作都存在"欧化"现象,他也为此受到不少批评,但"欧化"在很多时候却是欧阳山刻意为之。一来是为了应付当时严格的书报检查,特意写得晦涩。比如小说《鬼巢》,明明要写广州起义,但却谈鬼说梦,只能采用侧面影射。但回归到创作方法本身,欧阳山认为用欧化手法来表现生活和塑造性格,更为真实和准确。欧阳山无法抛弃的小资产阶级趣味,不仅仅指代内容上的自我表现和形式上的象征主义,更关涉艺术的审美眼光和看问题、看生活的角度,而今天回顾他的整个创作生涯,与之关系最密切的实际命题便是:如何理解"革命"。《高干大》

---

① 欧阳山:《珠江文化猜想》,《欧阳山文选》第4卷,花城出版社,2008,第144—146页。
② 陈衡:《究竟有没有一个岭南文派——欧阳山访谈之二》,《欧阳山典型观初探》,中国文史出版社,2008,第229—232页。
③ 欧阳山:《〈欧阳山文集〉自序》,《欧阳山文选》第4卷,花城出版社,2008,第513页。

的主人公高生亮,在感觉到革命的崇高与伟大并全力投身进去时,"也确实地感觉到了革命的痛苦和艰难"①。因为革命不能总是宣传与口号,将它落实下来之后,就是实实在在的工作,就不可能不遇到阻碍。《高干大》塑造了成长中的农民形象,对于高生亮这个角色,欧阳山不是一味歌颂,而是依然写出了他性格中的弱点与不足,比如对鬼神的迷信。小说甚至花了六分之一的篇幅来写闹鬼和捉鬼的故事,从原先设定好的主题来看,这些内容都是"旁逸斜出",可以做部分删减的,但从艺术的角度来看,它们又恰是生活的一面,富有地域文化色彩。

对于粤语写作的看法,欧阳山提出10个字:"古今中外法,东西南北调。"②吴有恒说得更直接:"广东作家应努力以广东式的普通话来写作,力求保留地方语言的特色,而又力求使北方人也看得懂。"③欧阳山的创作一直贯穿着革命文学与社会主义现实主义的写作传统,对于其他的地方文化与外来文化,作家则持开放与融合态度,亦写了不少地方趣味。今天不管我们如何重新定义广东文化、粤文化、岭南文化、珠江文化,如何将粤派、珠江文派、岭南文派进行归类讨论,都不应忽视老一辈作家作品中对国与家、时代与个体、革命与生活之关系的调和。老作家们的思想观念中折射出来的包容心

---

① 欧阳山:《高干大》,《欧阳山文选》第2卷,花城出版社,2008,第405页。
② 欧阳山:《关于文学语言》,《欧阳山文集》第10卷,花城出版社,1988,第4075页。
③ 吴有恒:《应有个岭南文派》,《吴有恒文选》第2卷,花城出版社,1993,第344页。

态，与广东较早发展商品经济，在不同的变革年代均能率先"开化"的历史相关，也离不开南方温柔敦厚的文化传统。吴有恒最终的结论是："岭南文派，应该有，但尚未有。似有实未有。"[①]"有"还是"无"，不是我们讨论的最终目的，这个1986年的结论，在三十年后的今天读来，依然让人感到充满智慧。

---

① 吴有恒：《应有个岭南文派》，《吴有恒文选》第2卷，花城出版社，1993，第345页。

# 从娜拉到革命女性:草明早期小说对女性解放问题的探索

草明是新中国工业题材文学的开拓者,她的创作以家乡顺德缫丝女工的故事为起点,是"中国唯一的一辈子坚持写工人的杰出女作家"①。1934年鲁迅与茅盾应美国记者伊罗生之约编选现代作家的短篇小说集《草鞋脚》②,草明写的《倾跌》入选,被收入"关于工人生活的"③系列。不过重新考察草明的作品,我们会发现她真正开展工业题材的书写,要到20世纪40年代只身远赴东北之后。尽管草明在各类回忆文章中反复强调,故乡丝厂及缫丝女工留给童年的她极为深刻的印象,但她的早期创作并未呈现缫丝女工的整体面貌及基本特征。草明说自己自觉书写"家乡缫丝女工的痛苦生活和对命运的反抗"④,但具体到文本中,关于女主人公的情节全部发生在她们已经失去"工人"身份之后,小说中的女性并不具备缫丝女

---

① 杨聪凤、郭启宗:《草明的变与不变——在草明百年诞辰纪念座谈会上的发言》,《文艺理论与批评》,2013年第5期。
② 该书因各种原因当时未出版;四十年后(1974年)才由美国麻省理工学院出版社出版,编者哈罗德·伊萨克斯(伊罗生)对鲁迅、茅盾选定的篇目做出了较大删改,《倾跌》最终未被正式收入。
③ 蔡清富辑录:《〈草鞋脚〉初选篇目》,《草鞋脚》,湖南人民出版社,1981,第571页。
④ 草明:《车到山前必有路》,蔡毅、安然编:《草明文集》第6卷,光明日报出版社,1992,第2268页。

工的"工人"特征,她们有对生活的不满,但其面临的困境与普通底层女性无异。

由此可见,草明早期的书写对象不是"因当地缫丝业的发达而产生中国早期的'打工妹'群落"[①],而是"描写缫丝女工流入大城市后的种种不幸遭遇,也写了许多挣扎在社会底层的求生者"[②]。更为确切地说,她写的不是当年风光一时的缫丝女工,而是20世纪30年代顺德蚕丝业衰败后,离开家乡到广州务工的底层女性,缫丝女工只不过是她们曾经的身份。这对于来自顺德——开风气之先的近代工业商埠——的作家草明来说,或许是一种遗憾。但通过她的写作,能一窥左联时期尤其是青年作家对工人运动与工人斗争的想象。草明的写作反映出左翼文学所特有的集体的、革命的、理想化的浪漫主义色彩,在作品中集中体现在娜拉出路问题的再讨论之上。草明这些"反映工人的痛苦生活和斗争的倾向"[③]的作品,基本上都由"我"作为主要叙述者,"我"的身上能看到莎菲的影子。作家本人便是一名出走的娜拉,她以自己的感悟和人生选择,赋予作品中的娜拉们要么回来、要么革命的历史命运。

就创作时间来看,如果将奔赴延安作为人生的分界点,草明早期的创作活动划可分为三个阶段:广州时期(1931年—1933年8月)、上海时期(1933年8月—1937年7月)、抗战时

---

① 雷岩岭:《活着·生活·知识分子身份——重读草明的短篇小说》,《北京大学学报(国内访问学者、进修教师论文专刊)》,2003年。
② 魏巍:《谁来追踪草明》,《文艺理论与批评》2002年第4期。
③ 草明:《车到山前必有路》,蔡毅、安然编:《草明文集》第6卷,光明日报出版社,1992,第2268页。

期（1937年7月—1940年底）。①虽然"左联"解散于1936年年初，但直到全面抗战爆发，草明小说的风格及内容无显著变化，"战争"尚未进入作家视野，因此本文将考察的下限划至1937年7月，集中讨论她写于上海的短篇小说。全面抗战爆发后草明离开上海，辗转广州、重庆等地，目光转向战争及战争中的民众，在这之后的作品本文不予讨论。

## 一、不适用的家乡经验

珠三角的蚕丝业兴起于19世纪70年代，到20世纪20年代最为兴盛，顺德是广东省的蚕丝贸易中心。草明的出生地桂洲及与之毗邻的容奇两镇，则是顺德最大的蚕丝贸易城镇，各县蚕茧均到这里集中，再重新分配到各地缫丝厂，从而形成高利润交易。顺德的经济亦一度成为广东命脉。"广州银行的80%资金是由顺德资本提供的。所以，我们可以这样说，顺德是广东的银行。"②由蚕茧交易带来的两大产业是养蚕种桑及丝织业，后者的发展使顺德较早通过工业化成为开放的商埠。"顺德之缫丝方法，大别可分为三种：一为手机，二为汽机缫丝，三为足机。……关于经营方式，在手机时代多半为家庭式的手工业，即兼营的小商品生产工业。自汽机缫丝引用后，缫丝小

---

① 《草明年表》，蔡毅、安然编：《草明文集》第6卷，光明日报出版社，1992，第2354—2359页。
② 霍华德、巴士韦尔合著，刘仕贤选译：《华南蚕丝业之调查》，香港岭南大学农学院蚕业系资料（1925年），广东省农业科学院蚕业研究所编印，1981，第7页。

工业就飞跃上工厂工业化的路上。"①缫丝业的发展不仅促进了当地经济发展，而且使更多女性得到谋生机会，她们能够通过个人努力获得经济独立，从而脱离对家庭、丈夫的依赖。"手机成本轻，起丝亦少，稍多，而沽价亦贱，惟汽机则费用虽繁，然丝条柔而价值高，其法尤良，其利尤巨。"②因此顺德地区出现许多终身不嫁、自食其力的"自梳女"，支持她们的经济基础便是就业机会多、收入高的缫丝行业。

这些缫丝女虽出身农家，但成长于经济发达的城镇，有一技之长，她们本质上是经过专业训练、近代资本主义机器工业中产生的女工。"她们每月收入大约二、三十元（白银），还有赏钱（奖金），除伙食外还有余钱积蓄，衣着颇为整洁讲究，喜欢穿黑胶绸或黑竹纱衫裤，故有'乌衣队'之称。她们还喜欢穿木屐，上下班成群结队，走过街巷时'的哒'之声不绝于耳。她们天未亮就出门，天黑了才回家，因此有'出门见星宿，回家入错屋'的说法。"③据顺德县志记载，"光绪初，大良（顺德县城）北关创建怡和昌汽机缫丝厂，有女工五六百人，由九江大同（属南海县）招女工教习"④。"自梳

---

① 吕学海：《顺德丝业调查报告（原稿）》，1940年8月，第16页。见彭泽益编：《中国近代手工业史资料（1840—1949）》第2卷，生活·读书·新知三联书店，1957，第50—51页。
② 周朝槐等著：《民国顺德县续志》（卷一），第25—26页。见彭泽益编：《中国近代手工业史资料（1840—1949）》第2卷，生活·读书·新知三联书店，1957，第51页。
③ 《"自梳女"旧俗浅谈》，《顺德风采》编写组：《顺德风采》，广东人民出版社，1986，第187页。
④ 彭泽益编：《中国近代手工业史资料（1840—1949）》第2卷，生活·读书·新知三联书店，1957，第52页。

女"选择终身不嫁,固然含有对封建包办婚姻的反抗,但也体现出这一女性群体对生活的自足及对自身价值的确认。

草明的左翼书写有意跳过了上述历史。草明生于1913年,10岁(1923年)时正是顺德丝业的鼎盛时期,她曾有进厂做工打算,但因家庭贫困无法交出拜师费,14岁(1927年)随父亲到广州求学,18岁(1931年)开始写作。[1]草明在读中学时期曾为"五四"新文学所吸引,并表现出创作才华,但她本人很快否定掉这种"带点反旧礼教的、性的渴求的、空虚地憧憬着光明的小说"[2],也就是反对个人主义的、浪漫空想的创作。在认识欧阳山及加入《广州文艺》编辑部后,她的思想随后"左"倾,其笔名"草明"是拆开的"萌"字,预示自己的"共产主义思想已萌芽"[3]。草明从创作伊始便自觉坚持左翼的现实主义创作原则,尝试描写工人阶级观念的觉醒,但是,左翼文学要求凸显的阶级冲突、劳资矛盾在顺德蚕丝业的兴盛时期并不明显,相反,缫丝女工在当地颇受尊重。"一般观念都认缫丝工作为一种正当的职业,缫丝女的地位由是得到社会的承认。且每当鬼缫开工,此等缫丝女皆争先恐后到厂,务求占得一位置为荣幸矣。"[4]这意味着,来自近代工业化城镇的

---

[1] 《草明年表》,蔡毅、安然编:《草明文集》第6卷,光明日报出版社,1992,第2354—2355页。

[2] 草明:《我不愿坐这把交椅》,《草明文集》第5卷,中国青年出版社,2012,第4页。

[3] 《草明年表》,蔡毅、安然编:《草明文集》第6卷,光明日报出版社,1992,第2356页。

[4] 吕学海:《顺德丝业调查报告(原稿)》,1940年8月,第61—63页。见彭泽益编:《中国近代手工业史资料(1840—1949)》第2卷,生活·读书·新知三联书店,1957,第50—51页。

作家却无法在家乡生活中找到工人运动经验，草明在写作之初便遭遇创作观念与作家生活经验之间的冲突，左翼文学关注的工人反抗意识及无产阶级运动的萌芽等问题在"五月"之后才逐步显现。

20世纪30年代全国桑蚕业的急剧破产改变了"自梳女"的人生，随着日丝对市场的夺取及人造丝的兴起，顺德丝业很快走向衰败。1933年的调查显示："顺德丝业原有三百间，去年开业者仅十余间，以十余间之丝厂，均因积存旧蚕[茧]，勉强开工，现计停业工厂损失资本达千余万元。"[1]在本地失业之后，"顺德自梳女便大批往省港澳，甚至往南洋当女佣，为人照顾孩子和做家务。那时顺德女佣被称为'顺德土鲮鱼'"[2]。我们今天所谈论的"打工妹"，主要指进城做工的农村青年，"打工妹""打工仔"是农民工群体的代称。这些青年原本并无工厂做工经验，来到大城市后才开始站上流水线。[3]改革开放以来从内陆城市拥向沿海地区的打工妹，更怀揣改变命运的梦想，离乡进城是为了寻找不一样的人生。草明家乡的缫丝女工与这些打工妹有本质区别。这些缫丝女工不是农民工，她们本来站在近代工业化的前列，工厂就在自家门

---

[1] 章有义编：《中国近代农业史资料（第3辑）（1927—1937）》，生活·读书·新知三联书店，1957，第477页。

[2] 《"自梳女"旧俗浅谈》，《顺德风采》编写组：《顺德风采》，广东人民出版社，1986，第187页。

[3] 近代以来长三角地区的工厂曾招收许多"打工妹"。见池子华：《民国时期"打工妹"群体的精神生活——以长三角地区为中心的考察》，《史学集刊》2017年第2期。20世纪80年代，改革开放后的广东深圳率先引发新一轮进城务工热潮，当代文学对这一现象的书写在21世纪初形成底层文学潮流。

口，所从事的亦是社会认可的体面的工作。但城镇工业破产使得她们原先的职业技能不再有效，只能从事跟其他底层妇女相似的工作。草明最终将写作定位在"旧中国的时代特色"上，也就是以中国农村"默默的忧郁、农业的不景、手工业的衰败、人民在贫困中挣扎"①的情形为底色，讨论进城女工的人生绝望与精神觉醒。

草明以写缫丝女工的生活为题材，但内容上却以城市底层女性的生存为主，这种做法既受到"左联"对大众革命题材倡导的影响，也呼应了她当时的爱人欧阳山关于大众文艺创作的理想。欧阳山曾说，"如果我们用一种广东人民大众所不懂的文学用语来写作，无论我们为了什么人，企图怎样，写些什么东西，广东人民大众还是觉得异常隔膜的"②，因此他在广东提倡粤语大众文学运动。草明也是积极的参与者，她的中篇小说《缫丝女失身记》与欧阳山的《单眼虎》均于1933年在香港出版。因此茅盾说，"在风格方面，草明女士和欧阳山是非常相近的"。③

---

① 草明：《故乡之恋》，蔡毅、安然编：《草明文集》第6卷，光明日报出版社，1992，第1931页。
② 欧阳山：《我写大众小说的经过》，《欧阳山文集》第10卷，花城出版社，1988，第4057页。
③ 茅盾：《〈草鞋脚〉部分作家作品简介》，蔡清富辑录：《草鞋脚》，湖南人民出版社，1981，第574页。

## 二、反城市化倾向与"失身"主题

1933年欧阳山、草明等人在广州遭当局通缉,乘货船逃亡上海,随即编入"左联"小组,参加学习和活动。草明开始过秘密的类似地下工作者的纪律生活,创作上则坚持"以写作做[作]为主要战斗方式之一"的原则,通过写稿"参加战斗"。①"左联"在1931年11月的执委会决议中明确论及创作题材等问题,反帝反封、社会阶级关系分析、广大群众受压迫剥削的痛苦、农村经济动摇、工人失业等现象都成为革命文学的主要书写对象。②在草明小说中,这些内容都得到有机呈现。草明自觉以"左联"关于无产阶级革命文学的创作要求为指导,她早期较具代表性的作品基本写于在上海生活时期,以短篇为主。在女作家安静沉稳、娓娓叙说的语言风格中,蕴含着强烈的政治目的,这些作品的突出特点是反城市化倾向及对女性"失身"主题的表现。

顺德丝业走向衰败的30年代,正是"南天王"陈济棠治粤、广州经济发展的黄金时期。"陈济棠从1929年取代李济深任第八路军总指挥起,到1936年7月'自动下野'止,统治广东长达近8年,确有建树。他以广州为中心,加强了粤行省的政治、经济、军事、文化建设。他于1933年颁行了《广东

---

① 草明:《"左联"回忆片段》,蔡毅、安然编:《草明文集》第6卷,光明日报出版社,1992,第1952页。
② 冯雪峰:《中国无产阶级革命文学的新任务》,上海文艺出版社编:《中国新文学大系(1927—1937)》(第十一集 文学理论集一),上海文艺出版社,1987,第420—421页。

省三年施政计划》,对推动广东以及广州经济社会发展作出了重要贡献。"①按照该施政计划,广州西村形成水泥厂、硫酸厂、电解厂等为主的工业区;河南建立起纺织工业区,此外市内还建设起糖厂、钢铁厂、造纸厂、兵工厂等,这些举措促进广州近代工业进一步发展。"抗战前广州工业发展到历史上的最高水平,以省营工业为主体的近代工业粗具规模,广州成为中国沿海重要的工业城市之一。"②正是这样的广州,吸引大量失业的顺德缫丝女。草明写到这一点,如《骗子们》中"我"来到广州后,让表哥介绍工作,表哥调侃说"'土鲮鱼'都从顺德游到广州来了"!③《进城日记》则借老姑妈之口,说出在丝厂失业的"我"对广州的向往:"你抛下了我,整天嚷着广州、广州,……好像你就要嫁给它似的。唉,好好地照护自己吧,现在心满意足啦,你这小鬼!"④总览草明的早期创作,"到省城去"是她女工叙事的起点。

但在小说中,广州近代工业蓬勃发展的现实又被作者完全规避,偌大的省城并未如故乡那般为这些年轻女性提供可以靠手艺吃饭的职业,简言之,她们无法成为"工人"。不仅如此,这些女工总体上无法实现自立,她们的命运基本都是沉沦。"在被宣判失业,离开容桂跑到广州的那几个月,我曾经像一只老鼠似的机警地嗅着,毫无选择地向社会的每一角落寻

---

① 丘传英主编:《广州近代经济史》,广东人民出版社,1998,第294页。
② 黄菊艳:《日军侵粤与广州工业化进程的中断》,《广东社会科学》2005年第4期。
③ 广东人戏称顺德女子为"土鲮鱼",意即味美而多刺。见草明:《骗子们》,《草明文集》第1卷,中国青年出版社,2012,第53页。
④ 草明:《进城日记》,《草明文集》第1卷,中国青年出版社,2012,第82页。

找可以养活我的生命的职业。然而失望常常无情地啮蚀我的脑筋，浪费我的精神。"①草明的女工叙事遵循"入城—无法谋生—堕落"逻辑，对她们来说，运气较好的话可以成为保姆、使妈，勉强度日；其余的大多数则堕落至社会最底层，变为无业游民、娼妓、偷儿、骗子等与社会对立的角色。作家笔下的女主人公承受着阶级与性别的双重压迫。

在文本中，这些压迫首先由代表现代都市的广州来承载，作家是这样描述广州：

> 广州是多么广大，多么繁华呀，好像广州是一个大的、装满鸡鸭鱼肉的金漆盒子。哪匹饿猫不想钻进去看个究竟？她们走来了。等到那些女孩子看清楚之后，原来是这样的：里面净是些拉不到男人而呆站在路边，或是在旅馆给人家抓了去的女人；在人力车馆，机器缝衣店，各种织造厂的大门口站着，流着口水望着，而一点生意都找不到的女人……外面的确涂了金哪，哄人喜欢的空盒子！什么都没有，就算一根骨头……可是她们不后悔，不回乡下，反而下流无耻起来了！②

草明在作品中对广州持全面否定的态度，希望以此来实现对都市资本力量与社会关系的批判与颠覆，展现底层民众受压迫的现实。她的女工叙事建立在强烈的反城市倾向上，正如严独鹤所说，"都市是罪恶的渊薮，这是人人知道的"③。《倾

---

① 草明：《胡大少爷》，《草明文集》第1卷，中国青年出版社，2012，第95页。
② 草明：《骗子们》，《草明文集》第1卷，中国青年出版社，2012，第53~54页。
③ 严独鹤：《电影与都市》，《如此天堂》特刊，1931年10月，第6页。

跌》《没有了牙齿的》《晚上》《病人》《倦》《骗子们》《他买一只鞋子》《胡大少爷》等作品均对都市现代性表达出厌恶情绪。"春天下午四点钟后，广州披上一件柔软而美丽的衣裳；横在它南首的高第路，像一条光亮迷人、绕着五彩饰品的颈项。在这街上，那些着急地呼喊着招徕顾客的甜言蜜语，那些卖绸缎、卖鞋和女人各种装饰品的，装潢华丽的店铺，是怎样得意地夸傲自己的商品，这一切给这虚伪的城市添加了不少迷人的色调。"①这些明显的左翼话语不仅承载起反帝反封的历史使命，而且在草明从容的文字叙述中积蓄着彻底而激进的抗争立场。为体现社会和旧制度对女性的压抑，"失身"成为作家想象底层的主要方式。《缫丝女工失身记》，题名"失身"；《不听妈妈话的女孩子》中的阿风，失身于工头阿祥；《等待》中的"有一个女人"，因她有不同情人而有各种称呼，最流行的是伍二嫂、梁四嫂、李祥嫂等；《一个人不做声的时候》中的如意，做"妹仔"时被胡二少占有；《倾跌》中的苏七、阿屈，先后沦为娼妓；《病人》中二十号床位的病人，患严重的花柳病；《骗子们》中的女性不仅是娼妓，还骗术高明；《阅历》中凤娥在丈夫去世后被雇主麦牧师侵犯。底层女性将身体作为谋生的工具，外在的压迫简化为身体的直接损伤，通过这样的书写，作家将底层与性别联结起来，以揭示都市罪恶。

中国近现代工业迟缓的发展与个人狭窄的生活经验，限制了草明对工人阶级的书写。不管在家乡顺德还是到广州求学，

---

① 草明：《他买一只鞋子》，《草明文集》第1卷，中国青年出版社，2012，第60页。

草明的人生经验更接近"五四"的文明女（自由女），而非缫丝女工。20世纪30年代来到上海后，草明的"左联"活动仅限于张贴革命标语，参加作家与工人的座谈会、创作研究会等。[1]这些工作看起来"革命"，实则离革命有相当的距离。这就使得作家在处理具体的工人运动及无产阶级革命题材时，只能简单根据概念区分剥削阶级与被压迫阶级，如《没有了牙齿的》与《阅历》等作品赋予剥削阶级信仰基督教、经济宽裕等特征。草明在一定程度上触及了现代都市人的异化问题，但她在具体的处理方式上过于直接，对现实进行笼统的不加甄别的否定，从而造成部分人物身份的简化与分裂，暴露出尖锐的意识形态色彩。这一点尤其体现在人物的语言上。草明基本上使用第一人称叙述，贯穿大部分作品的叙事者是"我"。作家赋予"我"犀利的目光，由"我"的视线呈现女工们的生活与感情。在文本中，"我"虽然也是底层民众的一份子，但"我"是一名觉醒的女性，"我"经常与身边的女性对话，一一扫描、揭示"我"看到、听到、身处的社会黑暗，因此"我"又更接近知识分子。总体来看，"我"的形象、思维逻辑、人物语言是融洽、圆润的。问题出在"我"身边的女性身上，为了传达作家的主观创作观念，她的人物常讲出并不符合自身身份的话。像到"我"雇主家卖唱的盲女，居然私底下对"我"喊出明显的知识分子感慨："人，是吃自己同伴的家伙，我这样觉得。""只要他有钱，有势，就可以跳起来吃

---

[1] 草明：《"左联"回忆片段》，蔡毅、安然编：《草明文集》第6卷，光明日报出版社，1992，第1955页。

人了……""而且,美的丑的我都看不见,我面前黑漆一片呀!"①类似的例子在作品中并不鲜见,人物语言对革命观念的过度阐释,既造成这些女性身份上的游移,也暴露出作者着力呈现"阶级生活"的意图。

## 三、《进城日记》:对知识女性的批判

草明早期作品中一再出现的叙事者"我",带有作者自身的影子。《没有了牙齿的》写"我"到一家基督徒家中居住、《文澜桥畔》中"我"听到五叔公对家乡缫丝业衰败的描述、《和平的果围》写"我"到外婆家度假与绣花姑娘相处等情节,均来自作家亲身经历。《进城日记》写于1935年3月,这部作品比较特殊,主要以女性知识分子为讨论中心。草明用短小的篇幅写了四名女性的故事,其中黎桂英是底层女性,她没有念过书,在织布厂工作。"我"的四嫂和五姐是女性知识分子,她们都是师范生,四嫂早已毕业,五姐正在学校就读。"我"的身份则是顺德容奇的丝厂女工,失业后到广州投奔四哥,因他不愿负担"我"上学,"我"只好进黎桂英所在的工厂做工,成为一名工人。黎桂英、四嫂、五姐、"我",分别代表不同的社会阶层。《进城日记》显现出作者区别看待底层女工与女性知识分子的眼光,通过对前者的肯定与对后者的批判,作家回答了"五四"遗留的女性解放问题,隐含着娜拉走

---

① 草明:《胡大少爷》,《草明文集》第1卷,中国青年出版社,2012,第28页。

向革命的叙事。

1918年6月15日《新青年》刊发易卜生专号后,从此引发学界对娜拉去留问题的讨论,但基本不离两种倾向。"一是鲁迅为代表,将此剧当作是回应家庭婚姻、男女平等、妇女解放问题的经典叙事来解读。他在《娜拉走后怎样》中提出解决'娜拉出走'后的根本出路是经济独立,并发表小说《伤逝》作文学阐释。二是胡适为代表,主要不是从妇女解放的社会学角度去解读,而是主张从人的解放的角度去解读并撰文《易卜生主义》。"[①]从《进城日记》的叙事目的来看,草明延续的是以鲁迅为代表的对娜拉出路问题的讨论,这也是其前期小说的重要主题。草明通过对底层女性受多重压迫的表述,来作为对旧传统与新兴资本关系的批判,她笔下的女工是受侮辱与受损害的形象,《进城日记》中的黎桂英是这类女性的代表。但在她们之外,还有一类有知识的进城女性,最突出的代表是叙事者"我",甚至包括作家自身,她们进城的目的不是务工,而是读书。她们面临的不再是逃离旧家庭之后怎么办的问题,而是获得个人自由之后怎样营造新生活;她们比子君拥有了更多的选择,但新的冲突也随之而来。

《进城日记》企图说明,面对时代变化,刚成长起来的知识女性迷失在小资产阶级的生活幻梦中,作家对她们持明确的批判态度。在作品中,"我"对四嫂与五姐是冷眼旁观的。对四嫂,"我"为她感到惋惜。"我"看得出来她"会做人",

---

① 尹传兰:《"娜拉出走"的中国叙事变奏——从易卜生到鲁迅、胡适及曹禺》,《南方文坛》2021年第2期。

对生活"非常悭俭",被生活压迫得像"一只将要被晒干的鸭子"。她接受过教育,向往小资产阶级的物质生活,却没有"一门手艺",也没有生育,只好依附在丈夫身上,学时髦、讲排场、烫头发,甚至默许四哥对家中年幼侍女的侵犯。她的象征是"花瓶"。对五姐,"我"感到气愤。在乡下的时候,五姐是"我"的引路人,给"我"寄各类进步书籍,鼓励"我"进城求学,她的经历成为"我"奋斗的目标。但到了广州后,"我"却发现五姐空有理想,缺乏切实的行动,她对社会人生的批判只是建立在自己的满腔热忱之上,在实际生活中却放弃应承担的责任与目标。五姐在读书的时候与学校的物理教员恋爱,毕业的时候嫁给该教员,完成沉溺于六弦琴与安逸的生活状态中。

而对底层女工,草明表示出一贯的肯定态度。黎桂英对"我"来说仿佛来自另外一个世界,作品中将之形容为"兽国"。"她没有读过一本书,可是她的自信使她对人情的谜有着确定的揣测。她喜欢说话,而且说得明朗、动人,好像她在兽国里面长大,因而瞧不起一切书本的知识,用自己那些对于野兽的丰富的经验,就可以解释这个世界似的。"①草明此时已经完全显现出与其"五四"前辈不同的眼光,对底层的态度从"哀其不幸、怒其不争"变为欣赏、赞扬。这些底层女工是城市罪恶的牺牲者,但她们没有丧失自我的良知与为人生的努力,哪怕从事着社会上最卑微、下流的职业,成为于社会有害的角色,但在精神上,她们是"壮健"的。最典型的体

---

① 草明:《进城日记》,《草明文集》第1卷,中国青年出版社,2012,第90页。

现是《病人》中身患重病的疍家女,身份是娼妓,临终前拒绝男医生对她身体的触碰,希望在世俗蔑视的目光中维持最后一份尊严。而反观《进城日记》中"我"的五姐,却主动放弃自我,像玩偶猫一般听从主人投喂,这是"我"所不能接受的。在小说的结尾,失业后的黎桂英嫁与商人填房,她与四嫂、五姐都涂着厚厚的脂粉,坐在麻将桌前,过上了太太的生活,让"我"感到更加孤独。"桂英用惭愧的笑脸招呼我,她的惭愧是出自真心的;五姐雅玉装得若无其事;四嫂是惟一的、不论在什么时候都对我很骄傲的女人。"① 她们的态度再一次证实"我"的判断。"我不能忍耐我自己永久被社会遗忘,我离开了桂英、五姐、四嫂这些废物,另外找几个朝气蓬勃的姊妹住在一起了。"②

当"我"将她们判定为"废物"的时候,"我"与昔日姊妹已形同陌路。《在酒楼上》的结尾中,"我"与吕纬甫共同走下酒楼,大家朝相反的方向走去,"我"是独自地走向自己的旅馆,任由寒风雪片扑面,倒觉得很爽快。《进城日记》中"我"却另找了志同道合的同志,因为"我需要去理解别的许多人"③,文本呈现出对"五四"所代表的"知识"与"自由"的深刻质疑。作家创作视角的转变,一方面受到左翼文学重新评估"五四"新文学所产生的影响,革命文学要求切断与"五四"新文学的联系,将其视作资产阶级、小资产阶级的、反革命的文学,因此提出"打倒那些小资产阶级的学士和老爷

---

① 草明:《进城日记》,《草明文集》第1卷,中国青年出版社,2012,第94页。
② 草明:《进城日记》,《草明文集》第1卷,中国青年出版社,2012,第94页。
③ 草明:《进城日记》,《草明文集》第1卷,中国青年出版社,2012,第92页。

们的文学"①的口号。另一方面原因在于左翼文学接受政党政治领导,处于战时状态,因此具有审美性与艺术性的、与生活有较远距离的文艺创作自然成为革命的反面。这些问题在十年前《中国青年》刊物上开展的"革命文学"论争中已经初步显现。更为重要的是,左翼文学强调群众地位与集体主义,因此必然与主观色彩浓厚、强调个人的浪漫主义产生抵触。在否定创作方法上的浪漫主义时,不少作家将之等同于思想倾向上的小资产阶级情调,再加上反资产阶级文学的倡导恰好与现实中反资产阶级的生活方式相对照,因此作家们转而表达出对底层/大众的亲近与热爱。草明文本中的反城市倾向、对底层女性生活的想象及对知识女性的批判都是上述意识形态的集中体现。

草明早期直接以知识女性为主人公的小说不多,只有《进城日记》与《我们的教师》,我们的教师带着知识来到村中,但未得到缫丝女工的接受,后来她终于离开村庄,走向革命前线。草明尝试将娜拉与革命对接起来,但这两种历史角色之间无法直接转换,必须经过底层阶级的崛起。草明在多处暗示了"我"的"文明女"身份,《进城日记》中"我"便持有一副"文明女的口气!"②小说结尾"我"最终与这种含有小资产阶级意味的身份决裂,意味着寻求自我的娜拉已经从昔日"子君"变成了今日新我。从前子君说:"我是我自己的,你们谁也没有干涉我的权利!"③现在"我"则说:"我能劳动,自

---

① 蒋光慈:《关于革命文学》,《太阳月刊》(2月号),1928年2月1日。
② 草明:《进城日记》,《草明文集》第1卷,中国青年出版社,2012,第83页。
③ 鲁迅:《伤逝》,《鲁迅全集》第2卷,人民文学出版社,2005,第115页。

己愿意怎样安排自己就怎样安排自己。"[①]"劳动"所代表的身份与经济地位蕴含着女性新的出路。当作家认识到底层女工所蕴含的反抗力量超越了知识女性的革命想象时,她既实现了左翼书写的目标,也为初出茅庐的自己找到了相应的道路。

## 四、结语:从娜拉到革命女性

在"左联"的题材要求下,面对自身创作经验的匮乏,草明找到了一条适合自己书写的路径。她写于20世纪30年代的底层女工系列小说,为20年代遗留的娜拉何去何从问题找到了"追随革命"的答案。这一探寻的过程也结合着作家自身的心路历程。

对草明这一代作家来说,他们出生于中国从中世纪社会直接走向工业社会的剧变时代,不管是原有的小农经济还是以顺德蚕业为代表的近代工业,都迅速衰落,他们亲身经历着乡土经济关系的变革。因此在揭示城市"吃人"之时,草明们无法转向家乡经验。缫丝产业曾经的辉煌成为草明作品的远景。"我小时候村中最大的缫丝厂叫'忠信恒',全盛时期可容五百人,那儿是靠一台三十马力的古老的蒸汽机发动,只能拖动缠丝的框子,大部分还是要人力,而且工人每天工作十小时以上,两头不见太阳,还要受气、受辱,她们白蜡蜂巢似的十指,她们对命运反抗的吟唱,至今还牢牢刻在我的脑子

---

[①] 草明:《进城日记》,《草明文集》第1卷,中国青年出版社,2012,第88页。

里。"①可是好景不长,乡村经济衰败后没有留给城市任何退路。《倾跌》中苏七的表妹从乡下到广州,她带来的消息彻底切断了苏七回乡的念想:"万万不要回去,我们乡下,就是饿鬼也不许你做呵。人没有坐着等饿死的,两餐总得弄来吃,就算抢吧,偷吧,做坏人也得在城里……"②草明笔下的乡村没有颂歌,当回乡与留守城市均无路可走的时候,作家暗示唯有推翻现存秩序,抛弃乡村,改变城市,才是真正的出路。因此草明的广州描写呈现出暧昧的态度。"在酷热的夏天里,广州城像被汗水湿透,人们喘不过气来。暑天一过,初秋的风,温柔而清爽,从林丛里,从海上吹过来;这座亚热带的城市,才倒抽了一口气,好凉快啊。/北郊一带,给秋风拂扫得非常清朗。偶尔有些树叶病态地带了一两点嫩黄色,疏落地飘下来,像蝶儿一样地在重叠的坟堆顶上飞舞着。"③用无产阶级的眼光来看,广州这座繁荣的近代工业都市已如"坟堆"般黯沉。

对底层女性的书写,草明在身体之外展示了她们精神的痛苦。作家一再努力说明,底层女性不是为了物质而物质,她们是带着精神上的觉醒而沉沦。正因为"一个人有时是受不起侮辱的"④,因此她们只好丢弃自己的灵魂,以成全苦难的精神。与同一时期萧红笔下那些忙着生、忙着死,无知亦无怨的女性群体相对照,草明作品中与"我"对话的就不再是普遍的

---

① 草明:《回乡记》,蔡毅、安然编:《草明文集》第6卷,光明日报出版社,1992,第1998页。
② 草明:《倾跌》,《草明文集》第1卷,中国青年出版社,2012,第15页。
③ 草明:《倦》,《草明文集》第1卷,中国青年出版社,2012,第38页。
④ 草明:《骗子们》,《草明文集》第1卷,中国青年出版社,2012,第56页。

庸众，而是已经具备一定反抗意识的、等待崛起的底层女性群体。草明塑造了她们的前"革命意识"：感受到生活的痛苦，明确反抗的必要，这当中便隐含着即将浮出历史地表的力量。尤其可贵的是，草明笔下的女性是自觉完成这个过程。她们或由无知而通晓大义，如《有句话要问他》中的马嫂，曾误会青梅竹马、离家数年的丈夫，最后在马大被捕的永汉北路街头，一切释然，马嫂才明白丈夫从事的是"对得起天，对得起地"的革命工作。她们也可能并不完全理解革命的含义，但主动逃离现实（《不听妈妈话的女孩子》阿凤），从反复压迫中寻找到自我意识（《阅历》凤娥）。通过她们的经历，作者展示了女性从一无所有到走向新生的途径，那就是参与革命。

草明的创作由始至终游弋于"革命中国"的叙述视野中，"革命中国"是指"在中国共产党人的领导之下，所展开的整个20世纪的共产主义的理论思考、社会革命和文化实践"[1]。因此她的文本排斥资产阶级现代性，她的女工叙事更注重革命主体的塑造。落实到观念层面，草明更倾向于相信，底层女性是凭借个体经验自发形成反抗意识，原因在于家乡特殊的经济发展状况促使缫丝女工有幸经历资本现代性向革命现代性的转换。如前所述，"到省城去"是草明女工叙事的起点，完成个人主体塑造则是其女工叙事的结束点。再下一步，她们的人生便是以革命女性的身份，参与到"革命中国"的建构当中。这也是草明个人的道路所在。"我走过的道路，其实很简单，也

---

[1] 蔡翔：《革命/叙述：中国社会主义文学−文化想象（1949—1966）》，北京大学出版社，2010，第4页。

很自然。我小时候浑浑噩噩，青少年时期受到革命影响，后来参加了革命组织，听党的话，哪里需要到哪里。"①

最后，不可忽视的是，从资本现代化城镇走来的草明，深深携带着浪漫主义的基因。1981年，草明在近半个世纪后写下当年和欧阳山一起出逃广州，乘坐货船前往上海的情形。老太太的回忆显示：与其说她即将奔赴革命，不如说一个刚刚逃跑的娜拉，在期待她将要开始的奇幻浪漫之旅：

> 船开了，出海了。我们可以走上甲板，自由地呼吸；大自然对逃亡者一视同仁，慷慨地给予我们一切最瑰丽的雄伟的景色，使得我这个视野狭小的姑娘，眼界顿然开阔，贪婪地、一次不漏地送迎着日落和日出。这时与其说惊魂甫定，不如说充满新奇的浪漫主义的情调。又是革命，又是恋爱，又要冒险，却奔向更大的光明。②

革命进化论常将革命文学与"五四"新文学割裂开来，但革命文学的创作者们无法逃脱"五四"新文学传统的滋养。尤其是30年代初登上文坛的青年女性作家，她们中的不少人本来就是出逃"五四"的娜拉，因此"毫无疑问，中国左翼现实主义也是在反抗'空想'的、'自我表现'的浪漫主义

---

① 草明：《在"草明同志文学创作60年研讨会"闭幕式上的答谢辞》，蔡毅、安然编：《草明文集》第6卷，光明日报出版社，1992，第2040页。
② 草明：《"左联"回忆片段》，蔡毅、安然编：《草明文集》第6卷，光明日报出版社，1992，第1950页。

中产生"①。明明是亡命之旅，当时的感觉却是"革命""恋爱""冒险"并存，草明无意中触及革命与恋爱共同诉诸的情感根源，"奔向更大的光明"则直接指向"一种集体的、带有理想色彩的浪漫主义"②。草明的左翼文学创作，正是从这一个体冲动中生长，日后她深入东北工厂第一线，固然带有婚姻失败后个人的倔强，但笔者认为，来自作家本人的浪漫主义是奠定她不同时期人生选择的共同心理基础。

---

① 张传敏：《中国左翼现实主义观念之发生》，《文学评论》2008年第1期。
② 张传敏：《中国左翼现实主义观念之发生》，《文学评论》2008年第1期。

# 浅谈萧殷早年的现实主义创作

萧殷在文学界有公认的三大贡献,一是他甘为"人梯",几十年如一日扶持文学青年;二是他撰写了大量文学评论;三是他积极参与各类文学组织工作。①他的文学作品因为写得早也写得少,几乎没有引起学界关注。现有的评论文章触及萧殷早期作品的基本底色:对时代现实的摹写,为农村小人物造像,在冷冰的生活中寻找人性的温情。贺朗探讨萧殷初期文学创作的特点,程文超侧重分析萧殷早期小说中小人物的悲剧,王学海分析萧殷小说对底层苦难生活的叙说等。②萧殷本人对这些作品相当重视。大概在1981年,萧殷应邀编写《萧殷自选集》,他想起自己20世纪30年代写的小说,着手寻找,但广东省立中山图书馆和上海徐家汇藏书楼均未收藏。后来他听说中山大学图书馆藏有《广州民国日报》和《广州市民日报》,便写信给中大校长张幼峰寻求帮助。当时萧殷的身体状况不是很好,在信中他写道:"这一次,请你无论如何要鼎力相助帮帮忙,这是我唯一的希望了。如果这一次在中大也找不

---

① 温儒敏:《萧殷先生的三大贡献》,《新文学评论》2012年第4期。
② 贺朗:《萧殷初期文学创作的特点》,《萧殷论》,广州文化出版社,1989,第16—21页。程文超:《谈萧殷的文学创作》,《中山大学学报(社会科学版)》1994年第3期。王学海:《历史脉络里的寒冷与温暖》,《新文学评论》2012年第4期。

到，我那批小说（至少三十多篇）便埋没了。"①幸运的是，这次搜寻有了结果。萧殷很快看到这批小说，并选出其中的大部分篇目编入《萧殷自选集》（以下简称《自选集》）。《自选集》的选编有萧殷自身的考虑，他称自己"意外地发现"了这些小说，划定了自己文学创作的起点，将小说《乌龟》视为处女作。②对作品的编排顺序也做了调整，按照内容而非发表时间排序。萧殷将自己走上文学道路的原因归结为两点："朦胧的理想"和"强烈的憎恨"③。程文超注意到这一点，将之称为"双重情结"④。本文将从"双重情结"出发，重新讨论萧殷早期文学创作。

一

与"五四"倡导者相比，萧殷因为后生，其文学起点相对滞后。萧殷的成长轨迹刚好比"五四"新文化运动晚了十年，1915年陈独秀创办《青年杂志》，萧殷刚刚出生；到1935年萧殷正式登上文坛的时候，"五四"新文化运动早已落潮，"左联"也即将面临解散。就成长环境来看，萧殷出生于广东

---

① 见萧殷女儿陶萌萌女士提供给笔者的信件手稿复印件。原信落款只有署名，没有时间。陶萌萌认为此信写于1981年，也即《萧殷自选集》的编选阶段。
② 萧殷：《我怎样走上文学道路》，《萧殷自选集》，花城出版社，1984，第961页。
③ 萧殷：《我怎样走上文学道路》，《萧殷自选集》，花城出版社，1984，第963页。
④ 程文超：《谈萧殷的文学创作》，《中山大学学报（社会科学版）》1994年第3期。

龙川县佗城竹园里一个农户家庭,童年时代在破产的农村与连年战争中度过,未接受传统私塾开蒙,直接入读新式的革命小学校。据他回忆,"我们小学的礼堂里也开始挂着马克思、列宁、孙中山'世界三伟人'的像片"①,革命气氛日益浓烈。1925年"北伐军"东征来到佗城,他们张贴的巨幅标语留给萧殷深刻印象,类似于鲁迅当年受到的幻灯片刺激,"无田耕,无工做,无饭吃,无书读"的不合理社会对幼年萧殷产生了一定的印刻效应,也成为他早年创作的基本来源。萧殷说:"这时我正好十岁,读小学四年级。这动人的标语,对我这穷孩子也是很大的鼓舞和启发。我第一次打开了眼界,开始憧憬着未来,梦想着一种人人有工做、有田耕,各尽所能的大同社会。"②1927年底至1928年初,黄克回龙川筹备苏维埃政府,此后龙川与海陆丰、紫金县苏维埃政权连成一片。③风起云涌的农民运动破坏了原有的农村秩序,新的苏维埃政权尚未定型,因此萧殷停留于对"不合理社会"的描写,而无法畅想"各尽所能的大同社会"。

青年时期的萧殷尝试各种文体的写作,和中学同学合办文学期刊,并大胆取名为《湖畔》。萧殷受英国"湖畔派"诗人华兹华斯的影响,看到19世纪欧洲浪漫主义文学的反叛之处,并将之与自己接受到的马克思主义历史进步观念结合起来,因

---

① 萧殷:《我怎样走上文学道路》,《萧殷自选集》,花城出版社,1984,第956页。
② 萧殷:《我怎样走上文学道路》,《萧殷自选集》,花城出版社,1984,第956页。
③ 刘路红、段纪明编著:《黄克传》,中共党史出版社,2016,第146—147页。

此《湖畔》发表的多是写实作品。高中毕业后萧殷开始给《东西南北》投稿，首次投稿便被录用。"我和《东西南北》的编辑从未见面，也未通过信，可我寄给《东西南北》的作品，从没有退稿，全都发表了。我所以走上文学道路并继续努力，与一个对文学作品有鉴别力的编辑是分不开的。我衷心地感谢他们"。①《东西南北》创刊于1934年3月19日，终刊于1936年8月31日，主编厉厂樵。厉厂樵早年毕业于上海大学，1928年起先后担任《晨钟》《黄花》《东西南北》副刊编辑。由于厉厂樵与国民党广东省党部执行委员黄季陆关系很好，后者支持前者办刊，因此厉厂樵主编的几个副刊都颇有特色。《东西南北》侧重发表文学作品，兼顾读者札记、时事趣闻等内容，办刊宗旨为"不攻击私人，不吹捧名流，纵有批评，态度也是不偏不倚的，恳挚的，温和的"②。厉厂樵办的几个刊物为广东青年作家提供发表平台，其编者对年轻作者的态度深刻影响了萧殷。1936年秋陈济棠被迫下野，《广州民国日报》改为《中山日报》，《东西南北》停刊，由李金发主编的《红棉》接替。厉厂樵去了香港，集结在他身边的青年作家萧殷、楼栖、杜埃、廖子东等人也随之转移阵地。

除了中学时代的习作，萧殷早年的作品基本发表于《东西南北》，时间集中在1935年7月8日至1936年2月5日，大多署名"郑文生"，部分署名"鲁德"。就目前笔者查阅的情况来看，30年代萧殷在《东西南北》发表的作品共有17篇，收入

---

① 萧殷：《我怎样走上文学道路》，《萧殷自选集》，花城出版社，1984，第965页。
② 编者按：《从今天起》，《广州民国日报》副刊《东西南北》，民国廿三年三月十九日。

《自选集》的新中国成立前作品全部来源于此。① 这批作品的基本信息及被收录顺序详见下表：

| 篇名 | 署名 | 发表时间 | 收入《自选集》情况 | 备注 | 收入顺序 |
|---|---|---|---|---|---|
| 《牵牛花》 | 郑文生 | 民国廿四年七月八日（星期一） | 未收入 | | |
| 《第一次颤栗》 | 郑文生 | 民国廿四年七月九日（星期二） | 未收入 | | |
| 《除夕之前》 | 郑文生 | 民国廿四年七月二十日（星期六） | 收入 | | 6 |
| 《疯子（上）》 | 郑文生 | 民国廿四年八月三日（星期六） | 收入 | | 2 |
| 《疯子（下）》 | 郑文生 | 民国廿四年八月五日（星期一） | 收入 | | 2 |
| 《乌龟》 | 郑文生 | 民国廿四年八月八日（星期四） | 收入 | | 1 |
| 《芋圆（上）》 | 鲁德 | 民国廿四年八月十六日（星期五） | 收入 | | 8 |
| 《芋圆（下）》 | 鲁德 | 民国廿四年八月十七日（星期六） | 收入 | | 8 |
| 《一夜》 | 郑文生 | 民国廿四年八月十九日（星期一） | 收入 | | 12 |
| 《狗运的一生（上）》 | 郑文生 | 民国廿四年八月三十日（星期五） | 收入 | | 3 |
| 《狗运的一生（下）》 | 郑文生 | 民国廿四年八月三十一日（星期六） | 收入 | | 3 |
| 《倒闭（上）》 | 郑文生 | 民国廿四年十月三日（星期四） | 收入 | | 10 |

① 见广东省立中山图书馆馆藏《广州民国日报》副刊《东西南北》微缩胶卷。

（续表）

| 篇名 | 署名 | 发表时间 | 收入《自选集》情况 | 备注 | 收入顺序 |
|---|---|---|---|---|---|
| 《倒闭（下）》 | 郑文生 | 民国廿四年十月四日（星期五） | 收入 | | 10 |
| 《车夫阿火》 | 郑文生 | 民国廿四年十月十二日（星期六） | 收入 | | 13 |
| 《沉落》 | 郑文生 | 民国廿四年十月十六日（星期三） | 收入 | | 11 |
| 《生路》 | 郑文生 | 民国廿四年十二月六日（星期五） | 收入 | | 4 |
| 《阿牛》 | 郑文生 | 民国廿四年十二月九日（星期一） | 未收入 | | |
| 《灾（上）》 | 郑文生 | 民国廿五年一月七日（星期二） | 收入 | | 9 |
| 《灾（中）》 | 郑文生 | 民国廿五年一月八日（星期三） | 收入 | | 9 |
| 《灾（下）》 | 郑文生 | 民国廿五年一月九日（星期四） | 收入 | | 9 |
| 《父与女》 | 目录署名"郑文山"；正文署名"郑文生" | 民国廿五年一月十五日（星期三） | 收入 | 目录署名出错 | 5 |
| 《曹家庄的怪剧》 | 郑文生 | 民国廿五年一月廿七日（星期一） | 未收入 | | |
| 《年关杂写》 | 郑文生 | 民国廿五年二月五日（星期三） | 收入 | | 7 |

从上表可以看出,《牵牛花》《第一次颤栗》《阿牛》《曹家庄的怪剧》等四篇小说未收入《自选集》,已收入的作品也未按发表时间排序。其中,《乌龟》被追认为萧殷"创作道路的起点"[①],在《自选集》附录的回忆文章中,萧殷单独设一小节来介绍这篇小说。要选择某一篇作品作为自己创作的起点,既可以以时间为序,直接从第一篇作品算起,也可以选择自觉风格既成的代表作。《乌龟》显然属于后一种情况,它留给萧殷深刻的印象。《乌龟》描写码头工人陆伯的人生遭遇,他的人生悲剧折射出旧时代对个体的戕害。陆伯早年因不满帝制投身革命,其妻为维持生计到富商家当使妈,被男主人侵犯后怀孕自杀身亡。陆伯回来怒向法庭状告富商,却以莫须有罪名入狱,出狱后他到码头当工人,因妻子一事被人讥讽为"乌龟"。《乌龟》具有代表性在于它写出了底层人民翻身之不可能,作者暗示要改变旧秩序,必须推翻现有制度。《乌龟》的写作逻辑符合革命现实主义的创作要求。翻阅《自选集》,我们会发现这批作品的描写对象覆盖了底层的各种角色,故事的描写也涵盖了生活的方方面面,但不管故事如何发展,结局总是这种不可能性。萧殷的早年写作体现了20世纪30年代马克思主义对思想文化界的巨大影响。

---

① 萧殷:《我怎样走上文学道路》,《萧殷自选集》,花城出版社,1984,第963页。

## 二

落选的《牵牛花》《第一次颤栗》文笔流畅，意境优美，是两篇短小的散文诗。《牵牛花》描写纯粹的忧郁之情，在忧郁中"我"的眼前幻化出一片原野和一簇枯萎的牵牛花。在萧殷笔下，"这里没有芬芳，没有火的艳红，没有天青的蓝。……这里有的，是灰的阴惨，紫的忧郁，黑的恐怖……"，而牵牛花的枯萎，是因为坏环境造成了它"精神的苦闷"，人类忘记了它的"灵魂的爱"，最后牵牛花甚至鼓励"我"要觉悟起来，承继它的精神。[①]晚年萧殷谈及《牵牛花》，说它有明确的象征意味。作者以灰暗的原野预示当时冷酷的社会，以"我"和花的对话来展现后者不灭的精神状态。"我在作品中歌颂生命虽短促、却迎着晨光开放的牵牛花"[②]寓示人们对未来美好社会的向往。《第一次颤栗》同样塑造了另外一个"世界"，两位天真烂漫的小姑娘在和煦的阳光下跳舞，突然遭遇一个"巨大的人类"和一记"巨大的巴掌"，于是她们开始了"第一次颤栗"。笔者认为，这是萧殷早期最具解读性的作品。散文诗对"自然"和小姑娘舞蹈的描述，关涉人类原始状态。借用现代主义理论，她们的返璞归真其实是对现有文明的反思，从这一点来看，《第一次颤栗》与《牵牛花》的思考出发点是一致的。恶魔的出现打破了人类原初的宁

---

① 郑文生：《牵牛花》，《广州民国日报》副刊《东西南北》，民国廿四年七月八日。
② 萧殷：《我怎样走上文学道路》，《萧殷自选集》，花城出版社，1984，第964页。

静,善恶从此相对峙,巨人预示着改变社会平衡的另一种力量。萧殷晚年说他"借此讽喻当时好人受欺凌,坏人当道的黑暗社会"①,倒将小说的意境窄化了。

萧殷走上文学创作的道路,一方面来自幼年志向,另一方面来自他自觉的学习,萧殷是生活的有心人。萧殷自小喜爱画画,小时候父亲在红蜡烛上写金字与画龙凤花鸟等图案,是他接触"艺术"的第一步;中学时代阅读中外文学名著,则是他培养文学修养的第二步。萧殷的学习条件有限,但他总是能够抓住身边的机会,民间传说与民间歌谣也曾在一段时间内成为他效仿的对象。这些教育背景在某种程度上使得萧殷早年创作中存在古典文化传统与西方现代主义文化经验的真空状态,而带有目的性地选择文学,决定着他的小说从一开始便附上了"革命文学"的灵魂,这是年幼的萧殷没有意识到的,那时他特别喜爱蒋光慈的《少年漂泊者》。

尽管如此,萧殷在早年的创作中展现出自己对文字的敏感。萧殷小说短小精悍,善用白描,场景如画。他的笔下没有多余的字,每一句话每一个词的组合都是经过考虑的,把它们放在一起便能达到作者想要的效果。如他描写码头的搬运工人:"太阳高高地挂在那士敏土厂的烟囱上。码头上坐着许多码头工人,身体都很脏,脸又黑,它们都有一副敏锐的听觉,去听每个旅客的叫唤声。"②短短的一句话,不仅将时间、地点、人物写得清清楚楚,而且极具画面美感。"太阳高高地挂

---

① 萧殷:《我怎样走上文学道路》,《萧殷自选集》,花城出版社,1984,第964页。
② 萧殷:《乌龟》,《萧殷自选集》,花城出版社,1984,第675页。

在那士敏土厂的烟囱上"，读来犹如"大漠孤烟直，长河落日圆"的早晨版本；阳光的温暖色调撞击着水泥厂烟囱的灰色，再加上码头工人脏黑的身体肤色，生活的重压油然而生。萧殷轻而易举地就告诉读者，这些劳动人民不可能欣赏到早晨的美好，他们只有求生存的欲望。萧殷对于色彩的感受，与他自幼对绘画的兴趣相关，包括他当年报考广州市立美术学校的时候，凭借一块赭石画出一幅喜鹊从枫树起飞图的例子，说明他对于构图与颜色有自己独特的天赋。

陶萍曾回忆萧殷写作，"从来不用重抄，草稿即可做定稿。无论写多长的文章，从来没撕毁过一张稿纸"。具体的做法则是："萧殷有大大小小的很多笔记本。有的是摘抄文艺大师的名言、警句；有的是抄写的古代诗词；有的是自己的读书笔记；把找到需要的放在桌上，翻翻看看，等到晚上，我们休息以后，他就动笔了。第二天早上，桌面上就摆着一篇写好的文章。"[1]在没有电脑的年代，要做到草稿即是定稿，必须有强大的打腹稿能力，而要打好一篇完善的腹稿，更需清晰的逻辑思维和建构作品的能力。萧殷写的都是短篇小说，因此容易打腹稿，若要使用此法来写长篇小说，可能就会困难许多，但这是萧殷写作的长处，因为对于生活有敏锐的感受，因此能充分把握到人物的特征和心理，并用简练的语言准确将之表达出来。《乌龟》是以儿童视角来写的，叙述人是一个小孩子"我"。小说第四部分陆伯将他妻子受到富商欺负的过程和盘

---

[1] 陶萍：《忆萧殷点滴》，《陶萍作品选萃》，花城出版社，1994，第222—223页。

托出，故事结束后萧殷写道："我听他讲了这样多，有很多话我是听不懂的。但我完全被他的悲伤的情绪感动了。呆呆地站在他的床前，说不出半句话来，我的眼眶也红了。"①因为此前陆伯是用和成人聊天的口吻来讲述故事的，因此作者补充上了"很多话我是听不懂的"这样一句话，这说明萧殷有考虑到叙述人的儿童身份。但"我"依然被陆伯的情绪感染，后面"呆呆"一句，寥寥几笔便为读者勾勒出一个善解人意的小小聆听者形象。这便是萧殷的生活描写，形神兼顾。陶萍回忆萧殷利用满天星来造盆景的生活侧面，体现的也是同样的道理。②

不过，萧殷小说也流露出不少模仿鲁迅小说的痕迹，如"疯子"意象多次出现，像《疯子》中失去女儿的老伯，疯癫坠崖；《狗运的一生》中狗运去土地庙中砸烂神像，容易让人想起鲁迅笔下熄灭长明灯的疯子。又如《一夜》中的寡妇，丈夫死去八年，儿子今年九岁，她独自一人支撑丈夫留下的家业，最后家产散尽，连儿子治病的钱都拿不出来。凌晨的一个眼花之后，儿子的身体冰冷了，于是小镇上从此又多了一个疯婆子。寡妇身上闪现着《明天》中单四嫂子的身影。萧殷对小说画面感的营造，另一个重要的手段是风景描写。这些风景描写一方面与人物所处的环境高度契合，另一方面则起到烘托人物心境的作用。再看《乌龟》结尾："半月后，我和母亲来到一处乱坟岗。在一堆新土前站住了。土上还有一个石碑，刻着"张陆公墓"几个字。我们深深地拜了拜……望了好久，我觉得寂寞

---

① 萧殷：《乌龟》，《萧殷自选集》，花城出版社，1984，第683页。
② 陶萍：《忆萧殷点滴》，《陶萍作品选萃》，花城出版社，1994，第227—228页。

了……惨淡的夕阳,照在岗上。墓边的枯草,被晚风吹得摇摇摆摆……"①这段选文的整体感觉与鲁迅小说《药》的结尾相似,萧殷极力渲染悲凉萧飒氛围,意在展现现实的荒凉。

## 三

《乌龟》在当时是成功的作品,发表之初还被改编为话剧上演。它体现了萧殷早期作品的基本特点,既遵从左翼现实主义创作原则,也将程文超论及的"双重情结"表达得淋漓尽致。同时,因为有着对生活的细腻感受,萧殷的早期小说在细微之处带有强烈的人道主义感情。萧殷早期小说的故事发生地基本都在农村,阶级冲突是小说的主线。在中国革命文学的叙述中,"马克思主义关于阶级和阶级斗争的观念同它的时间观、历史观一道,彻底地改变了小说叙事的基本风貌。按照阶级划分的观点,每一个人都有一个阶级的归属,不是无产阶级就是资产阶级,不是贫下中农就是地主富农。人既然不再是单个的存在物,就必须给人物贴上阶级的标签。这样,我们认识一个人物,也就不再需要从他的个性、品行入手,而需要从他的阶级背景、出身和所代表的阶级利益入手"②。根据这个准则,《乌龟》中对叙事者"我"的描写,就必须符合"来自小康之家"的身份,因此尽管"我"仍然还是一个起床要妈妈帮

---

① 萧殷:《乌龟》,《萧殷自选集》,花城出版社,1984,第683页。
② 林岗:《二十世纪中国广义革命文学的终结》,《边缘解读》,(香港)天地图书有限公司,1998,第141页。

忙穿衣服的孩子,但"我"走过码头看到工人的时候,都学会了"轻蔑地望了他们一眼,便昂然地走向空场去"①。其他的篇章体现的也基本都是阶级冲突。《疯子》的主人公以房屋作抵押,向当地乡绅借款20元,不料两年期限未到,乡绅便带人来封屋,还掳走了他的独女玉姐。玉姐不堪受辱,奋力反抗,却被残忍杀害。老人最后成为疯子坠下悬崖。《狗运的一生》描写从小失去母亲的狗运极其凄惨的一生,没有家庭温暖,没有温饱,处处受人诬陷、打击、嘲笑,长大后无法在社会立足,最后上吊结束了自己22岁的生命。《除夕之前》和《年关杂写》两部短篇,则描写了过年之前几个不同家庭的片段,不是穷得揭不开锅,拿东西去当掉,便是被债主上门催债,不得安生。作者笔下的新年对于穷人来说不仅没有任何欢乐,而且还是噩梦的开始。

在这些阶级冲突背后,有两条暗含的叙事逻辑值得注意。一是萧殷的描写尚停留在"冲突"阶段,没有达到"斗争"。不同阶级之间的矛盾已经显现出来,面对这种压迫,后者不是默默忍受,便是以发疯、寻死等非常态的方式来应对,而非正面反抗。萧殷这批小说尽管写于1935—1936年,但它们的结局多是"五四"式的,也就是被压迫阶级找不到出路,最终以个人苦闷或个人毁灭来回应时代。这也是此前我们所谈及的萧殷文学创作的滞后性,他在"五四"落潮期出道,未赶上新文化运动的涌动;他在左翼文学已经定型之时开始写作,却又在"革命文学"当中摸到"五四"的尾巴。在"强烈的憎恨"之下,萧殷从来没有忘记自己"朦胧的理想",而后者在

---

① 萧殷:《乌龟》,《萧殷自选集》,花城出版社,1984,第675页。

他的小说中便体现在无法找到出路的人们身上。与此同时，萧殷那"朦胧的理想"不再是"五四"年代人们对个性解放和文学审美的自由追求，而体现为在马克思主义历史进步观的框架中写作。

晚年萧殷对此有非常清晰的认知：

> 我们是革命者，不是为反映生活而反映生活，主要目的是为了改造社会改造世界而去反映生活。我们的艺术创作是为着革命的目的，跟十九世纪的批判现实主义的作者是不同的。过去，我们所读的文学名著，绝大部分是批判现实主义的作品，那些作者是站在人民一边，他们看到农奴社会、宗教统治或资本主义世界的丑恶，很不满，而那时还没有马克思主义，历史长河中的下一个社会形态——社会主义，还没有人明确指出来，奋斗的目标还不很清楚，因此那些批判现实主义作家怀着极大的愤怒去揭露旧世界，而且揭露得很深刻。他们把旧社会的丑恶揭露出来指明了它的实质，就算完成了他们的任务。而我们现在不同了。我们是在马克思列宁主义、在共产党领导下的革命者，是为人民、为革命事业服务的。因此，只抱着揭露的目的去反映生活就远远不够了。我们反映生活中消极的东西，批判生活中的某种不良现象，也是为了建设更美好的东西，我们是为创造更好的社会才去揭露那些腐朽的事物的。忘记了这一点，批判、讽刺或暴露时就容易出问题。这个目的性一定要明确。①

---

① 萧殷：《开拓题材，提高艺术质量》，《萧殷自选集》，花城出版社，1984，第217—218页。

萧殷这段话为他40年前的小说创作提供了完整的理论注脚。从历史后设的视角来看，萧殷早期小说对贫穷农村和黑暗社会的描述，用意在表达改变它们的要求，而取代旧世界的武器便是更为先进的社会形态——社会主义。因此革命小说家要与真枪实弹上战场的战士一样，以笔代枪，牢记自己改造社会的使命。这种全新的时间观和历史观因为有效地解释了当时中国社会的现实及指出了可能出现的转机，逐渐为思想文化界接受，这是马克思主义在中国社会迅速产生反响的重要原因。左翼文坛以此为依据，从创作上对青年作家提出新的要求。新的思想与20世纪30年代上海紧张的气氛相融合，逐渐内化到萧殷们的文学观念中。

在理想主义之外，创作者对生活的感悟也反映在作品中。萧殷认为，"没有强烈的爱憎，我们就不可能有灵敏的感觉和感受；同样也就不可能深刻地体验人物的精神世界。爱憎的感情如果衰退了，我们的联想和对生活的概括能力，也会跟着衰退"。① 因此他的作品既关注"远山、丛林和一切都显得温和而静穆"的阳光中牧童的歌，② 也对有产者沦落到乞丐的悲惨命运表示出深刻同情。③ 对人性心灵的描写是萧殷早期小说中的闪光点，他在不露声色的残酷描写中传递真情。《车夫阿火》生动地展现了洋车夫阿火内心对生活的恐惧和绝望。小说

---

① 萧殷：《生活应当和思想感情相融合》，《萧殷自选集》，花城出版社，1984，第70页。
② 萧殷：《疯子》，《萧殷自选集》，花城出版社，1984，第691页。
③ 见《倒闭》《沉落》，萧殷：《萧殷自选集》，花城出版社，1984，第753—770页。

以阿火妻子备受欺凌的一个梦写起，引出现实中阿火对家庭与妻、子的思念。尽管整个故事的情节是老套的，即有产者乘客对无产者车夫的冷漠与压迫，但作者在其中一再描写阿火的心理状态，比如等待客人时的焦虑，与其他车夫抢客人时的紧张，好不容易拉上一个客人时内心的解脱，肚子剧痛无法拉车时的绝望，整个叙述一气呵成，使得车夫阿火成为一个有血有肉的人物形象。

萧殷早期小说避免成为政治传声筒，没有出现口号式的呐喊，在左翼文学允许的条件下对"典型形象"做出探索，甚至有旁逸斜出之处，这是其现实主义创作的重要特点。《芋园》屏蔽了阶级斗争，讲述客家妇女梅姐和村中青年林子在芋园中幽会，最后被沉潭的故事。从社会分析的角度来看，萧殷强调的是封建习俗对人性的摧残与对生命的漠视，小说的最后一句话暗示了这一点："就在这一天夜里，小河里浮着两个尸首，那是牢牢地捆在一起的。"①客家地区素有开放民俗，对男女之事相对比较包容，这在广泛流传的客家山歌中有所体现，李金发当年还专门收集编写了《岭东恋歌》，张资平的《梅岭之春》中童养媳保瑛的丈夫甚至重新接纳已与他人育有一孩的妻子。《芋园》中的梅姐没有这么好命，但作者下笔意不在此，他写得更多的是梅姐对自然风物的享受、对老丑丈夫的嫌弃，以及对年轻情人的期待。小说中的风景描写非常优美，不仅描绘了客家山区农村初春生机，而且寓示着人的本真欲望。"微风吹动芋苗微微的颤动"这个意象多次出现，是梅姐情欲的象

---

① 萧殷：《芋园》，《萧殷自选集》，花城出版社，1984，第740页。

征,她只要想起情人林子,便"实在觉得是挺甜蜜的事"。萧殷如此描绘他们在芋园中的见面:"这日子真可爱。暖暖的太阳照到绿的芋苗上,在上面像一池荷叶,若你走进里面,仿佛是进了翡翠宫,又凉,又清。尤其是当这太阳强烈地照下来时,这里更有趣。在这么美丽的芋苗底下,他们喁喁地说着情话,快乐占据了他们的全身,外来的声音都不知道了。"[①]含蓄的写景生动展现了梅姐与情人约会时感受到的美好情愫,芋苗与阳光为他们营造了天然的屏障,就像《骆驼祥子》通过天上的流星、地面的秋萤来摹写祥子与虎妞间的情事,展现人性真情,人物成为小说描写的主体。老舍的这段写景在50年代人民文学出版社重印《骆驼祥子》时被删除,因为祥子过不了虎妞的引诱这一关,体现不出劳动人民坚定、勇敢的积极面向。《芋园》较为幸运,30年代发表,80年代才重新面世。如果《自选集》的编选再早一些,《芋园》可能会同样落选。

总之,称萧殷早年的小说创作为"习作"并不过分,这些小说反映了年轻萧殷在创作之初对革命文学的探索,就文学基本的表现形式来看,它们学习的痕迹较重。这些小说埋没了五十多年,萧殷一直对它们念念不忘,尽管认为它们"很不成熟",但他不仅没有悔其少作,而且努力将之搜集起来,悉数编入《自选集》。这是因为萧殷一直追随革命,始终坚持文艺为革命服务的创作原则,这些作品正是他早期心志的反映。萧殷早期的文学创作与后期大量的文学评论,都没有脱离20世纪

---

① 萧殷:《芋园》,《萧殷自选集》,花城出版社,1984,第739页。

中国整体的革命历史框架。与同时期的其他现代作家相比，萧殷的文学创作可能乏味许多；但就马克思主义文艺理论在中国的发展和演变要求来看，青年萧殷留下的文学作品可能更为纯粹，他对"典型形象"的探索也是从这时开始。

# 现代战争小说的"非战性"*
## ——丘东平小说再解读

## 一、由《血战钢锯岭》说起

梅尔·吉布森（Mel Gibson）导演的电影《血战钢锯岭》于2016年年底热播，引起人们对战争的重新思考。该电影成功还原了二战中冲绳战役的血腥残杀与点滴中的人性光辉，崇高化解了恐怖，因此它也成为一部典型的反战主义之作。两次世界大战均推动了战争题材作品的发展，报告文学、新闻采访等纪实性文体及战争小说、革命历史演义等叙述性写作，受到写作者与读者群体的欢迎。茅盾早年曾概括出三种"大战文学"：

> 第一是所谓"战争文学"，大都描写战地的实况；第二是"战时文学"，描写的不是火线下的兵士们的生活，却是后方一般人们受了战争影响后的生活，或是把战事作背景，描写几个人的恋爱；第三可说是"战后文学"，是描写人们回想战事的恐怖，或是大战的结果对于人们物质精神上的影响。这三大

---

\* 原载于《首都师范大学学报（社会科学版）》2018年第4期。

类的大战文学，其中并有小说诗歌戏曲。①

实际上这三种文学之间并无显著的划分，战前战后出现的大量文学作品几乎将这几个方面囊括其中，不论它们在态度上是主张战争还是反对战争。

"反战文学"热潮则出现在一战之后，标志性事件是1928—1929年间德国作家雷马克（E.M.Remarque）的《西线无战事》、雷恩（L.Renn）的《战争》、格莱塞（E.Glaeser）的《一九〇二级》等长篇小说的出版，《西线无战事》在出版第二年就被译成将近30种文字发行。以二战为背景的美国作者海勒（J.Heller）的《第二十二条军规》、梅勒（N.Mailer）的《裸者与死者》、约翰·赫西（John Hersey）的《阿丹诺之钟》等作品，同样书写了战争的荒谬与军队内部的矛盾，《第二十二条军规》甚至将讽刺的笔触直刺美国文化，用荒诞、滑稽的表现手法嘲讽战争对人性的扼杀。一战前后中国文坛也出现"反战文学"，时间上基本与"五四"新文化运动的兴起一致，面对的也是当时中国的内忧外患。茅盾在总结第一个十年小说创作的时候，将这一类文学总结为"非战文学"②，1924年《小说月报》还推出了非战文学专号（十五卷第八期）。现代书局在推出自己印行的《西线无战事》《光明》《战争中》等作品时，也将之称为"非战

---

① 茅盾：《欧洲大战与文学》，《茅盾全集（29）：外国文论一集》，人民文学出版社，2001，第38页。
② 茅盾：《〈小说一集〉导言》，《1917—1927中国新文学大系导言集》，天津人民出版社，2009，第64页。

小说"系列。①鉴于当时较为普遍的用法,本文后面的论述从"非战文学"。

民国初年中国基本上处于军阀混战当中,因此反对国内战争成为中国非战文学的主题,像胡适的新诗《你莫忘记》、郭沫若的长诗《女神之再生》、闻一多的《静夜》《荒村》等诗,冰心的问题小说《一个兵丁》《一个不重要的军人》、渺世的《投军》、王思玷的《几封用S署名的信》等作品,都涉及反动军阀与帝国主义的勾结、地主阶级对农民的剥削、军阀强行征兵等社会现实。这些作品基本上对军阀混战持批判态度,否定这些战争的正义性;描写的对象则是军队中的下层兵士,主要展现他们痛苦的人生经历与被扭曲的心理,强调战争给普通民众带来的伤害。这种人道主义视角,与西方一战后出现的反战思潮是一致的。但是,如果用茅盾"大战文学"的几项标准来关照当时这些同时出现的中西方文学作品,我们会发现中国作家更多是在题材上对"非战"有所涉及,他们写的多是"战时文学"和"战后文学":在描写下层兵士的生存状况时,是以前者来代表整个底层阶级的,在描写农村生活与游民不幸时,又往往与乡土文学有所交叉。而且"五四"一代作家,基本上缺乏参与战争的亲身体验,他们的作品中很少正面描写战场和战地实况,故无法写出真正的"战争文学"。因此,当经历过北伐的孙席珍于1929年出版中篇小说《战场上》(上海真善美书店)后,《现代》杂志对它给予了极高的

---

① 《现代》第2卷第5期,1933年3月。

评价：

> 孙席珍先生是我们写战争小说的唯一的作家。他曾亲历戎行，参加北伐战役，于士兵生活，具有深刻的观察，本书是他数年来军队生活经验的结集，主人公是几个饱经战阵的士兵。[①]

孙席珍是否受到雷马克的影响我们不得而知，但《现代》杂志的做法无疑适应了当时国内文坛的反战情绪。中国文坛对"非战"概念的使用，基本上等同于"反战"，也即"反对战争"。雷马克等人的作品传入中国之后，文坛做出的反应是准确而迅速的，《西线无战事》有不止一个译本并且在国内多次再版；在上海，多个剧团排演《西线无战事》；持有反战立场的法国作家巴比塞、罗曼·罗兰，爱尔兰作家萧伯纳也受到左翼学界的欢迎。这些作品的"反战"主题，契合着国人在大革命失败后产生的对国内严峻政治形势的恐惧，而30年代初蒋介石发动的"中原大战"，历时7个月，波及20多省，更导致民不聊生、饿殍遍地，进一步加深了人们的"反战"情绪。此后，孙席珍还出版了《战争中》（上海现代书局，1930）、《战后》（上海北新书局，1932），这两本书与《战场上》合称为"战争三部曲"。"战争三部曲"的故事情节相近，但相互独立，均取材于1926—1927年间的北伐战争。除了孙席珍的作品，另一位文学史关注较少的作家黑炎的《战线》（刊

---

① 《现代》第2卷第5期，1933年3月。

于《小说月报》，1931年第22卷），则有"中国的《西线无战事》"①之美誉。小说同样力图展现战争的真实与罪恶，黑炎在《后记》中说："小说所描述的背景，当然不是一九二六年——一九二七年北伐战争的全部，我仅选择了从北伐军攻克南昌之后而至'四一二'这个阶段，其中所述的一切，大都是真实的事情，我并没有去虚构。"②

孙席珍与黑炎的这几部小说，显著特点是直接以"非战"为小说主题，讨论战争中士兵作为小小的"螺丝钉"在经历战争时的具体生活与内心变化，是较为纯粹的"战争文学"。作家们纷纷表白自己描写的是真实的战事，但他们采用的狭隘的人道主义视角，却限制了自身对战争本质做进一步思考，李育中曾一针见血地指出，《战线》在文学上的技巧值得肯定，但主张"反战"才能拯救士兵，则是作者站得不够高的地方，因为北伐战争和一战的性质是不一样的。③凌冰在肯定《战线》对士兵军旅生活的出彩描写时，进一步提到："作者从小处下手而忽略了大处着眼，所以本书是成功的战争小说，而不是成功的革命战争小说。时代气分（氛）点染得不够，把大众的生活意识表现得太单纯，失却历史的意象。"④尽管凌冰是站在左翼"社会－历史"批评的角度出发来看问题，但他指出的此类非战小说存在过度写实的倾向、内容具有可替换性等缺点，却颇为中肯。《战线》在新中国成立前印行两次，但影响都不

---

① 凌冰：《〈战线〉书评》，《现代》第3卷第6期，1933年10月。
② 黑炎：《战线》，作家出版社，1957，第156页。
③ 李育中：《南天走笔：李育中作品选》，广州出版社，2009，第165页。
④ 凌冰：《〈战线〉书评》，《现代》第3卷第6期，1933年10月。

大。凌冰书评中强调阶级意识，针对的是小说中明显的启蒙主义色彩，而这也是非战小说很快受到文坛主流意识形态制止的原因。

目前学界较为一致的看法是，抗战开始后，文学中"救亡"主题及传统英雄主义复活，抗战文学由此取代非战文学。非战文学对人道主义的弘扬、对启蒙话语的坚持，已不再适应国难当前的形势，日军入侵使得中国一步步走向亡国灭种的深渊，如果继续宣传"非战"，无异于打击民众同仇敌忾的决心。因此抗战开始后，国内的文学主流话语在左翼阵营的主导下由"非战"转向"尚战"。孙席珍的《战场上》在问世之初曾被誉为"中国现代第一本战争小说"，1931年沈从文刚刚肯定了其中的人道主义精神[1]，1932年即被冯雪峰批评为"人道主义的战争文学"，必须予以"无情的打击"[2]。冯雪峰的判断大体上符合当时文坛的发展趋向，抗战初期文坛流行盲目的战时乐观主义，尽管良莠不一，已经出现大量以抗日救国为主题、以英雄主义为基调的抗战小说。江西苏区也有类似案例。1933年7月30日晚上的纪念"八一"晚会后，话剧《谁的罪恶》遭到批判，因为其讲述了非洲黑人在世界大战中牺牲的悲惨故事，触及反战主题。当时的权威报刊《红色中华》在8月4日刊出社论，明确指出："如果单独的提出'反对战争'，那是妨碍了目前的战争紧急动员，那是离开了阶级的立场，而陷入于人道主义的泥坑中去了。"[3]

---

[1] 沈从文：《论中国现代创作小说》，《文艺月刊》第2卷第4期，1931年4月30日。
[2] 冯乃超：《读〈战场上〉》，《现代小说》第3卷第3期，1929年12月15日。
[3] 汪木兰、邓家琪编：《苏区文艺运动资料》，上海文艺出版社，1985，第72页。

运用二分法来谈论战争文学，实际上失之偏颇。非战与尚战、反战与好战、人道主义与英雄主义、正义与邪恶，本来是战争不可分割的两面。在战争中最极端的时刻，人性最本质的特征往往会暴露无遗，或勇敢刚强，或丑陋黑暗，不管是某一瞬间的极度虚无厌世，还是某一次在枪林弹雨中突然获得的人生顿悟，都不能作为区分非战作品与尚战作品的标准。就像死后获得无数粉丝的希斯·莱杰，正是将《蝙蝠侠：黑暗骑士》中的小丑演绎成一个英雄般的魔鬼形象。屏蔽掉政治与阶级利益来看战争文学中的英雄主义，我们会发现不管在西方还是中国，它都体现着一种古老的传统以及对历史进行理性判断的态度。荷马史诗是西方早期的英雄史诗，《伊利亚特》没有详写十年征战的过程，而是突出"阿喀琉斯的愤怒"，《诗经》中亦有不少描写战争与徭役的诗行。回到二十世纪二三十年代的中国语境，无论是抗战之前文坛对《西线无战事》等非战文学的有意译介，还是抗战后对报告文学、纪实小说的肯定与推崇，都缺乏对于其中所蕴含的"非战性"之进一步理解。

本文用"非战性"来界定战争文学中所具有的超越单纯人道主义与英雄主义的范畴，"非战"不是单纯地反对战争和英雄主义，而是在重新考量爱国主义、民族主义的基础上，通过个体的战争体验寻找人类共通的对生存与自由的向往。其中折射出来的人道主义精神，并不仅仅体现某个国家民族的价值观，也不只是关注个体的生存实况，而是一种超越国族、阶级、身份的自我认同。战争当中不可避免的是杀戮，作品中如何看待杀戮，如何衡量生与死的价值，同样是"非战"之精义。顾彭年的小书《杜甫诗里的非战思想》（商务印书馆，

1928），表现出明显的时代印记，生于战争年代，作者找到了与杜甫同样"心如蝴蝶，如浮萍，飘荡无定，不克专心与此"[①]的感觉。曹聚仁在战前看过《西线无战事》的小说与电影，战后又重看一遍，深深觉得"战争乃是最现实的，必须面对着迎接上去的，躲避着是没有用的"[②]。如果能从这个角度来理解非战文学，便不难理解，"非战"与"尚战"之间不应划分明确的三八线，中国的"非战小说"与"抗战小说"之间也不存在前后的承续关系。文坛对这二者的区分是存在裂缝的，而长久以来被认为是抗战作家典型的丘东平，则恰好生存在这个裂缝当中。丘东平对于战争与战争文学，有自己独特的理解，他以纯真的热情投入战争与创作当中，他抗战前后的作品都体现出强烈的"非战性"。由此也可以很好地解释，为什么丘东平会在抗战时被定性为"新英雄主义"的写作者，但新中国成立后其创作又遭到周扬的否定。[③]

## 二、拥抱战争，交出自己

丘东平的人生经历与战争之间的关系，这里不再赘述，不

---

[①] 顾彭年：《杜甫诗里的非战思想》序，山西人民出版社，2014。
[②] 曹聚仁：《战争与战争文学》，《书林又话》，上海书店出版社，1999，第448页。
[③] 1950年3月14日，在北京召开的京津文艺干部大会上，周扬把丘东平判为"胡风小集团"一员，并说："他们小集团中间也有为革命牺牲了的东平。为革命牺牲是值得尊重的，但当作家来看，那死了也并没有什么可惜。"转引自罗飞《编校后记》，《丘东平文存》，宁夏人民出版社，2009，第381页。

少研究者已详细讨论过丘东平笔下战争文学的基本特质,总的来说,他作品的底色是战争,在战争的幕布下活动着的则是形形色色受其影响的人。丘东平在写作中通过个体的战争体验,传达出自己对于普遍的人类情感的理解,在石怀池的《东平小论》中,丘东平是愤怒、是怀恨,是"举起投枪向'无物之阵'掷去"[1],而胡风则说他的作品贯穿着"战斗道德的庄严的意识"[2]。胡风这一"战斗道德"的提法显然较为模糊,但用来概括丘东平的小说特质,却颇能体现"非战性",这种"庄严的意识"首先体现为丘东平本身的态度:拥抱战争,交出自己。

战争本身充满破坏性,在战争面前,人类所有过往的文明以及现有的秩序均可能面临被摧毁的命运,有人会失去赖以生存的生活基础和一直以来虚伪的外衣,也有人会从中寻得翻身的机会,收获不一样的命运。因此丘东平说,战争使他警惕,因为"战争使我们的生活单纯了,仿佛再没有多余的东西了"[3],但实质上战争将每一个个体抛离原来的生活,秩序重组之时,便是新一轮的权力角逐之际。丘东平这一代作家,出生于清末民初风雨飘摇的变革时代,既缺乏浓厚的旧学根底,亦没有留洋经历,他们当中的许多人在叛逃了旧家庭之后,是通过不断的摸爬滚打来获得对人生的认知,革命、战争是他们人生的常态,正如林岗所说,"他们能枪则枪,不能枪则以笔

---

[1] 石怀池:《东平小论》,《丘东平文存》,宁夏人民出版社,2009,第366页。
[2] 胡风:《忆东平》,《丘东平文存》,宁夏人民出版社,2009,第357页。
[3] 晓风编注:《丘东平致胡风的信》(1939年10月10日自江苏溧阳城外),《丘东平文存》,宁夏人民出版社,2009,第328页。

为枪"①。因此，尽管军旅生涯隔断了他与家人的联系，"没有通讯或收不到信的事现在对于我已经没有什么了，因为常年都是没有接到信"②；战时不稳定的生活妨碍了他的自由写作，"文章直到现在还是不能冲破沉闷的状态，计划好了而且开笔写的长篇至今还是保持原状"③。但丘东平似乎对于这一切熟视无睹，因为"作家的生活问题固然重要，作家对于自己的事业的把握也同样重要"④。正是出于这样一种理念，丘东平更加关心抗战中中国作家的态度，亦单纯地发问："为什么许多人喜欢到八路军方面去而不喜欢到这里来呢？"⑤更为重要的是，长期的战时生活最终让他领悟到，以为"战士就是意志与铁的坚凝的结合体"这一感觉是"畸形的有缺憾的"，他要做的是防备"生命的单纯化"⑥。

《血战钢锯岭》中有个长镜头，主人公道斯与其所在军队第一次走向前线时，路遇刚撤退下来的军队，在道斯的眼睛里面，一辆又一辆满载尸体的军用卡车无声而过，上面是横七竖八层叠的尸体与即将变成尸体的人们，影片在这里屏蔽了现场

---

① 林岗：《论丘东平》，《学术研究》2011年第12期。
② 晓风编注：《丘东平致胡风的信》（1940年3月20日自××），《丘东平文存》，宁夏人民出版社，2009，第331页。
③ 晓风编注：《丘东平致胡风的信》（1940年5月23日自××），《丘东平文存》，宁夏人民出版社，2009，第332页。
④ 丘东平：《并不是节外生枝》，《丘东平文存》，宁夏人民出版社，2009，第310页。
⑤ 晓风编注：《丘东平致胡风的信》（1938年7月27日自××），《丘东平文存》，宁夏人民出版社，2009，第327页。
⑥ 晓风编注：《丘东平致胡风的信》（1939年10月10日自江苏溧阳城外），《丘东平文存》，宁夏人民出版社，2009，第328页。

的熙攘与一切来自外界的声音,在尸体与道斯的眼神交会当中,后者读出了战争的残酷。

丘东平在《一个连长的战斗遭遇》中用文字表达出了此情此景:

> 于是人类进入了一个庄严而宁静的世界,他们的灵魂和肉体都静默下来,赤裸裸地浸浴在一种凛肃的气氛里面,摒除了平日的偏私,邪欲,不可告人的意念,好像说:
> ——"同志,在你的身边,我们把自己交出了,看呵,就这样,赤裸裸地!"①

"交出自己",是"非战"的一个基本构成。丘东平对"士兵"的理解是独特的,在这篇小说当中,第四连士兵们面对上头要求的盲目的工事挖掘,内心抵抗,他们所期望的是自己来守卫自己挖掘的阵地,而不仅仅是单纯毫无判断力地执行上头的命令。在之后的实际战役中,第四连又一次遭到了上头的压制,但是,这一次他们以自己强大的意志和对战争的热情背离了组织,开始独立行动。在接下来的一段时间当中,他们失去了许多战友,没有伙夫,行军和生活上都出现了极大的困难,但支撑他们走下去的,是我方战斗的正义性,也即胡风所说的"战斗道德的庄严",以及个体对自我的超越。他们要完成的自我,是"把自己从胆怯与柔弱中救出,一再的使自己的

---

① 丘东平:《一个连长的战斗遭遇》,《丘东平文存》,宁夏人民出版社,2009,第221页。

惶惑的灵魂得到坚定,从而站牢着脚跟"①。《第七连》中,丘东平借排长陈伟英说出自己对恐惧的认识:"恐怖是在想象中才有的,在深夜中想象的恐怖和在白天里想象的完全两样。一旦身历其境,所谓恐怖者都不是原来的想象中所有,恐怖变成没有恐怖。"②小说也描写了三个小时激战后,"我"感受到灵魂由惶急而渐趋安静的过程。他们在战争的野蛮当中感受到崇高,残酷的战争只能夺去英勇斗士的身躯,但无法剥夺他的灵魂与意志。《血战钢锯岭》影片中,道斯在寡不敌众、队友死伤无数的情况下,顶着不间断的炮火,徒手救人,除了他本人强大的宗教信仰,亦包含有这种"非战"信念。

此前文坛流行的非战小说,曾经因为其自然主义的表达而为人所诟病,如孙席珍对死尸的描写:"血肉模糊凝成散乱的一堆的,被截去了头颅手足的,大煤炭似的,烂田里的田鸡似的,四肢摊开如一个大字形的,在山头山脚到处点缀着。"③这种毫无美感的写法,的确能够给没有经历战争的读者提供一些想象,但为写尸体而写尸体,很难引起读者进一步的思考。丘东平对于战时生活也有许多"粗鲁"的描写,《第七连》中有一段话常被研究者引用:

  吃饭,这时候几乎成为和生活完全无关的一回事。我在一个

---

① 丘东平:《一个连长的战斗遭遇》,《丘东平文存》,宁夏人民出版社,2009,第218页。
② 丘东平:《第七连》,《丘东平文存》,宁夏人民出版社,2009,第183页。
③ 孙席珍:《战场上》,《孙席珍创作选集》,杭州大学出版社,1991,第248—249页。

礼拜的时间中完全断绝了大便,小便少到只有两滴,颜色和酱油无二样。我不会觉得肚饿,我只反问自己,到底成不成为一个战斗员,当不当得起一个连长,能不能达成战斗的任务?①

面对战争与恐惧,一名真正的战士已无法再考虑具体的生活本身,战争为个体提供了新的选择的权利,战争改变一个人的人生,不管是自觉还是不自觉。《日瓦戈医生》中的安季波夫,在人生的迷惘关头,是一辆向西行驶的军车为他指引了方向,这辆火花四射的火车,宛如一道耀眼的光芒,促使铁路工人的儿子帕沙·安季波夫放弃现有的一切,弃教从军,最后变成凌厉冷酷的红军高级指战员斯特列利尼科夫。《西线无战事》里几位成长中的年轻人米勒、克罗普、阿尔贝特,糊里糊涂踏上了一战之路,在真正的枪林弹雨之下,现实的残酷一方面激发了他们为保存自身而杀敌的原始生物本能,另一方面也使他们重新认识到战争与现实人生的关系。

我们在自己的面前逃跑,在我们的生活面前逃跑。……我们被切断了跟行动、跟渴求、跟进步的联系。我们再也不相信这些个东西了;我们相信战争。②

巴比塞在《火线》中同样详细地描写了各种腐烂的、断裂的、长肉蛆的战死尸体,但在这些尸体上面,洋溢着对生活美

---

① 丘东平:《第七连》,《丘东平文存》,宁夏人民出版社,2009,第183页。
② 雷马克:《西线无战事》,朱雯译,外国文学出版社,1983,第69页。

丽的绝唱：

> 有些信笺在死者的周围作着短程的飞翔。那是把尸身放在地上的时候从它们的衣兜或弹匣里滑出来的。在迎着北风鼓翅欲飞、可是被污泥粘住的雪白的一张信笺上，我微微俯身读到这一句话："亲爱的亨利，今天欣逢你生日，天气多么美丽！"这人伏卧在地上；……而在太阳穴、面颊和脖子上已经长出了一种绿色苔藓。①

"雪白的信笺"与"绿色的苔藓"，强烈的色彩对照，动与静的结合，将战争所带来的虚无感觉抒发得淋漓尽致，但远方爱情的等待又极大地告慰了阵亡的士兵，个体渺小生命中迸发出来的激情与爱，化解了战争这个宏观事件曾经带给他们的无助与胆怯，对于活下来的其他人而言，他们仍然要随时面对生命之不堪一击的每一个瞬间，他们要把握的，只有战争。《现代》杂志介绍孙席珍《战场上》时，强调了战争与个体的矛盾，"在几次残酷战争中，几个在一起活着的同伴，勇敢的与胆怯的，都死的死了，伤的伤了，最后觉悟到救了'国'，救了'民'，却没有救了自己的命"②，表现出厌战情绪。丘东平的"给予者"，却"支付了他的生命"，"因为他自己本身就是战争"。③

---

① 巴比塞：《火线——一个步兵班的日记》，一沙译，人民文学出版社，1958，第163页。
② 《现代》第2卷第5期，1933年3月。
③ 丘东平：《给予者》序言，《丘东平文存》，宁夏人民出版社，2009，第127页。

## 三、向往生，接受死

面对战争之时，《给予者》中的黄伯祥，和其他许许多多的士兵一样，是如此地渴望"家"。黄伯祥原是部队里的一位卡车司机，后来加入了十九路军抗战队伍，在决定成为一个"兵"之前，丘东平用了三个小节来进行铺垫。先是前一秒钟还在和他说话的兵士朋友，转眼就被敌人打死；再是安排一位漂亮的少尉服务员在黄伯祥面前宣扬不参军的好处；最后则是支持黄伯祥参军，但无法说出当兵好处的好友高华素之出现。面对这些负面的暗示，黄伯祥没有动摇自己要当兵的信念，但他却越来越清晰地感觉到，自己身上存在无法回避的矛盾：要当兵的欲望越强烈，对家的眷恋和思念愈浓烈。黄伯祥和高华素谈过四次自己想参军，但四次都在思想中被自己的家庭与妻女延宕，而高华素对他提出的"能否回家"这一问题的回答，也一次比一次含糊、空洞。战士是一个符号、一个争取民族独立自由的象征。但是，是否真如高华素所说，高贵地战死在战壕旁成为一名勇士，就能获得个体的价值，则是黄伯祥想要弄明白的问题。不管是标榜民族主义、爱国主义的两次世界大战，还是民国时期的国内战争，背后都包含着权力的角逐，各个民族自身的爱国主义也充斥着狭隘性与复杂性，对于个体来说，战争很多时候都呈现出一种悖论。黄伯祥在军队中的升迁就体现出巨大的利益纠纷。因为在一位体面的中尉副官面前讲起亡友的坟墓，暗示连长贪污了牺牲兵士的埋葬费而遭报复，连长要他深入乱草丛中与逃兵肉搏。此举无异于要他去送命，因为稍后外面进来的子弹很有可能将黄伯祥与逃兵一起射死。

但他奇迹般逃过一劫存活下来,之后不仅获得连长的赦免,而且升到了上士班长的职位。对此,小说中的评价是:"他已经从死中活转回来了,但是他赢得了一身的羞辱。"① 黄伯祥杀死的不是自己的敌人,而是一名想追求自由、脱离军队生活枷锁的弟兄,却因此受到嘉奖,"军纪"不讲人情,不服从的就只能被处死。同样的悖论存在于《一个连长的战斗遭遇》中,敌人猛烈的火力没有打垮这个损失惨重的第四连,但最后到来的军令,则彻底瓦解了第四连通过巨大的牺牲所换来的胜利,因为上头要他们掩护,他们却选择进攻,因此他们的付出毫无意义。第四连在友军强大的火力下宣告解体,他们的领队林青史,明知道回到营部将被处以极刑,仍坚持着人格的尊严,从容赴死。《一个连长的战斗遭遇》颇类似中国版的《第二十二条军规》。

如果将战争视作革命链条当中的一个基本环节,在人类进步的过程中战争是不可或缺的,其存在的合理性早在一千多年前的杜甫诗中有所揭示。认识到战争的悖论并勇敢做出判断,揭示处于其中的个体所具有的独立意识,在中外不少描写革命的作品中都有展现。如在《日瓦戈医生》中,日瓦戈是被迫卷入俄国十几年的革命中的,日瓦戈为自己的人生提供了一条平稳的情绪发展线索,不断承受战争带来的各种后果,从碎片化的生活中维持自己的信仰和对远方家的企图,寻找自己的初心。但安季波夫则是主动投入战争,战争激发了他对生命的原始感悟,也促使了他的强大。安季波夫的人生充满大起大落,

---

① 丘东平:《给予者》,《丘东平文存》,宁夏人民出版社,2009,第149页。

他的选择以抛弃家庭始,以雪地自杀终;他选择"革命"作为自己毕生的事业,最后身处高位,却被"革命"背叛;他以巨大的毅力克制对家人的思念,却永远错过自己的妻女。

丘东平小说《通讯员》,主人公林吉身上体现出明显的个体反抗痕迹。《通讯员》的故事非常简单。通讯员林吉在一次执行任务的过程中,没有保护好自己的对象——一名很喜欢说话的担任政治工作的少年,少年在半路被敌人捕杀。事情发生后,组织并没有追究林吉的责任,但林吉却陷入了无尽的自责当中,最后在大众不停的聒噪和取笑中,吞枪自杀。作家对于少年被杀事件,只用一小节带过,其他篇幅都在描写村民对通讯员这一职业的想象、林吉怎样在自责当中行为反常、组织怎样忽略少年的死……这一切所展现的,是战争的实质。在少年被杀事件发生之前,林吉是一个沉默稳重、寡言少语的人,因此通讯员这一工作,愈发显得神秘而神圣。少年被杀事件发生之后,林吉却变得像鲁迅笔下的祥林嫂,逢人便说自己是如何失败,如何没有做好工作。林吉在小说中经历着"无声"到"发声"的过程——当他能够"胜任"组织的工作时,他是无声的;当他思维"失常"时,他开始发声。对比鲁迅的《狂人日记》,可以发现同样的叙述逻辑:狂人在"发狂"的时候,写下满纸"胡言",结尾病愈,远赴外地为官,则无声而去。这一切表明,当个体的行为符合大众认可的"正常"秩序时,其声音是被隐匿的,因为无需发声抗争,或者根本想不到要"发声"。而《通讯员》揭示的,正是战争与政治本来无涉大众日常生活的本质,通讯员的一系列工作,其意义只作为村民茶余饭后之谈资。是少年的死,让林吉的内心产生抗争,亦让他看清，对于庞大的战争体系来说，个人是微不足道的，个体的生命竟然可以在战争的名义下无声无息地消解，这是多大的震撼！于是林吉终于离开了他神圣的工作，变成了一名深刻的怀疑者，质疑战争，质疑生命本身，由此亦不难理解他最后为什么要吞枪自杀。

个体在战争中的极端脆弱性，使其需要通过一些辅助性的手段来帮助自己释放情绪，如上前线时贴身带着自己爱人的信件；又如在日常的行军途中，每天用小锉刀一圈一圈去琢磨套进圆木的铝环套，只为给自己的妻子做一枚戒指。[①]战争中无可避免的一个场景，是炮火中旁边的人在死去，不管他是自己的战友，还是敌人；不管他是一下死去，还是慢慢死去；但终归身边的人总是在一个个死去。《火线》中的年轻士兵在发现一具炊事兵尸体时，下意识地去寻找他的名牌，因为太多人与他一样湮没无闻，而更可怕的是，今天对方的结局可能就是明天自己的未来。《西线无战事》中，"我"在救助一名受重伤的敌人失败之后，满脑子胡思乱想，甚至觉得是自己杀了对方，在与死人共处的几个小时里，"我"无法抑止地想起了自己的母亲、战友，并一点一点去探寻这位法国兵皮夹里面的秘密。"我"想象着他的回忆，"我"回忆着他的想象，"我"通过皮夹中简短的信件与他妻女的照片，走进了那个对我来说本是陌生，但现在却又无比亲近的生活场景。因为在极度的饥饿、危险、紧张当中，"我"终于悟出"这是我们所有人的命

---

[①] 巴比塞：《火线——一个步兵班的日记》，一沙译，人民文学出版社，1958，第46页。

运"①;而为了拯救自己,"我"在回忆中找到了现实,在虚幻中找到了"家"。战争在瞬间爆发的巨大杀伤力,显示出个体生命的渺小,"对于自己的生命,起初是用一个月,一个礼拜来计算,慢慢的用一天,用一个钟头,用一秒,现在是用秒的千分之一的时间"②;而"所有这些个事情,如今我们还在作战的时候,都象一块石头那样沉在我们的心底,等到战争结束以后,才会重新醒悟过来,而到那时才会开始关于生死问题的探讨"③。这种将生死置于一侧的态度,并不是逃避,更不是虚无,而是亲身参与战争之后个体做出的自我调适。对死之尊严与对生之繁荣的追求一样,真正的士兵从不会放弃。《第七连》的连长丘俊,曾经决定在重伤的时候自杀,但最后他并没有这样做,尽管左颈、左眼皮、左手遭受重创,鲜红的血淋透半边军服,但自己毕竟还有两条腿可以走!

## 四、不是"革命历史"的叙事

胡风曾给予丘东平小说以很高评价,认为《一个连长的战斗遭遇》是"中国抗日民族战争的一首最壮丽的史诗"④。丘东平的创作出现在中国文坛的转向时期,"革命文学"的兴起与抗战的爆发使得当时的作家群体很难再置身时代潮流之外,

---

① 雷马克:《西线无战事》,朱雯译,外国文学出版社,1983,第172页。
② 丘东平:《第七连》,《丘东平文存》,宁夏人民出版社,2009,第187页。
③ 雷马克:《西线无战事》,朱雯译,外国文学出版社,1983,第172页。
④ 胡风:《忆东平》,《丘东平文存》,宁夏人民出版社,2009,第355页。

丘东平说的"到前线去干起工作来吧，我们必得先认识中国民族怎样地在战斗，以为将来的文学创作作准备"[①]成为不少年轻作家的共识。丘东平是"左联"的成员之一，但其写作溢出了左翼的"现实主义"原则，他在作品中如此直接又长久地开掘战时人物心理描写的领域，在最紧张最危险的时刻，丘东平没有讴歌人物的英雄主义，反而赋予他们最白纸一张的简笔画印象。与此同时，他对战争悖论的关注，超出了同时代民族主义、爱国主义等主流话语"规划"好的范围，他对战争的性质、人物的作用、个体的价值进行了再思考，并提供了对于战争文学之"非战性"的思路：拥抱战争，交出自己，勇敢面对死之尊严与生之追求。"五四"时期的"非战小说"更多倾向于描写军阀混战与士兵艰苦，带有强烈的人道主义色彩与批判意味，丘东平的小说则较少进行这种价值判断，而是将描写的笔触回到战争与事件本身。丘东平总说自己写得粗糙，态度也有点粗糙，要胡风严格要求他，而胡风也乐于为他的为人作文作出"规范"，但实际上，这一"规范"更多来自作家本人内心的真诚和他"战斗道德的庄严的意识"。

因为对创作方向与路径有着共同的体认，胡风作为他的好友，曾在不同的场合为丘东平的为人与作品辩解：二者皆粗犷凌厉、真挚率性。丘东平对于自己的创作曾提出很高远的目标，要"包含着尼采的强音，马克思的辩证，托尔斯泰和《圣经》的宗教，高尔基的正确沉着的描写，鲍特莱尔的暧昧，而

---

[①] 丘东平：《在抗日民族革命高潮中为什么没有伟大的作品产生？》，《丘东平文存》，宁夏人民出版社，2009，第301页。

最重要的是巴比塞的又正确又英勇的格调"①，但他的作品显然没有达到这个预期。不过正如舒允中所说，"七月派"在创作过程中一直执行着一个共同的信念，即"真实是非观念性的、具体的、复杂的，并与生活有着密切关系的"②，丘东平的小说中贯穿的正是这种对生活的理解与强调。用"革命历史叙事"来表述丘东平的作品，或许过于宏大，尽管丘东平曾加入农民自卫军、十九路军和新四军，曾投身海陆丰农民起义、淞沪会战、福建事变等各种战役，他的整个人生都在"战争"中度过，但丘东平看重的，仍然是战争中人的体验与感受、人对战争实质的领悟。在这种紧张的军事生活中，有个体对自身的严肃自律，以抵制来自外界的各种诱惑：

"这是我自己的哲学，"我说，"我现在一碰到漂亮的女人都要避开，因为她要引动我想起了许多不必要而且有害的想头，……"

我们的特务长从太仓带来了一个留声机，我叫他把这留声机交给我，我把所有的胶片完全毁坏。因为我连音乐也怕听。③

也有战争中的"狂欢"：

---

① 郭沫若：《东平的眉目》，《丘东平文存》，宁夏人民出版社，2009，第340页。
② 舒允中：《内线号手：七月派的战时文学活动》导言，上海三联书店，2010，第11页。
③ 丘东平：《第七连》，《丘东平文存》，宁夏人民出版社，2009，第182页。

新制的柑黄色的衣橱的抽屉被搬出来了,这里有女人的裙子,孩子的玩具,真善美书局发行的黑皮银字的《克鲁泡特金全集》、席勒的《强盗》、小托尔斯泰的《丹东之死》,还有像牙制的又小又精致的人体的骷髅标本,而最重要的还是酒和火腿。

所有的人们都被吸引着来了,女人的袜子套在鼻尖上,书籍在空中飞舞,衣橱的抽屉成为向敌对者攻击的武器。①

狂欢恰是战争的一面,战时的混乱、无秩序状态混合着士兵身上的野性,这种疯狂的解构行为只能出现在战时的非正常时序中。这一次,班长没有制止自己的手下。

丘东平从不忌讳战争对生活的摧毁,当战争瓦解生活的意义之后,战争就是生活;当这一种生活来临的时候,便拥抱它,融入它。

---

① 丘东平:《一个连长的战斗遭遇》,《丘东平文存》,宁夏人民出版社,2009,第206页。

# 第二辑

# 革命的诗性回响

# 从象征主义进入中国传统
## ——重读《为幸福而歌》

李金发是把法国象征诗人的手法介绍到中国诗里的第一个人。[①]他的诗歌在20世纪二三十年代曾引起学界较为集中的关注,但之后逐步沉寂,新中国成立之后从文学史消失。李金发在文坛的第二次高光时刻要到他诞辰100周年时才再次出现,2000年故乡梅州为他与林风眠举行了盛大的纪念研讨会。李金发长子李明心、国内现代文学研究界知名学者、海外部分研究者出席了会议,与会者全面肯定李金发在中国象征主义诗歌产生阶段所作的努力及其成就。不过,李金发诗歌研究并未在会后紧接着深入展开。仅就资料整理来看,《李金发诗全编》(四川文艺出版社,2020)在会议结束的二十年后才出版,该书是《李金发诗集》(四川文艺出版社,1987)的重要补充,两书间隔了33年;计划中的《李金发文集》至今亦未面世。

李金发的象征主义诗歌名声大、反响小,读者不多,原因在于诗歌语言的奇崛、意象的艰深、内容的晦涩。学界通常认为,李金发沟通中西的尝试是失败的,原因在于,他的诗歌像一艘两边不着岸的船,既没有抓住现代主义的魂,也失却了中

---

① 朱自清:《〈诗集〉导言》,鲁迅等著,刘运峰编:《1917—1927中国新文学大系导言集》,天津人民出版社,2009,第151页。

国古典诗歌的形,连字句都不正。①但换过来看,这些佶屈聱牙的诗歌其实是诗人借助象征主义手法来"摇荡性情,形诸舞咏"的产物。"李金发的意义,在于他第一个写出了中国20世纪真正的偏重于艺术自我化品质以及艺术与生命关系意义上的新诗,而非文化意义上的新诗。"②

学界常以《微雨》集作为李金发诗歌分析的主要案例,不过诗人74岁时曾回答痖弦,自己最喜欢的诗集是写给德籍妻子的《为幸福而歌》,因为"那里有无涯的幻想,喁喁的情话,令人生出无限的想象,不像初期的作品《微雨》,如无缰之马,人们攻击最多的亦在此处"③。《为幸福而歌》是在欧洲写就的最后一本诗集,仍然带有李金发独特的表述方式,如大量带有文言"之"字的陈述句,黑暗、肃杀、腐朽的意象与关于死亡的主题。但《幸福》的语言相对平整、质朴、温润,诗句语义的中断、意象的跳跃等现象减少,整体可读性较强。将《微雨》《食客与凶年》《为幸福而歌》按创作时间顺序读来,能发现随着诗人情绪变化与对诗艺的自觉探索,《幸福》中的不少诗行已经放弃《弃妇》一类诗的晦涩、艰深、错乱,走向庄重、和谐、唯美。《幸福》中能读到诗人在古典与现代之间穿行的印迹。

诗人自觉沟通中西,《为幸福而歌》集中体现他的古典理

---

① 李怡:《李金发:沟通与不通》,《中国现代新诗与古典诗歌传统》,中国人民大学出版社,2014,第190—200页。
② 徐肖楠:《论李金发的诗》,《文学评论》2000年第5期。
③ 李金发:《答痖弦先生二十问》,何万真主编:《诗画双馨——林风眠、李金发诞辰一百周年纪念文集》,花城出版社,2001,第502页。

想。诗人在诗歌形态、情感空间、创作理念、表现世界等方面都表现出对西方现代主义诗歌精神的背离,这主要体现在两个方面,一是他的诗中有"故乡",即诗人心灵的安身立命之所;二是抒情主体的自足与自得。诗集不仅写黑暗与丑陋,也歌颂生命与美丽。诗歌对李金发来说是精神的创造,他提笔之时并无明确写"象征主义诗歌"的意识。"然起初只知是一种体裁,无所谓象征派,……我毋宁说我的诗为神秘派。"① "我的诗是个人灵感的纪录表,是个人陶醉后引吭的高歌,我不能希望人人能理解。"② 李金发写诗,从"情动于中而形于言"出发,融合西方艺术至上主义,依傍的是古典文化传统的心灵与士大夫的人格气质。在为中国新诗坛引进象征主义之时,李金发更重要的贡献,在于通过象征主义重新进入中国传统,追求诗歌形态、意境、精神的美的融合,以此作为对于"五四"新诗"无治"状态的反拨。

## 一、写诗:从西向东的追寻

李金发对诗歌葆有诚挚的敬畏,《微雨》导言首句即言:"虽不说做诗是无上事业,但至少是不易的功夫,象我这样的

---

① 李金发:《答瘂弦先生二十问》,何万真主编:《诗画双馨——林风眠、李金发诞辰一百周年纪念文集》,花城出版社,2001,第495页。
② 李金发:《诗是个人灵感的纪录表》,《文艺大路》第2卷第1期,1935年11月29日。

人或竟不配做诗！"①在李金发的观念中，作诗非妄为，须有一定的功夫。"就是拿英美浪漫派的诗，也有几分隐藏性质，不是如适之之开门见山者也。"②他认为自己的诗歌，"写得比康白情的'草儿在前牛儿在后'好，也比胡适的'牛油面包真新鲜，家乡茶叶不费钱'较有含蓄，较有内容"③。所谓"内容"，指的是诗中所含的诗人情思。"作诗全在灵感的锐敏，文字的表现力之超脱，诗人那时那地所感觉到的，已非读者局外人所能想象，故时时发生理解的隔阂。"④

李金发的诗歌"由物及心"，除了意象刻画、意境营造等象征手法的运用，"他想把中国古典诗歌的创作方法与西方诗歌的创作方法结合起来进行尝试"⑤，在书写情感发展过程、建构情感逻辑、营造情感空间、将个人情感与自然意象相映照等方面自觉向古典传统靠近。与《微雨》直接刻画意象来传达情思不同，诗人有意识展现情感发展的过程。李金发首先将写诗的起点前移，从感动个体的外物写起，叙述"气之动物，物之感人"的过程，之后才到达诗歌的象征意境及所要表达的哲理。因此《幸福》在具体的表达上就有两个突出之处：一是对感动诗人的外物、场景、事件，甚至某一时刻的描述，这类描

---

① 李金发：《微雨》导言，陈厚诚、李伟江、陈晓霞编：《李金发诗全编》，四川文艺出版社，2020，第3页。
② 李金发：《答痖弦先生二十问》，何万真主编：《诗画双馨——林风眠、李金发诞辰一百周年纪念文集》，花城出版社，2001，第498页。
③ 李金发：《浮生总记》，《李金发回忆录》，东方出版中心，1998，第56页。
④ 李金发：《卢森著〈疗〉序》，转引自丘立才：《李金发生平及其创作》，《新文学史料》1985年第3期。
⑤ 丘立才：《李金发生平及其创作》，《新文学史料》1985年第3期。

述往往在诗歌开头,诗人喜欢将之处理成一帧帧凝固的画面。二是诗人对写诗当下的感觉、思想、情绪的表达,它构成诗歌意境的精神基础。《幸福》中的不少情诗都以这样的方式来书写。诗人自述"这集多半是情诗,及个人牢骚之言"[①],诗歌既用具体的形象来展示幸福、甜蜜、抽象的爱情,也书写个人对生命、未来、命运的感悟及长久的悲哀。《幸福》的情诗,往往从恋人相处的情形写起。

墙角里,/两个形体,/混合着:/手儿联袂,/脚儿促膝。/喁喁地,/喁喁地,/分不出/谈说/抑是微笑。
——《墙角里》(《李金发诗全编》,第467页,四川文艺出版社2020年版;以下皆同此版本)

淡红的灯/在深黑的夜里/温暖的你/在我冰冷的怀里。//话儿寂寥了,/但唇儿愈接愈近,/仅稍停气息,/便听到两处的心琴。
——《晚上》(《李金发诗全编》,第470页)

浪儿欲把/你细弱之躯卷去,/幸辗转在我臂里。//若非水光潋滟,/你定能顾这婷婷之影,/使我羞赧而远去。
——《海浴》(《李金发诗全编》,第494页)

---

① 李金发:《为幸福而歌》弁言,陈厚诚、李伟江、陈晓霞编:《李金发诗全编》,四川文艺出版社,2020,第425页。

记取我们简单的故事：/你臂儿偶露着，/我说这是雕塑的珍品；/你羞赧着遮住了/给我一个斜视，/我答你一个抱欠（歉）的微笑。

——《记取我们简单的故事》，（《李金发诗全编》，第568页）

这些看起来完全是写实的诗句，很难让人将之与写《弃妇》的李金发联系起来。通过捕捉某一个特殊的时刻，诗人将恋人的互动勾勒下来，从而使时空凝固。具体、写实的叙述与白描手法运用，使抒情主体表现出强烈的在场感。但是，对恋爱的叙述甫一完结，诗人随即让抒情主体游走，以拆解刚刚建立的现实感。诗歌强行阻断现世欢愉，对热恋的描写点到即止，此前恋人间紧张、激动、不安的情愫很快被无边的、庞大的虚无击碎。上引四首诗歌，在情感发展上都经历了从热烈到冷静的急剧变换过程。

——你还记得否，/说仅爱我一点？/——时候不同了，/——我们是/人间不幸者，/——也可以说啊。/声音更小了，/喁喁地/惟夜色能懂之。

——《墙角里》（《李金发诗全编》，第467—468页）

广阔的裙裾，/抹杀了珠鞋的美丽，/欲低头去掀时，/发儿又倒下来了。//窗外秋风嘶着，/似恨人间多薄幸，/伸你油腻之手去/攫取一切已失以归来。

——《晚上》（《李金发诗全编》，第470页）

如闹声静寂片刻，/定能听到海神之歌，/或同去作她们之兄妹。//欲寄语脚下的沙泥，/但他们随踵散乱，/吁何以舍此Magnificence（法文，慷慨，大方，华丽，豪华）！

——《海浴》（《李金发诗全编》，第494页）

空间静寂了好久。/若不是我们两个，/故事必不如此简单。
——《记取我们简单的故事》，（《李金发诗全编》，第568页）

与郭沫若、徐志摩等浪漫主义诗人喷薄的感情大为不同，李金发相当地节制，哪怕是恋人间你侬我侬的亲密时刻，在诗歌的字面上、感觉中、意境里，都如雕塑般冷静，他提供的感觉是印象式、普适性的，无法细细考究。像"你臂儿偶露着"这类具象的描写，它只是诗人营造恋爱氛围的一个部分、一个道具，它只能存在于诗歌整体氛围中，而不具备独立的意义。诗人通过铺陈具体的现实细节，来放大他记忆中深刻的瞬间，其中包含单一的情感、纯真的交流、静谧的心灵。"听，时间驰车走过，/谁都无法挽留，/一概全褪色了/印象，感情凭吊。"（《听，时间驰车过了》，《李金发诗全编》，第569页）诗人坚信，感觉产生于行动与细节，但后者随转瞬即逝，唯有感觉才悠长辽远。这便是叶嘉莹所说，"中国诗歌中最重要的质素，就是那份兴发感动的力量"[①]。

---

[①] 叶嘉莹：《从中西诗论的结合谈中国古典诗歌的评赏》，《古典诗词讲演集》，河北教育出版社，1997，第2页。

李金发的诗歌意象繁杂、诗思跳跃、语词较为艰深,看起来"现代性"十足。曾有学者警示,现代主义诗歌追求语言的陌生化与新的结构意义,容易陷入"空洞的超验性"。"现代性的迷乱之处就在于,它被挣脱现实的欲求折磨至神经发病,但却无力去信仰一种内容确定而含有意义的超验世界或者创造这一世界。这就将现代性的诗人引入了一种无从化解的张力动态中,引入了一种因现代性本身而成的神秘性。"①李金发诗歌拒绝空洞的超验,他的诗歌虽然神秘,但并非写作于迷狂之下;诗人的探索虽来自灵感、直觉,但他对诗歌的情感走向有清醒判断。他的诗句有严谨的内在逻辑,来看《初夜》:

沉静包围着房屋/微风在瓦面嘶着,/没有再好的谈笑/去拘留此一刻,/我们的命运变迁了,/寺钟敲时/——吁上帝的语言——/冥想远远的乡土,/微细的期望/多么identiques多么proches。(法文:一致,近)

人的命运变迁了,/往昔我若何孤冷,/今也,扪微扒的心。/呵,远地情爱之公主,/前来观察我们只Exil(法文:流亡)

我摺叠你在怀里,/臂儿在胜利者颈上摸索,/情爱岂不是生活中仅有之oasis(法文:绿洲),/微笑为棕榈之荫的清新。

天空的星光,/反照着一切人间之有生命的,/呵,他笑我们微细与fugitifs(法文:短暂);/所有热泪与心血终永流着,/谁明白生活的原理?/情爱岂不是仅有之oasis,/微笑为

---

① 胡戈·弗里德里希:《现代诗歌的结构》,李双志译,译林出版社,2010,第35页。

棕榈之荫的清新,/沉静包围着房屋,/微风在瓦面嘶着。

——(《李金发诗全编》,第557—558页)

  《初夜》每一节的思绪游移均未离开抒情主体。诗歌第一节中,诗人听见教堂的钟声,惊异人们追寻的上帝语言,他回顾自身经验,发现停留于遥远的故土。"细微的期望"甚至能让人联想到诗人的家庭,因为他与屐妲女士的恋爱违反了"家庭勿与异族人结合的Taboo(英语:禁忌),这事当然不敢使家里知道"。[①]第二节紧接着写个人游学在外的孤独,爱情的来临打开诗人的心门。"微扒的心"指微微张开的心门,"扒"在客家话中的意思是"张开",而非普通话中的"挖"或者"抓住"之意。第三节转入诗歌高潮,叙写初夜。如上所述,李金发写情动之端时,只描写某一具体的场景或动作,使之产生静态效果,此处写的是恋人相拥。叙述随后滑向生活的本质,诗歌揭示情爱是生活的绿洲。第四节转向形而上的索求。与天上恒久的星光相比,人类所拥有的情爱与生命是如此的短暂,因此初夜的热烈与自然的沉静交织在一起,个体的远游与故乡的气息牵连在一起,个体、自然、命运与星光同辉映,诗歌由此赋予初夜以哲理意味。

  在展现完整的情绪发展过程之时,李金发也注重扩展诗歌的情感空间。与魏尔伦向上向宗教、历时、立体的空间感不同,李诗向远方向故乡,追问人类普遍意义,更趋向平面式、共时的、无限衍生的空间书写。《初夜》在诗歌意境上有强烈

---

① 李金发:《浮生总记》,《李金发回忆录》,东方出版中心,1998,第58页。

的包裹感,对诗人来说,初夜的时间是凝固的。从字面来看,诗行一唱三叹回环往复,首尾呼应,中部叠唱,诗人通过"沉静包围着房屋,微风在瓦面嘶着"、"我们的命运变迁了"、"人的命运变迁了",  "情爱岂不是生活中仅有之oasis,微笑为棕榈之荫的清新"这几句分别描述自然、命运、情感的诗行,将初夜围筑起来,营造出一个关乎爱情与命运的神秘空间。象征主义诗歌传达的主体经验超越现实的可感可知范畴,带有超验性质。它或指向宗教,如魏尔伦的《狱中》,"天空,它横在屋顶上/多静,多青!/一棵树,在那屋顶上/欣欣向荣。//一座钟,向晴碧的天/悠悠地响;/一只鸟,在绿的树尖/幽幽地唱。//上帝呵!这才是生命,/清静,单纯。/一片和平的声浪,隐隐/起自城心。//你怎样,啊,你在这里/终日涕零——/你怎样,说呀,消磨去/你底青春"?[1]诗句的意象横亘天地,打通人与上帝的距离,清净、单纯的自然与人的零落、不安相对,上空与城心的空间对照显示出宗教的救赎意味。在李金发的诗中,对这种超验空间的探索从宗教转向故土。《初夜》中凝固的时空又是流动的,原因就在于个体思绪变化。情感幽微,心意婉转,致使个体所感觉的诗意空间既远及故土,近在自身;又上至天星,旁落恋人咫尺。空间的变迁与流转映照的是个体精神流亡,恋人间互相触碰的实在轮换出由微细、短暂、热泪、心血浇灌的生活。

此外,大量来自古典诗词的自然意象与诗人的情感互为表

---

[1] 魏尔伦著,梁宗岱译:《狱中》,黄建华编:《梁宗岱译作选》,商务印书馆,2019,第110页。

征,互相映照,使得李诗情景交融、虚实相生。诗人的感觉极为细腻、敏感、悲观,任何自然与人间的风吹草动都成为他吟咏的对象。"凉夜如温和之乳姬,/徐吻吾苍白之颊,/游风无语独上梢头去,蟋蚷欲挽流萤同住。"(《凉夜如……》,《李金发诗全编》,第516页)"黄昏正预备/死后之遗嘱,/残风发出/临终之sanglot(法文:呜咽,抽泣,啜泣,哭泣)/无力再看其/苍白之脸。"(《夜之来》,《李金发诗全编》,第528页)性格的忧郁、延宕常使诗人踟蹰于命运,在奇异的他乡游学,亦让他思念大海另一边的故乡山村。是故乡深厚的文化传统支撑起诗歌的审美框架,凉夜、游风、蟋蚷、黄昏、残风……这些伤春悲秋、发问命运、感慨人生如梦的叙述成功将诗人内在的情感绘制出来,使之可读、可感、可知。在现代主义的冲击之下,诗人从西向东检视,体验从破坏到和谐、从迷狂到静谧的象征之旅。"燕羽剪断春愁,/联袂到原野去,/临风的小草战抖着,/山茶,野菊和罂粟,/有意芬香我们之静寂。/我用抚慰,你用微笑,/去找寻命运之行踪,/或狂笑这世纪之运行。"(《燕羽剪断春愁》,《李金发诗全编》,第435页)马致远写秋思,通过五幅独立的画面,十个凝固的意象,表达游子断肠天涯之情;李金发写春愁,则将自身变为原野的一部分,与燕子、小草、山茶、野菊、罂粟等生命同在。李金发最终将诗歌的抒情主体化入"无迹可求"的象外之境,由此完成情感的自我呈现。

## 二、对话：故乡的雨和魏尔伦

李金发的诗歌形式上看起来极端"现代"，却存在现代性缺失的问题。这一问题在诗集《微雨》中较为突出，如诗歌《里昂车中》，叙述者"我"成为无法自我认同的城市游荡者；《题自写像》交出稀薄的"现代体验"："微笑中的自信自持，颇具浪漫派风采，而言辞中的随遇而安，自得自足，'独善其身'，分明又是典型的民族传统心理。"①写第二部诗集《食客与凶年》时，李金发明确认识到"东西作家随处有同一之思想，气息，眼光和取材，稍为留意，便不敢否认"②。在这之后，诗人开始有意识检索诗艺，逐步偏移象征主义。"以前受鲍特莱的影响，很有这趋向，但还不能用美丽的笔调。以后所写，如《为幸福而歌》等，去此已远。"③

李金发所理解的象征主义与波德莱尔的象征主义间最大的差异在诗歌所表现的世界。在波德莱尔看来，"诗人要'真正地返回内心'，就不能满足于原始的感情抒发或倾泻，而要将情绪的震颤升华为精神的活动，进行纯粹的甚至抽象的思索，也就是'分析'。"④象征主义诗歌不是要表现原有的世界，而是创造一个与丑恶现实相对的世界，以寻求解决人的内心冲突的途径。但在李金发的观念中，"诗人是富于哲学意识，自

---

① 李怡：《中国现代新诗与古典诗歌传统》，中国人民大学出版社，2014，第192页。
② 李金发：《食客与凶年》自跋，陈厚诚、李伟江、陈晓霞编：《李金发诗全编》，四川文艺出版社，2020，第421页。
③ 杜格灵、李金发：《诗问答》，《文艺画报》第一卷第三号，1935年2月15日。
④ 郭宏安：《论〈恶之花〉》，商务印书馆，2019，第275页。

以为了解宇宙人生的人：任何人类的动象，大自然的形表，都使他发生慨叹"①，他对诗歌的认识仍从表现的角度来谈。波德莱尔写丑，是一个信仰破灭的人看到身处的黑暗丑陋环境，对之进行揭示、讽刺，继而在自身所面对的废墟上建构新的世界。李金发写丑，是自身悲观、犹豫的性情与周遭环境产生共鸣，是与之应和、感动，随后诗人将从中悟出的人生哲理记录下来。波德莱尔写诗"还不能用美丽的笔调"，是不得不用；李金发写诗，则可用可不用。"诗是一种观感灵敏的将所感到所想象用美丽或雄壮之字句将刹那间的意象抓住，使人人可传观的东西。"②《幸福》一集中不少诗歌出现明快的情调，原因正在于此。

这一差异在诗歌中体现为抒情主体介入的限度不同。"从《恶之花》中我们可以看出，波德莱尔很少直接抒写自己的感情，他总是围绕着一个思想组织形象，即使在某些偏重描写的诗中，也往往由于提出了某种观念而改变了整首诗的含义。例如最为人诟病的《腐尸》，从纤毫毕露、令人作呕的描绘一变而为红粉骷髅论，再变而化腐朽为神奇，指出精神的创造物永存。"③《腐尸》的原型是路上一具狗的尸体，诗人将之幻化成女尸后，详细描写它肚子上的蛆虫。"它们爬上爬下仿佛浪潮阵阵，/横冲直撞亮光闪闪；/仿佛有一股混沌的气息吹进，/这具躯体仍在繁衍。//这世界奏出一阵奇特的音乐，/好像流水，又好像风，/像簸谷者做出有节奏的动作，/把籽粒颠簸和

---

① 杜格灵、李金发：《诗问答》，《文艺画报》第一卷第三号，1935年2月15日。
② 杜格灵、李金发：《诗问答》，《文艺画报》第一卷第三号，1935年2月15日。
③ 郭宏安：《论〈恶之花〉》，商务印书馆，2019，第281页。

搅动。"①将蛆虫纯粹丑恶的形态转变为对其劳作的歌颂,以蛆虫吞噬尸体作为生命神圣的见证,从而使精神永恒超越肉体腐朽,这一象征意义类似我国藏人推崇的天葬。李金发也常写到死亡,但未脱离自然规律的范畴。《死》的开头与波德莱尔的写法很像,但诗人并未让诗行"化腐朽为神奇",而是忠实地写死之为死亡:"我明白了死,/因我看见过人尸/他们在东京水里浮肿着,/点缀宇宙的/一角了。//死!如同晴春般美丽,/季候之来般忠实,/若你设法逃脱。/呵,无须恐怖痛哭,/他终久温爱我们。"(《李金发诗全编》,第549页)李金发也有诗写上帝与人间个体的关系,但上帝被简化为欲望的规训者,"有强硬之心的大神,/其管束我的年少,/瞻望我的烦闷恐怖与伤情,/我欲胜利,/但每举步为仇雠左右着。"(《上帝——肉体》,《李金发诗全编》,第560页)在这些诗行中,李金发不像波德莱尔那样企图说明现象的本质,用精神创造新的世界,他遵从中国诗歌古老的传统,积极介入诗歌,书写主体体验。

李金发诗中的"个人"始终依恋"故乡",缺乏反叛、对抗、破坏意识。《幸福》中不少诗歌的虚构意味强烈,但意象的指征明显,显示出诗人对自身现实的观照。同是写雨,写个体与自然唱和,魏尔伦感受到的是内心凄苦与孤寂。"泪流在我心里,/雨在城上淅沥:/哪来的一阵凄楚/滴得我这般惨戚?//啊,温柔的雨声!/地上和屋顶应和。/对于苦闷的心/啊,雨

---

① 波德莱尔著,郭宏安译:《腐尸》,《恶之花 巴黎的忧郁》,上海人民出版社,2008,第72页。

底歌！"①诗中"我"与"雨"都是独立的形象，二者是在分离状态中相互应和。在李金发的诗中，"我"与对象则互相投射，融为一体。如《雨》采用拟人化的手法，诗人将雨视作家乡故友："我在故乡的稻田认识你，/不过那时我年纪尚小，/你湿了我的木屐儿/不拉手便微笑着去了。"（《雨》，《李金发诗全编》，第565—566页）《调寄海西头》《偶然的Home-sick》《故乡的梁下》等诗歌读起来都有明晰的思乡线索。如将自然比作"慈母""裸母"，故乡的自然是"金色世界"，异乡的雪花则"僵冷人肌"。为凸显此刻的孤独，诗人不免追忆、缅怀、呼唤故乡。在思乡触发的情绪流动中，诗人感慨"流水唧哦地攻打我赤足，/浓荫在薄气里休息，/鸟在枝头唱午，/羊在牧场叹气"（《偶然的Home-sick》，《李金发诗全编》，第639页）的温爱与融洽，发现一切都已逝去，连月儿都要怪我"性好漂流"，遂"复逃归故土了"，徒剩一个孤零零的"我"。但是，诗行中看起来悲惨戚戚的形象，背后却是人格的遗世独立。"我"对此时的孤寂不仅坦然接受，而且对未来有清晰的预判。"可是我有话对他说：/你只要交付我/浅绿的平浦，/忠实的溪流，/低唱之曲。"（《偶然的Home-sick》，《李金发诗全编》，第638—640页）诗中的"我"从不对命运有所要求，只需拥有心中的"故乡"。

在这些诗中，"故乡"非实指，它与其他密集出现的雨

---

① 魏尔伦著，梁宗岱译：《泪流在我心里》，黄建华编：《梁宗岱译作选》，商务印书馆，2019，第109页。

（《雨》）、残照（《我爱这残照的无力》）、自然（《自然是全部疲乏了》）、乐土（《乐土之人们》）、女性（《我想到你》）等意象一道，构筑起诗人的精神处所。对李金发而言，这一精神处所与现实世界是统一的，它本来既在，诗人只是在当下发现之、感慨之、歌咏之，而非像波德莱尔要于现实之外去建构。李金发的信仰来自传统，是"他无法改变的中国知识分子的心理结构，一种与生俱来的人格气质"①。它表现为个体寻求传统文化支持，认可精神桃花源，这一心曲也是古典诗词的重要意旨。如陶渊明说自己是一只失群鸟，"栖栖失群鸟，日暮犹独飞。徘徊无定止，夜夜声转悲。"但无论如何总有一棵"孤生松"，让鸟儿"敛翮遥来归"，得以"托身已得所，千载不相违"。（陶渊明，《饮酒》其四）翻开《幸福》，随处可见李金发心中的"已得所"。

我坚守着一切我失掉恩爱之全部，惟保存着心之谐音与呼唤你的伟大。
——《明星出现之歌》（《李金发诗全编》，第610页）

但我的行踪/是为命运指挥的，/终至舍你而去！/此刻所能亲密的，/惟你烟突，矮树，红墙，/烟突！矮树！红墙！
——《重见小乡村》（《李金发诗全编》，第648页）

---

① 李怡：《中国现代新诗与古典诗歌传统》，中国人民大学出版社，2014，第197页。

诗人通过持续的"我"与"你"之间的对话，不断叩问内心，获得肯定自我的力量。他甚至在欧洲找到第二故乡，此处亦有一位神祇，李金发称呼它为"大神"：

大神喊道：你如此年轻而疲乏之游行者，到何处去漂泊？没有一个山川的美丽，如兄妹般等候着你，没有一个生人，回复你亲密的点头。即流泉亦失望地向你逃遁。
——《明星出现之歌》（《李金发诗全编》，第610页）

科头走去，/冒着风与雨雪，/呵，大神！/开始你苍老的钟声，/他将告诉我世纪之宝藏：/在北部的古城里，/宫室之墙颓废了，/蚂蚁蚯蚓占据着；/我将并而有之，/成为流徙后第二故乡。
——《足音》（《李金发诗全编》，第628页）

"大神"与其说抚慰诗人，倒不如说讲出了诗人的心声。李金发在法国感受到的孤独与其自身的悲观性格相吻合，法国艺术界活跃的环境则给予他外在的熏染。李金发曾在法国第戎学习，"地方虽不大，但人物富庶，风景明媚，有'百个钟楼城'之称，因为遍处教堂之故。我于一九二一年，曾于短时间就读其地，但因为有许多事物，令我留恋之故，我时称他为第二故乡。"①《足音》记写的钟声，很可能来自第戎，古城

---

① 李金发：《十九世纪法国三大雕刻家》，载《美育》创刊号，转引自孙玉石：《中国初期象征派诗歌研究》，北京大学出版社，2010，第52页。

的雄壮与坍塌恰好印证了时间的流逝,唯有钟声穿越时空,直击诗人心灵。据说后来在巴黎,"有一次,刻大理石的教授Carly来看他哪一个作品可以施用到大理石上去,不料一开门,吓得他连退几步,因为他的雕刻都满是人类作呻吟或苦楚的状态,令人见了如入鬼魅之窟"。①联想到回国后雕刻的孙中山、邓仲元、伍廷芳等雕像,虽栩栩如生,但诗人说那些并不是创作:"一切皆供人订造的商品。"②由此可以看出,不管是写孤独还是雕刻痛苦状态中的人类,都是李金发通过艺术宣泄自身情绪的方式,但其中的"我"总是自得、自在。

这便是中国的知识分子李金发与西方的象征主义诗人波德莱尔等人在精神上的距离。就他们的诗歌内容来看,后者强烈要求反叛、推翻的意义,在李金发却是努力维护、坚守的家园;就自我实现的方式来看,后者需要通过宗教才能得到救赎的理念,在李金发眼中则是无意义之途径,他终身无法将自身托予宗教。③他甚至撰散文诗《戏与魏仑(Verlaine今通译为魏尔伦)谈》,一一消解"魏尔伦"所说五句祷告的意义,将人生重新落实于具体的生活与欲望之上。如最后一段对话:"魏仑说:Noyez mon ame aux flots de votre Vin fondez ma vie au Pain de votre table.[法文:把我的灵魂浸入你(上帝)的酒的波涛,把我的生命在你的桌上的面包上建造。]//——老旧的机能,新颖的情欲,纵不消愁亦涨颊充肠而去,呀,谢这

---

① 孙玉石:《中国初期象征派诗歌研究》,北京大学出版社,2010,第53页。
② 杜格灵、李金发:《诗问答》,《文艺画报》第一卷第三号,1935年2月15日。
③ 李金发:《答痖弦先生二十问》,何万真主编:《诗画双馨——林风眠、李金发诞辰一百周年纪念文集》,花城出版社,2001,第504—505页。

老旧的机能。"(《李金发诗全编》,第489页)在李金发的戏拟中,个体神圣的献身精神为现世生存所替代,二者的冲突背后其实是中西两种截然不同的文化观在对话。

## 三、弃妇:俗世之外的自我影相

李金发诗歌的拗口,恰好说明诗人学识背景的复杂性,像"罗史必都"(《灵的图圄》,《李金发诗全编》,第726页)一词,李明心介绍是其父亲的发明,由法语、英语和客家话相结合,是"医院"的意思。卞之琳、孙席珍等人批评李金发"中国话不大会说,不大会表达"[①]时,忽视了李金发的粤人身份及其教育背景。而在诗行中夹杂外语,本来是白话文初兴、学界踊跃翻译西方典籍所造成的,在当时是常见现象。诗人从表达自我出发,考虑的是写诗刹那自身的语感与韵律,因此未顾及诗歌用国语阅读时的音韵效果。

白话文书写水平与"五四"新文学作家存在一定差距的李金发,在精神意志上却承受着与后者同样的煎熬,身处异邦,他对传统与现代的冲突或许有更为深刻的感受。《为幸福而歌》出现散文诗,以承载诗人溢出诗行的情绪,这些写于20世纪20年代早期的诗行已经出现了孤独的旅者形象:

---

① 周良沛:《"诗怪"李金发》,《李金发诗集》,四川文艺出版社,1987,第10页。

> 在漫漫的长夜里，/我独自与我心跑着，/道旁的深黑里/是当年接见天使的地方。
>
> ——《狂歌》（《李金发诗全编》，第582—583页）

> 自然夜狼与豪狗，/撕散我们的躯体，/抛掷残骨在炎日之下，/接受新月与微风的友谊。
>
> ——《断送》（《李金发诗全编》，第611页）

> 我张开这赤红的心，/接收在夜间逃遁的一切。
>
> ——《星儿在右边》（《李金发诗全编》，第615页）

> "长眼角的英雄，——/道途所忘却之奴隶，——/愿拖此蜿蜒之锁链。"
>
> ——《故乡的梁下》（《李金发诗全编》，第633页）

在这些形象中，李金发写出现代的"我"，已经远远不同于古老传统中的"我"；其处境不再是"国破山河在，城春草木深"，情感的抒发也不止"感时花溅泪，恨别鸟惊心"（杜甫《春望》）——"我"承载着"自我"被发现之后更为深刻的孤独。在这些诗行中，"我"一直在流亡，时时感到绝望；"我"欲独自前行，但仍拖着"蜿蜒之锁链"；"我"的躯体被撕散，但残骨仍能与新月微风同吟。李金发就这样不断地听凭理性的感召，又始终眷顾着身后的声音。他的这些诗歌带有典型的浪漫主义色彩，书写了奇崛瑰丽的意象，意境神秘幽远，个体宣泄出无处不在的漂泊感。但稍微与波德莱尔的诗歌比照，又显示出主体的自足与中庸。比如对折翅天使伊卡洛斯的吟诵，波德莱尔以这位天使自拟，叙说在追求永恒的过程中个体的渺小："我徒然妄想去发现/宇宙的终极和中心，/不知名的火眼已近，/我感到了翅膀折断；//为了爱美而被烧焚，/我没有无上的体面，/把我的名字给予深渊，/它将成为我的墓坟。"①李金发笔下则是剑走偏锋、迂回后退："他们鼓舞着既折之翼，/飞翔到高处去，/拣一片浮云遮盖着，/他们留下大地与月亮，/岂不是真实的投赠？"（《你白色的人》，《李金发诗全编》，第617页）李金发在暗夜中奔跑，但未尝试在决绝与虚妄中突围。

如果说进入现代之后，对"人"的价值确认不可避免带来个体的灵肉冲突，那么李金发所提供的经验，并非关注如何将个体从中解放出来，他接受这些冲突，努力书写其中的"灵"。林贤治在对比卡夫卡与鲁迅时曾说，"卡夫卡只有天堂，没有道路，鲁迅则只有道路，没有天堂"②。李金发既不需要天堂，也不寻找道路，他走他自己的路，所谓独善其身。在具体的生命实践中，鲁迅"始终怀有一种崇高的使命感，履行一项道德行动的深沉的热情。"③李金发则始终关注个人的精神与心灵，追求俗世生活的另外一面：离群索居。因此鲁迅的过客"只得走"，但前面等待他的却是坟墓（《过

---

① 波德莱尔：《恶之花》，郭宏安译，上海译文出版社，2011，第350—351页。
② 林贤治：《鲁迅的反抗哲学及其运命》，《山之民》，贵州人民出版社，2018，第60页。
③ 林贤治：《鲁迅的反抗哲学及其运命》，《山之民》，贵州人民出版社，2018，第61页。

客》);李金发的"我","独自与我心跑着",但"道旁的深黑里/是当年接见天使的地方"(《狂歌》)。鲁迅的《墓碣文》阴面是"……抉心自食,欲知本味。创痛酷烈,本味何能知?……"①李金发的"我",在坠落之年亦不愿将黄鹂般的歌喉落为"乞食之工具","我初流徙到一荒岛里,/见了一根草儿便吃,/幸未食自己儿子之肉"。(《小诗》,《李金发诗全编》,第529页)鲁迅说为了解放子女,"没有法,便只能先从觉醒的人开手,各自解放了自己的孩子。自己背着因袭的重担,肩住了黑暗的闸门,放他们到宽阔光明的地方去;此后幸福的度日,合理的做人"。②李金发的"我",面对孩子们"伸手,张罗,追踪恐慌",只会说"自己去创造新的罢",而"我",只久坐于"黄昏之微光里明察"。(《我一天遇见生命》,《李金发诗全编》,第524—525页)

李金发留给诗坛的遗产是"弃妇"。弃妇非为人所弃,乃为俗世所弃,是诗人置于虚无之梦中的自我影相。1932年李金发在广州东山笠庐"夜雨孤坐听乐",再与充满诗情的夜雨对话,但一切诗情已不如当年。在这时,诗人如获"爱人的劝勉,智者的自述",在他眼前,弃妇再次出现:

我望见弃妇之蓬首垢面,/手紧扼着肩巾在寒风之下;/
等候舟子归来之少妇,/徘徊于远海飘来的破桅之侧;/
怀春的少女折枝插在如丝的卷发,/大城中的浪子,拥着

---

① 鲁迅:《墓碣文》,《鲁迅全集》第2卷,人民文学出版社,2005,第207页。
② 鲁迅:《我们现在怎样做父亲》,《鲁迅全集》第1卷,人民文学出版社,2005,第135页。

掘金娘子而自满。

——《夜雨孤坐听乐》（《李金发诗全编》，第756页）

诗人用四个凝固的画面，刻画人间的悲、欢、离、合之音调，其中包含着青春、衰老、爱情、背叛、等待、堕落等各种人生面相。诗中的"弃妇"一如当年《微雨》集中的"弃妇"，象征着生命与坚韧，徘徊、踟蹰却无形无迹，遁入绝境："永无热泪，/点滴在草地/为世界之装饰"。（《弃妇》，《李金发诗全编》，第5页）诗人追求。因此诗人一方面高歌："我愿无休止地在人间羡慕，眷恋，追求，但我何以创造着虚无之梦！"（《讴歌》，《李金发诗全编》，第446页）一方面低吟："我了解这一切，我容忍这一切献与，/我将枕着夜雨之叮咛，/伫候晨光稀微中的噩梦。"（《夜雨孤坐听乐》，《李金发诗全编》，第756页）

李金发的诗歌创作既受囿于他自身悲观的个性，也折射出温柔敦厚诗教的重要影响。他横空出世，写出与众不同的诗歌，是在命运的偶然中把握到了机会，从而一步步走向自我完善的结果。有研究者说，李金发本质上带有贵族色彩。[1]所谓贵族色彩，指的是传统士大夫在现实生活之外寻找精神的寄托，或怡情，或表达超逸高蹈的情趣，或追寻隐逸境界，总之，通过诗书画构筑起自己的精神世界，以脱尘拔俗、遗世独立。这一努力表达了传统文人"儒道互补"的精神需求。李

---

[1] 谭元亨：《〈弃妇〉与〈荒原〉：东方艾略特李金发》，何万真主编：《诗画双馨——林风眠、李金发诞辰一百周年纪念文集》，花城出版社，2001，第372页。

金发认为写诗与作画一样，都是文人为了建构"自身之内所见"。"变动的景象，于我们好像是神秘繁复的灵魂之思想，我们的灵魂之深处与之谐和，从此自然于艺术家之前，不再是一件纯粹外表的东西，他爱慕着，寻找着其情绪于大自然之身，他少画些自然之所见，多画些自身之内所见。"①他的诗歌精神与其本人的内在性格相当一致。

正因为写诗是精神创造，是对现实生活的补充，因此李金发说："我作诗的时候，从没有预备怕人难懂，只求发泄尽胸中的诗意就是。"②当年在欧洲，虽以雕刻为学业，但从1922年开始，李金发诗意迸发，很快进入创作高峰期，到1924年《微雨》《食客与凶年》《为幸福而歌》三部诗集均已完成。《微雨》等集子的写作与李金发其时状态紧密相关，从他整个人生历程来看，这三年是诗人的黄金时代。首先是新的语言打开一个世界，在雕刻之余，他通读颓废派代表人物夏尔·波德莱尔的诗集《恶之花》及保罗·魏尔伦全集。"愈看愈入神，他的书简全集，我亦从头细看，无形中羡慕他的性格，及生活。"③其次是没有谋生压力，且学业日见进步。李金发1921年刚开始学习雕刻，1922年春所作的林风眠、刘既漂头像入选巴黎春季展览会。"这是中国人的雕塑作品第一次入选巴黎美展。"④三是他于1923年与柏林一位画家的女儿相恋，翌年

---

① 李金发：《论风景画》，《美育杂志》第3期，第36—37页。
② 李金发：《诗是个人灵感的纪录表》，《文艺大路》第2卷第1期，1935年11月29日。
③ 李金发：《浮生总记》，《李金发回忆录》，东方出版中心，1998，第53页。
④ 陈厚诚：《李金发年谱简编》（修订本），何万真主编：《诗画双馨——林风眠、李金发诞辰一百周年纪念文集》，花城出版社，2001，第484页。

二人成婚，后生下长子李明心。此时的诗人事业爱情双丰收，象征主义契合他个人趣味的地方有两处，一是含蓄的表达方式，这与古典诗词意境相通。二是通过意象传达朦胧曲折的情感，这种风格吸引温柔多情的诗人，他所谓"胸中的诗意"正是这种无法明说的奥妙。既然是写给自己的、不要求读者能懂的诗集，那它必然是情绪的歌，是"对于生命欲揶揄的神秘及悲哀的美丽"①。他写的一系列丑、怪、恐怖主题，并不只是对波德莱尔等人审丑倾向的简单挪用，其中暗合诗人的审美眼光。李金发始终将诗歌作为自我表达的工具，用自己独特的感觉与创造显示出传统文人面对现代浪潮时的情致与诗意。

李金发1925年回国，彼时国内持续的革命与战争环境无法为艺术生长提供充裕的环境，李金发的诗歌创作与西洋雕刻如昙花一现，只在留学时期开出暗夜璀璨的花。"自从三部诗集出版以后，很少作诗，因为找不出一条正确的道路，觉得有自欺欺人之嫌，写写散文较为轻松适意。"②但李金发并未因现实剧变而改变初衷，"我认为诗是文字经过锻炼后的结晶体，又是个人精神与心灵的精华，多少是带有贵族气息的"。③他回国后所写的诗歌数量不多，仍是抒发胸意之作。这些诗句紧密追寻着诗人的人生，德籍妻子的离开、再婚、游玩罗浮山、回忆上海、广州东山暂居等事件，都成为他诗歌的原始素

---

① 刘梦苇文，转引自朱自清《〈诗集〉导言》，见刘运峰编：《1917—1927中国新文学大系导言集》，第151页。
② 李金发：《答瘂弦先生二十问》，何万真主编：《诗画双馨——林风眠、李金发诞辰一百周年纪念文集》，花城出版社，2001，第500页。
③ 李金发：《卢森著"疗"序》，转引自丘立才：《李金发生平及其创作》，《新文学史料》1985年第3期。

材，诗风较前期无明显变化。可以想见，这些诗歌在二十世纪三四十年代的中国所具有的生存空间将更为狭窄。回国后李金发脱离大哥的经济支持，谋生开始成为这位25岁年轻人的人生责任。从1925年回国到1945年离开中国，这二十年间李金发四处求职，从文亦从政，居无定所。这些流亡历程常被他以游记形式记录下来，下笔从容，仿佛记录他人故事。1942年他被派往广西柳州第四战区长官司令部工作时，甚至写下《国难旅行》之篇名。乃至晚年在美国写的一系列回忆录及《浮生总记》中，每忆及遗憾之处，诗人均报以微笑。

总的来说，李金发是一个悲观的人，他的两个儿子均谈及这一点。"虽然我父亲谈笑风生，似乎是极端乐观，但他有一句口头禅：'某某人不懂得悲哀'，使我觉得他基本上是悲观的。"[1]李金发的悲观并非消极对待人生，相反他一生极为勤奋，一直在为生活而努力。他的悲观在于一名诗人对人生命运的清晰认识，从而敬畏生命、接受虚无。悲观是其人生的底色，但他一生随遇而安、乐天知命。1951年到美国后，人生前半段的积累一笔勾销，年过半百的李金发白手起家，自办养鸡场。"我们亦得其所哉，愿意从此为一农民，'躬耕南阳'，以还我本来的面目。"[2]这之后李金发再没有创作新诗，或许再赴异乡，诗人直面的只有生活的现实，不再有胸中的诗意。

---

[1] 李明心、李猛省：《怀念父亲李金发》，何万真主编：《诗画双馨——林风眠、李金发诞辰一百周年纪念文集》，花城出版社，2001，第13页。
[2] 李金发：《浮生总记》，《李金发回忆录》，东方出版中心，1998，第138页。

# 论李金发诗中的现代性体验*
## ——以《里昂车中》为例

李金发的代表作是他1923年在柏林编订完成,后在国内出版的诗集《微雨》《食客与凶年》《为幸福而歌》,作为诗坛新手,李金发的象征主义诗歌获得周作人"国内所无,别开生面"的评价。这三本诗集折射了他真实的人生体验:《微雨》时期"微雨溅湿帘幕,正是溅湿我的心"(见《琴的哀》),摹写的是他留学初期的见闻体验及不适应感;《食客与凶年》表达的是自身经历的现代与传统、中国与西方间的强烈冲突;《为幸福而歌》则吟唱着与德国妻子屐妲从相识到相爱的过程。

本文要讨论的诗歌《里昂车中》收入诗集《微雨》,从题目来看,该诗作于法国里昂,时间大概是1922—1923年间。从1919年来到法国学习雕塑起,李金发已经逐渐了解这个陌生的"世界",并在学校小有名气,他的雕塑作品曾入选1922年巴黎春季展览会,"这是中国人的雕塑作品第一次入选巴黎美展"①。而他业余时间读象征派诗歌,找到了共鸣,

---

\* 原载于《写作》2017年第7期。
① 陈厚诚:《死神唇边的笑——李金发传》,百花文艺出版社,2008,第43页;另,李金发对此亦有自述:"第二年春季,我贪高兴,为林刘两君各做了一个小石膏头……不料数天之后,接到沙龙办事处通知,两个石膏头竟入选了,还附来作者的入场券,这次虽恐怕是中国人第一次出品于巴黎沙龙(1922)"。李金发:《留法追忆·沙龙入选的奇迹》,见《李金发回忆录》,东方出版中心,1998,第172页。

并尝试模仿写诗,《里昂车中》一诗,充满诗人早期对西方现代社会的体悟与感受。

里昂是法国一个古老的城市,从16世纪开始便是著名的丝绸之城,到了20世纪初已经发展成为一个成熟的现代工业城市。在经历19世纪末工业革命和20世纪初一战的洗礼后,和其他欧洲的老牌资本主义国家一样,里昂的现代化程度也有了一定程度的提高,社会经济有了很大发展。一方面是生产中机器设备的更新和生产效率的提高,另一方面人们的日常生活和行为方式也有了很大改变。汽车、飞机等新型交通工具的普遍推广,电力技术和无线电通信手段的广泛运用,大量出现的日用消费品和奢侈品都极大地提高了人们的生活水平。诗中提供的城市漫游者正是在这样一种氛围下出现在里昂的某辆列车上,是做一次短程旅行?还是去看望一位朋友?抑或纯粹是晚上出来游荡?我们唯有从诗歌中明晰,列车飞驰在里昂的夜晚,车内人则整个沉浸在"现代"氛围当中,"对于飞驰的火车内外景象的观察与人生哲理的思考中,留下瞬间感悟的意象"①。

我们的解读,亦将从这个角度说起。《里昂车中》一诗一共有六个小节,本文将它划分为三个部分,每两小节作为一个单位进行分析。《里昂车中》从三个方面呈现了李金发所提供的诗歌异质:无法自我认同的城市游荡者、中西文化碰撞带来的陌生化效果、"世界之影"下的现代人情绪。

《里昂车中》第一二节内容如下:

---

① 孙玉石:《论李金发诗歌的意象构建》,《新文学史料》2001年第2期。

细弱的灯光凄清地照遍一切,
使其粉红的小臂,变成灰白,
软帽的影儿,遮住她们的脸孔,
如同月在云里消失!

朦胧的世界之影,
在不可勾留的片刻中,
远离了我们
毫不思索。①

诗歌伊始,列车正在飞驰,诗人为我们提供的是一个声色光影的世界——"细弱的灯光凄清地照遍一切"——与窗外飞快褪去景物相对的,是车内静静的一幕。在这节幽暗的车厢内,诗人似乎显得有些格格不入,移情作用旋即发生。受"凄清"心境的感染,诗人视觉中捕捉到的一切均显得"凄清"而朦胧,让他瞬间眼前为之一亮的,唯有一根"粉红的小臂"。但随后诗歌的叙述口吻马上一变,就在视角接触的一瞬间,"粉红的小臂,变成灰白",诗人亦始终不敢向前一步,终究看着那背影,"软帽的影儿,遮住她们的脸孔,如同月在云里消失!"

在第一小节里,诗歌为我们呈现了一个类似于本雅明笔下的城市游荡者形象——这是一位男性观察者,亦是一名独立的

---

① 李金发:《里昂车中》,《李金发诗集》,四川文艺出版社,1987,第19页。

自由行走者。他夜晚出现在现代都市里,在某段路轨某节车厢里被虚无的情绪包围,或许是归程中的某个瞬间开了小差,但这段游思,却让他获得了意想不到的满足。从字面上来看,"粉红"之色彩,本身带有极强的肉欲性。在车厢整体细弱凄清的氛围当中,是这种带有肉欲的挑衅迎合了男性主角的目光。这里一方面饱含着欲望的释放,另一方面亦是男性主体对于自身的肯定——确立一种所谓"现代人"的自我感——自我的感觉开始占据中心地位,个人、或者说个体的独特性得到本能的认可,申扬个体生命本身变成一种价值观。在自我意识的确认之下,男主人公开始直面自己的欲望,尤其是自己的本能欲望,诗歌中对于手臂外在特征"粉红色"之表述,即是明显的表现。在这种语境下,自我认同或更多受制于外在的环境和所谓"他者"的影响。

所以说,在最初瞥见"粉红的小臂"那一刹,男主人公找到了自我。但随后小臂在视觉上却产生了极为快速的转变——由"粉红"而"灰白"。同时,小臂主人不仅没有像中国传统意象中的美人那样"回眸一笑,若与目成",反而是与主人公渐行渐远,脸庞被帽檐遮蔽,最后"如同月在云里消失"。按照现实的逻辑,在集中一段物理时间内,车厢里的灯光强弱应该是保持不变的,那位进入诗人视野的异国女性所处的位置,也不会轻易变换——因此诗中所描绘的妇人从出现到消失的场景,当存在于诗人的自我感觉中。表面看来这是现代社会中人与人之间交流的困境,实际上在男主人公看似被抛弃的境地里,他却获得了极大的满足,背后的心理根源,便是本雅明在论述波德莱尔诗歌时所提到的"震惊"原理。身处异国他乡的诗人,"在异国所过的孤寂清苦的生活,所受的异国学生的歧视和欺侮,以及所见到的种种人间悲惨、丑恶的现象,都使他自幼形成的多愁善感、孤独忧郁的性格有了新的内涵和发展"①。与本雅明对波德莱尔的诗歌《给一位交臂而过的妇女》之论述②相类似,诗人同样企图在寂寞的大城市和熙攘的人群中,去捕捉那些常常游走、浮动的爱,这种爱是令人着迷的精灵。波德莱尔看到的是眼睛的深处,李金发所拥有的则是浪漫的背影,对于他们来说,尽管爱遭遇的高峰终究是"永诀""消失",但这瞬间的"心交"③,带来的却是个体遭遇挫折之后欲望的高扬,高扬的欲望能够征服"现代"之下个体强大的孤独感和无力感。因此,就在擦肩而过、随意的一瞥当中,爱由此获得。

诗歌的第二小节,诗人将感觉的视角从小车厢扩展到了大世界,与上文所描述的快速"心交"相对应的是现代社会高速运转的大环境。现代的速度和速率,极大地改变了人们感知世界的方式。承续上节"朦胧"的气氛,诗人感到自己正置身于一种"世界之影"中,"世界之影"的表述则涉及两个大小不同的空间之叠加。从横向上来看,最典型的层面是他的中国身份和所处西方位置的并置,这种并置在诗中产生了强大的陌生

---

① 陈厚诚:《死神唇边的笑——李金发传》,百花文艺出版社,2008,第46页。
② 本雅明:《发达资本主义时代的抒情诗人》,张旭东、魏文生译,生活·读书·新知三联书店,2012,第68—69页。
③ 李金发在诗歌《给Charlotte》中使用的"目送飞鸿"一词,有异曲同工之妙。《李金发诗集》,四川文艺出版社,1987,第88页。

化效果，①代表着诗人的中国体验和西方文化的冲突，这是其一。其二，从纯粹的空间位置来看，诗人置身于车厢这个狭小的空间当中，列车飞驰于里昂的某段路轨上，里昂的存在则是世界的某一个片段。对于诗人来说，这一个个层层叠叠的世界，并非来自他原有的经验世界，与他那"远出南海一百里，/有天末的热气和海里的凉风，/藤荆碍路，用落叶谐和/一切静寂，松荫遮断溪流"②的"故乡"相去甚远，尤其里昂作为一个高度发达的现代工业城市，带给诗人的更多是不真实性和侵略性，这便进一步加剧了其自身的寂寞感。异国的生活，常让诗人感到"受了种种压迫，所以是厌世的，远人的，思想是颓废的，神奇的"③。从纵向上来看，人与人之间、人与城之间的关系，则更多化为感觉上面的延续。从开头瞬间一瞥带来的快感，到之后的各种感觉共存，带来某种时空上的交错。诗人在第二句中再次用到了"片刻"这一表述，"不可勾留的片刻"，以及浓缩在片刻之中的"世界之影"，同样转瞬即逝，现代社会带给我们的现代印象，不断游移。

诗歌的第三、四小节中，诗人描写了"现实—想象—现

---

① 什克洛夫斯基说："那种被称为艺术的东西的存在，正是为了唤回人对生活的感受，使人感受到事物，使石头更成其为石头。艺术的目的是使你对事物的感觉如同你所见的视象那样，而不是如同你所认知的那样；艺术的手法是事物的'反常化'（остранение）手法，是复杂化形式的手法，它增加了感受的难度和时延长度。既然艺术中的领悟过程是以自身为目的的，它就理应延长。艺术是一种体验事物之创造的方式，而被创造物在艺术中已无足轻重。"维克托·什克洛夫斯基著，方珊译：《作为手法的艺术》，《俄国形式主义文论选》，生活·读书·新知三联书店，1989，第6页。
② 李金发：《故乡》，《李金发诗集》，四川文艺出版社，1987，第159页。
③ 李金发：《邂逅》，《美育》第2期，1928年12月。

实"的心理变化过程:

> 山谷的疲乏惟有月的余光,
> 和长条之摇曳,
> 使其深睡。
> 草地的浅绿,照耀在杜鹃的羽上,
>
> 车轮的闹声,撕碎一切沉寂;
> 远市的灯光闪耀在小窗之口,
> 唯无力显露倦睡人的小颊,
> 和深沉在心之底的烦闷。①

第三小节的诗句,表面上描绘的是夜晚车厢中游人渐渐睡去的场景,但如果对比之前的诗句中李金发对个体感觉的细致描摹,这几句诗则是男主人公的进一步联想——总的来说体现着情绪高涨后的疲乏,联想的范围亦从现实走向自然。本文第一部分曾分析,现实中体验到的"震惊",是内心的极大满足,这种满足感将主人公从日常生活秩序当中解放出来,随着游思进入这个非现实的世界。在这个非真实的想象世界中,出现了大量自然的意象,如山谷、月色、树木(长条),是与现代的高楼、电气、机器等意象截然相对的,自然的,原始的,摒除欲望的世界。李金发在另一诗作中也有类似的表达,"野人用肤色阅其所爱,/对着斜阳发亮,/长发临天风摇曳,/惟智

---

① 李金发:《里昂车中》,《李金发诗集》,四川文艺出版社,1987,第19—20页。

者能深爱而有之"①。李金发歌颂的"野人",有点类似意大利哲学家维柯提到的原始民族,因为有着丰富的想象力和感知力,所以更能融入自然当中,成为崇高的诗人。李金发曾说:"我们所崇拜的是希腊文明,或即称之为Neo Heldenisme。我们厌弃现世生活、经济、政治的纠纷,要把生活简单化,人类重复与自然接近。在爱伦比亚山上,赤足科头,轻歌曼舞,或疏林斜晖中,一阕harpe,看群鸦绕树啊,这是什么生涯啊!什么理想啊!"②回到诗人当时所处的境地,在旅程铺张路轨、车轮声哐当的途中,虽有过短暂的欢愉,但男主人公更多体会到的是一种"生之疲乏","空间因填塞之故,/所有的池沼干枯了,/'烦闷'更无吸引之地,/广漠之野,全因希望而疲乏"③。身处"现代"的广漠,眼见愈多新鲜事物的出现,却愈感到空间的拥挤和烦闷——可"生之疲乏",又恰恰因为希望之在——这些矛盾的感觉,无不深深地折磨着年轻的诗人。

第三小节的诗句还为我们呈现了一幅色彩非常鲜明的图画。诗人陶醉在洁白的月的余光、浅绿的枝叶和草地上,又同时联想起古代杜鹃鸟哀鸣咯血,整个视象中得以桃红配葱绿,颜色对照十分强烈。这些纷至沓来的古典诗歌意象,不可否认来自诗人之前的阅读经验,李金发对古典诗歌有很浓厚的兴

---

① 李金发:《丑》,《李金发诗集》,四川文艺出版社,1987,第68页。
② 李金发:《编辑后的话》,《美育》创刊号,1928年10月。转引自陈旭东:《论"象征派"诗的形成与李金发的文艺思想》,《诗画双馨——林风眠李金发诞辰100周年纪念文集》,花城出版社,2001,第267—268页。
③ 李金发:《生之疲乏》,《李金发诗集》,四川文艺出版社,1987,第127页。

趣，年少时曾有段时间沉迷在《牡丹亭》一类的戏曲和《玉梨魂》等鸳蝴派的哀情小说中，如痴如醉。①李金发称，那时他甚至"倦了就睡，醒了再看，养成徐枕亚式的多愁多病的青年"②。此外，诗人还非常巧妙地在表述中设置了几个大小镶嵌的"窗格"。与古代诗句呈现二维画面不同，比如蒋捷名句"红了樱桃，绿了芭蕉"和李清照的"知否，知否，应是绿肥红瘦"，这里诗人的联想是一个个独立的"窗格"，可说它们与真实的"车窗"相对，也可认为二者呈镶嵌关系。值得注意的是在这些想象和现实并置的"窗格"背后，还存在一个巨大的视窗，即第二小节中出现的"世界之影"。由此可见，诗人的意识在"世界之影"中偷偷开了一扇小窗，正是这扇小窗，透露出他潜意识中对原始美好的向往——既包含某种原始经验的表述，也有对"现代"的没落与缺失之担忧。

在这场旅行的"旅行"途中，时间仿佛停滞，所有与"现代"相对应的思绪，均来自诗人自身特定的想象时空。时间被人为地延长，就像张爱玲笔下的"封锁"——"封锁期间的一切，等于没有发生。整个的上海打了一个盹，做了个不近情理的梦"③。施蛰存在《梅雨之夕》中，构建了一个伞下世界。伞下的"我"，从旁边的女子身上回忆起自己的初恋情人，随后将这位陌生的女子幻化成其他更多的女性；亦在伞下，找到

---

① 陈厚诚：《死神唇边的笑——李金发传》，百花文艺出版社，2008，第15、24页。
② 李金发：《三十六年前在香港》，香港《文坛》月刊，1954年10月第115期。转引自陈厚诚：《死神唇边的笑——李金发传》，百花文艺出版社，2008，第15页。
③ 张爱玲：《封锁》，《传奇》，中国青年出版社，2000，第282页。

了阔别多年那个隐匿于内心的"自己"。但生活,终究要回归正常的轨道,在瞬间的"出轨"之后,我们的男主人公往往会选择"归来"。张爱玲的《封锁》,前后用电车"铃铃铃"的声音,来切断现实与梦幻的界限。《梅雨之夕》则让大雨停止,剥夺伞的功能——雨停伞收,故事戛然而止。诗中李金发使用的分节媒介则是"车轮的闹声"。一阵"车轮的闹声,撕碎一切沉寂",男主人公的思绪,又回到了"细弱的灯光凄清地照遍一切"的车厢,看到"远市的灯光闪耀在小窗之口"。

也正是在这时,诗人终于为我们点明了他所谓的"现代情绪":"唯无力显露倦睡人的小颊,/和深沉在心之底的烦闷。""无力""倦睡""烦闷",这些词体现出来的无不是"回到"现实之后的"颓废"之感。从开始与车上陌生的妇人"心交",到最后所有的爱消解在深沉的烦闷之中,从物理的时间来看是极短的一瞬,但这极短的时间却有着列车极大的位移,伴随着空间片段的不断更替。这一点与现代电影颇为相像。列车车厢和电影院,都为置身其中的人们提供了一个相对密闭、独立性较高的空间;二者的灯光也是细弱昏暗的,因此私密性更高[①]——在刚刚过去的某个时刻,我们的男主人公即在陌生的列车车厢内出色地完成了一次欲望的宣泄,最终获得自我认同。

与车厢内的昏暗环境相对的是车窗外忽明忽暗的夜市灯光,而从文本的表述来看,将男主人公的思绪从幻想拉回现实

---

[①] 谷崎润一郎说阴暗之中可以发现美,阴暗中隐藏着秘密。谷崎润一郎著,丘仕俊译:《阴翳礼赞》,《阴翳礼赞:日本和西洋文化随笔》,生活·读书·新知三联书店,1992,第18页。

的，听觉上是车轮的轰隆声，视觉上则是"远市的灯光"。贝尔认为，现代工业社会一个重要的意象是夜晚的霓虹灯以及大量的广告招牌。因为这些现代技术革新产物的出现标志着大众消费的兴起，尤其广告是"物质商品的标志，是新生活的例示，是新价值观的预报"，"作为一种时尚，广告强调魅惑"①。各种广告的霓虹灯招牌，使得现代城市的夜晚格外妖娆，而由灯光拼接起来的里昂夜晚，又有效地回应着被车轮闹声"撕碎"的沉寂。诗人在此巧妙地使用着"通感"这种修辞格，为自己的感觉寻到了种种"客观对应物"，正如波德莱尔在《应和》②诗中所表达的：一切物物、人物将成为一个统一体。诗人便是通过这种寻找，将自己的情感融入新的形象，使城市的"现代"气息充盈着每一个在它里面行走的人。另外，之前"窗格"的分析在此处同样适用，诗歌的第三四小节为我们营造了一个立体三维画面，再次将过去与现在、幻想与现实并置，整个大的语境则仍是"世界之影"。

前面四节十六行诗中，李金发使用了大量具有"现代"特征的意象，比如"灯光""世界之影""片刻""车轮"等等。与《里昂车中》相类似，李金发在《柏林之傍晚》中，也描绘了自己身处闹市当中的不适应："吁，这等可怕之闹声/与我内心之沉寂，/如海波漾了旋停，/但终因浮沫铺盖了

---

① 丹尼尔·贝尔：《资本主义文化矛盾》，严蓓雯译，江苏人民出版社，2007，第66页。
② 可参看波德莱尔《应和》一诗。波德莱尔：《恶之花》，郭宏安译，译文出版社，2013，第17页。

反照，/我无能去认识外体/之优美与奇丑。"①诗人不止一次在诗中表示，这些外在的繁华浮沫，总是让他感到不适。李金发是中国新诗史上象征主义诗歌的开拓者，也是真正动手写作象征诗歌的第一人，但是那之前国家发生的深刻变革和新文化运动都对他影响不大，因为一来年纪尚小，二来又生活在偏僻的山村。李金发不像新文化运动的健将们，对传统进行攻击，盲目寻求西化，他对所谓的"现代"及现代主义文学运动的认识有自己真切的体验，因此能够看到现代大城市繁华喧嚣背后的奢靡腐烂。也正是在这个维度上，象征主义诗歌的颓废风格一下吻合了他本身的悲观性格，开始清苦而备受压迫的留学生活，亦进一步促使诗人向波德莱尔、魏尔伦等法国象征派诗人靠近。②李金发的诗歌由于用字生涩，读来拗口，长期以来遭受到评论界的批评。目前较为公认的是朱自清对他的评价，朱氏在《中国新文学大系·诗集·导言》中说，李诗虽然语言"母舌生疏"，但"他要表现的不是意思而是感觉或情感；仿佛大大小小红红绿绿一串珠子，他却藏起那串儿，你得自己穿着瞧"。朱自清所谓的"自己穿着瞧"，即是说他的诗歌意思难懂。尽管形式和内容上李金发似乎都将传统远远抛在后面，但仔细揣摩他的诗句，却又不难从中找出类似艾略特推崇的

---

① 李金发：《柏林之傍晚》，《李金发诗集》，四川文艺出版社，1987，第281页。
② 第一本诗集《微雨》最为明显地体现了这种倾向。在诗歌《诗人魏尔仑（P.Verlaine）》中李金发将之比喻为"海岛上之暴主""优秀之孩童"，并表达了自己的崇拜之情："我仅能在图画上认识；/时给我泥污之气。/我迷离于你之章句，与朋辈之笑声。"李金发：《诗人魏尔仑（P.Verlaine）》，《李金发诗集》，四川文艺出版社，1987，第23—24页。

"前辈传统","我父亲的根源,是竖在中国文化里面"①,他从来没有否认过自身关于"中国历史的、哲学的和文艺的常识"②,并常常在创作中不自觉地流露出来,如"黄沙,浅渚,行客之足迹,/和闲散之愁鸥,/——失掉了侣伴的云,/我们对之神往,呵,神往"!③

李金发更深刻的矛盾,在于一面享受着上述传统,一面又碰触着现代社会,对"现代性"的弊端感同身受。这样一来,本文所要讨论的悖论便不可避免了。本雅明曾经分析到,波德莱尔的诗歌当中与现代主义相关的一个重要主题是"船","波德莱尔渴望像船一样享有在两个极端之间摇摆的特权"④。而此刻生活在社会底层,却接触着艺术上层的年轻诗人,或许也在享有着这两个极端。因此,李金发的诗歌里就这样"闪烁着工业化带来的飞动的洪流和绚丽的色彩以及震耳的轰鸣,极度的炫耀和喧嚣造成艺术感官的疲倦和慵懒"⑤。

诗歌的最后二个小节,诗人处在极大的矛盾当中:

呵,无情之夜气,
蜷伏了我的羽翼。

---

① 李明心、李猛省:《怀念父亲李金发》,《诗画双馨——林风眠李金发诞辰100周年纪念文集》,花城出版社,2001,第14页。
② 李明心、李猛省:《怀念父亲李金发》,《诗画双馨——林风眠李金发诞辰100周年纪念文集》,花城出版社,2001,第14页。
③ 李金发:《过去与现在》,《李金发诗集》,四川文艺出版社,1987,第209页。
④ 本雅明:《发达资本主义时代的抒情诗人》,生活·读书·新知三联书店,2012,第123页。
⑤ 谢冕:《中国现代象征诗第一人——论李金发兼及他的诗歌影响》,《新文学史料》2001年第2期。

细流之鸣声,

与行云之飘泊,

长使我的金发褪色么?

在不认识的远处,

月儿似勾心斗角的遍照,

万人欢笑,

万人悲哭,

同躲在一具儿,——模糊的黑影

辨不出是鲜血,

是流萤!①

城市流浪者在此继续被疲惫慵懒的悲观情绪所缠绕,身背重负的感觉再次出现。类似于《巴黎之吃语》"背上重负在街心乱走,/全不顾栖息之所在,/车轮下之尘土,/满沾在将睡之倦眼上"②之表述,在"无情之夜气"当中,男主人公幻化出了"折翅的伊卡洛斯"这一形象。与光明热烈的太阳光一下将伊卡洛斯羽上的蜡融掉不同,这里的"夜气",只会"蜷伏"在"我"身上,"蜷伏"后面的一个"了"字,生动表明"夜气"的胜利——使"我"屈服。因此,此刻空洞迷茫朦胧的车厢当中,再次回旋着悲哀、凄凉、颓废的生命意识。诗人巧妙地借用伊卡洛斯悖论,通过这个悖论来表述自己内心的复杂体

---

① 李金发:《里昂车中》,《李金发诗集》,四川文艺出版社,1987,第20页。
② 李金发:《巴黎之吃语》,《李金发诗集》,四川文艺出版社,1987,第58页。

验。伊卡洛斯会飞行、追求自由、却在愈接近光明的地方坠海而亡，诗人体会到的，正是这种强烈的式微感——在工业文明高速发展和现代浪潮高涨的时候，敏锐地觉察到那"行将就木"的"现代性"。

诗歌的高潮出现在第五小节的最后一句，"金发褪色"意味深长。根据李金发自述，"金发"这个名字，"不是有金色的头发而是一个梦的结果"①。诗人原名李权兴，改名为李金发，是在法国留学期间。1922年的一个暑假，李金发因贪看小说，直至神经衰弱而浑然不觉。一天与朋友散步，忽然眼睛一花几乎晕倒在地。就在这种浑浑噩噩的状态中，诗人老是梦见一个白衣金发的女神，领着他遨游。几天病好之后，诗人认为自己没有病死，或许是天使帮忙，遂改名"金发"。②后来在诗人眼中，"金发"便成为一种象征，是困窘之中的希望，是大难不死之后上天的恩赐。但在诗歌当中，诗人却写道："细流之鸣声，与行云之漂泊，长使我的金发褪色么？"——褪色的金发，消解掉了上述所有"现代"窗格之存在合理性。有论者指出，李金发的诗歌"复杂化了中国对'现代'的理解和体认，从而有助于把一个非同质化的'现代'范畴引入到中国现代历史的进程中来，使'现代'自身成为一个蕴涵着多维的甚至悖反的内容的存在"③。另外一首著名的诗歌《有

---

① 李金发：《我名字的来源》，《李金发回忆录》，东方出版中心，1998，第182页。
② 李金发：《我名字的来源》，《李金发回忆录》，东方出版中心，1998，第183页。
③ 吴晓东：《李金发的现代性体验及诗学意义》，《嘉应大学学报》2000年第5期。

感》，同样体现着这种严酷的生命意识："如残叶溅/血在我们/脚上,/生命便是/死神唇边/的笑①。"

诗歌最后一节的情感越发走向虚无，诗人给我们描述的是一个死灭的世界："在不认识的远处,/月儿似勾心斗角的遍照。""不认识"的"远处"，含有对未来的判断，其中又夹杂了当下所处异国他乡，面对现实、面对前途的恐惧之情。这种恐惧既有对现代文明的反拨，也充斥着现实社会带给诗人的不安全感。"万人欢笑，万人悲哭,/同躲在一具儿,——模糊的黑影"，诗句在结尾时再次回到了整首诗的大意象——"世界之影"，将所有现实的人和事提炼凝结成一具黑影，由多化整，由动化静，使得时空相交融汇，最终凸显出一种雕塑之美。但这里的"美"，却又是诡异的、阴冷的，结句的两个意象"辨不出是鲜血,/是流萤！"更营造出凄清恐怖的氛围，最终将诗人认识中"真实"的"世界之影"描摹出来。论述至此，诗歌开头瞬间的"爱"和温情随着金发褪色，在"万人悲哭"中消解殆尽。我们看到的，仅仅剩下"无情之不死者,/你刺伤我四体,/以你锋利之爪牙,/溅流绿色之血了！"②诗人对现实这种亦批判、亦回避的态度，是他在工业文明高度发达的土地上唱起的悲歌，李金发的这套"现代主义"传统，深深契合了当时的时代精神，某种程度上亦与艾略特的《荒原》不谋而合。

---

① 李金发：《有感》，《李金发诗集》，四川文艺出版社，1987，第535页。
② 李金发：《呵……》，《李金发诗集》，四川文艺出版社，1987，第82页。

# 梁宗岱的"诗与真"

梁宗岱在中国新文学史上集诗人、理论家、批评家、翻译家于一身,主要著作有诗集《晚祷》、词集《芦笛风》、论文集《诗与真》等。与后半生的"空白"相比,梁宗岱的前半生闪烁着耀眼的光芒。他少年成名,16岁开始在广州各大报刊及《小说月报》等杂志上发表新诗,有"南国诗人"之称,在20世纪30年代名满文坛;1924年赴法国留学,游欧七年,精通英、法、德、意等多门外语,但不修学位;曾与瓦雷里、罗曼·罗兰、纪德等世界级文学大师直接交流,这在中国现代文学史上是为数不多的"案例"。梁宗岱在海外接受的西方文艺理论思想,直接影响到他的诗歌创作与理论批评,特别是他与法国象征派大师保尔·瓦雷里的相识相知,一直为人所称道。梁宗岱法译《陶潜诗选》,由瓦雷里作序,将陶诗介绍到法国;梁再中译瓦雷里的长诗《水仙辞》,在中国出版,从而推动中法两国的诗歌交流,也促进了中国文坛对法国象征主义理论的译介。

梁宗岱的《晚祷》集出版于1925年3月,这是他唯一一本写象征主义诗歌的诗集。因为诗歌数量少,关注的人不多,因此长期以来诗人的形象反而更显神秘。梁宗岱本身是一个用生命去演绎诗情的人,他的浪漫才情,他的狂放不羁,他的争强好胜,他的奇崛个性,使得他的诗歌亦如他生命的底色,饱满着艺术的颜色。与李金发自觉写作象征派诗歌不同,梁宗岱并没有这种"觉悟",他只是忠于自身艺术的节奏,在诗情郁结、内心徘徊的时候,才独自书写那份深幽的愁绪。梁宗岱的诗歌,整体呈现出一种"静穆"的氛围,正如他在《途遇》中所写:"夕阳在山,清风微漾。/幽竹在暮霭里掩映着。/黄蝉花的香气在梦境般的/黄昏的沉默里浸着。"[1]这种融洽、无间的理念,充盈着他的诗歌,而诗人的匠心则在"我们互相认识了"的一瞬间得到永恒:"伊低头赧然微笑地走过;/我也低头赧然微笑地走过。/一再回顾的——去了。"[2]梁宗岱的诗歌充分迷恋古诗词的语境,但在空间感与语言张力上却有着极大的突破。在《途遇》中,尽管弥漫的是竹影萧疏下的爱恋气氛,但诗歌所强调的显然不再是那时的当下,诗人更多体味"刹那"的情感——二人擦肩而过却激起心弦如梦如幻的颤动——虽然表面仍是传统的含蓄表达,沉默、羞怯、微笑。该诗曾由诗人本人译成法文,易名"Souvenie"(回忆),发表在罗曼·罗兰主编的《欧洲》(*Europe*)月刊1927年12月第60期上。

较为著名的是《晚祷》(之二),该诗写于1924年,副题"呈敏慧",诗题及诗的意境常让人想起米勒的那幅油画,诗歌内蕴的空间张力极大地在人们对油画的回想中实现。从内容来看,该诗是一首爱情诗,写给一个女孩子的诗歌,而这个女孩子确有其人,是梁宗岱中学时代的同学,诗人深深爱恋着

---

[1] 梁宗岱:《途遇》,《诗与真续编》,中央编译出版社,2006,第271页。
[2] 梁宗岱:《途遇》,《诗与真续编》,中央编译出版社,2006,第271页。

她，但因早有婚约在身，只能被迫与家人安排的未婚妻结婚。诗人事后向"敏慧"诉说，但敏慧是一名基督教徒，要诗人接受命运的安排，由此二人能够继续友谊。因此，诗人的哀叹、无奈、对爱情新的感悟、对生命与未来的期许……种种复杂的感情倾注到诗歌当中，写下了《晚祷》二诗。一年之后，诗人留学巴黎，寄居在艺术氛围浓厚的玫瑰村，在异国他乡的暮色黄昏中，诗人常常想起家，想起闪着莹澈眸子的恋人，彼时诗人的第一本新诗集由上海商务印书馆出版，于是诗集命名为《晚祷》。

在《晚祷》诗中，诗人是孤独的，诗中反复强调的意境是"我独自站在篱边"，独自地思考生命的意义。虽然诗人写诗的背景非常明确，诗歌亦有明晰的抒情对象，但梁宗岱却没有将对象局限于某个具体的个体身上，而是由此及彼，不断拓展诗歌的意义空间，从我、我的影子、牧羊儿、东风、黄昏、星星、柔光生发，最后由晚祷统摄，使整首诗形成一个立体的空间，也融合着中国古代的宇宙整体观。魏尔伦的诗歌《狱中》："天空，它横在屋顶上，/多静，多青！/一棵树，在那屋顶上/欣欣向荣。/一座钟，向晴碧的天/悠悠地响，/一只鸟，在绿的树尖/幽幽地唱"，呈现出一种层层向上的空间感，展现出人与自然的和谐。诗歌最后才回归到对上帝的感恩当中："上帝啊！这才是生命，/清静，单纯。/一片和平的声浪，隐隐/起自诚心。"诗歌显示，个人只有在这种感恩当中才能获得自身的救赎，而所有对世界的狂热与执拗，都必须由内心的节制与情感的理性来调和，由此得以凸显个体价值。梁宗岱的表述则较为节制，"我独自地站在这里，/悔恨而沉思着我狂热的从前,/痴妄地采撷世界底花朵"[1]。《晚祷》从自省始,至感恩终,诗中弥漫的宗教感,亦与梁宗岱承袭的马拉美、瓦雷里等人的冥想理念相关。也就是说,诗歌必须有精确细微的感受,而不能仅是浓烈的情感表达;诗人的才情和天分不应在诗歌中展露无遗,而须经过精神的苦修,缓慢地触碰到柔软的孤独。语言形式的变化,决定新诗无法如古诗那样,在圆润的字句中凝结更多的精气神;开放的结构,则使其必须通过意念来展示更加丰富而多层的情感空间。因此,象征主义的通感、隐喻等手法应运而生,音乐的流淌性与广域性也被借用过来。"我只含泪地期待着——/期望有幽微的片红/给暮春阑珊的东风/不经意地吹到我底面前。/虔诚地,轻谧地/在黄昏星忏悔底温光中/完成我感恩底晚祷。"[2]《晚祷》一诗正是如此,在唯美的画面中诗人将自然之感性化作生命之幽微。

梁宗岱对中国新诗的重要贡献是他提出的"纯诗"理论,尽管前有穆木天的铺路,但梁宗岱所提供理论显然血统更为"纯正",亦结合着自己实际的创作见解。梁宗岱认为新诗在发展过程中逐渐丧失艺术性,因此他强调"作者的匠心",并使用"纸花""瓶花""生花"三个意象来喻指作诗的几个不同层次。梁宗岱说:"如果拿花作比,第一种可以说是纸花;第二种是瓶花,是从作者心灵底树上折下来的;第三种却是一株元气浑全的生花,所谓'出水芙蓉',我们只看见它底枝叶在风中招展,它底颜色在太阳中辉耀,而看不出栽者底

---

[1] 梁宗岱:《晚祷》,《诗与真续编》,中央编译出版社,2006,第285页。
[2] 梁宗岱:《晚祷》,《诗与真续编》,中央编译出版社,2006,第285页。

心机与手迹。"①在他的诗论中有几个关键词,首先是象征,也就是"藉有形寓无形,藉有限表无限,藉刹那抓住永恒",最终在诗歌当中达到"丰富,复杂,深邃,真实的灵境"②。梁宗岱在这里的论述颇有王国维之风,他认为诗歌的最高境界仍是对"无我之境"的进入,是"物我或相看既久,或猝然相遇,心凝形释"③,这其实是对上述"刹那之永恒"的进一步阐释。其次是"纯诗"。梁宗岱1934年提出"纯诗"概念,他说:"所谓纯诗,便是摈除一切客观的写景,叙事,说理以至感伤的情调,而纯粹凭借那构成它底形体的原素——音乐和色彩——产生一种符咒似的暗示力,以唤起我们感官与想象底感应,而超度我们底灵魂到一种神游物表的光明极乐的境域。像音乐一样,它自己成为一个绝对独立,绝对自由,比现世更纯粹,更不朽的宇宙;它本身底音韵和色彩底密切混合便是它底固有的存在理由。"④梁氏的"纯诗"理论,谈的并不是诗歌写作中的技术操作,他讨论的更多是形而上的问题。在他看来,诗歌不应沦为具有任何外在目的工具,写诗是一种生活的本能,亦是精神的外发。而诗人所成的诗歌,在现代诗形的基础上,要打通宇宙整体,形成一个独立的、立体的世界,摒弃任何的依附性,使诗之所以成为诗。第三个关键词则是"契合",诗人追求通感的修辞与陶醉的境界之融洽。

总的来说,梁宗岱坚持象征派在"凝思默想"中创作的原

---

① 梁宗岱:《论诗》,《诗与真》,中央编译出版社,2006,第30页。
② 梁宗岱:《象征主义》,《诗与真》,中央编译出版社,2006,第75页。
③ 梁宗岱:《象征主义》,《诗与真》,中央编译出版社,2006,第73页。
④ 梁宗岱:《谈诗》,《诗与真》,中央编译出版社,2006,第100页。

则,也就是说要"像古代先知一样,置身灵魂的深渊作无底的探求"[1],探讨物我、主客、心灵与外界之间的辩证关系。梁宗岱在中国传统诗论上直接嫁接法国象征派理论,尽管有他自己的内在"契合",但它在向中国诗坛内转的过程中,面对重重困难。这其中有时代风潮转变的外因,亦受限于起步时代的新诗,因为诗人们无法像写古诗那样,用最精简的表述来传达丰富的内蕴,亦无法用新兴的白话诗体,写出具有强大思辨性的长句诗行。梁宗岱的象征主义诗论,在中国诗坛上是水土不服的,因此也没有引起"纯诗"创作潮流。但是回过头来看,梁氏诗论回应的是他诗人的敏锐触觉,将之与诗人的诗情世界联系起来,便不难理解其中蕴含的"诗与真"。

---

[1] 梁宗岱:《保罗·梵乐希评传》,见保罗·梵乐希:《水仙辞》,梁宗岱译,中华书局,1931,第1页。

# "创造社最后送出的三位诗人"之一：冯乃超

冯乃超早年的人生经历颇为丰富。他1901年生于日本横滨，原籍广东南海，一生涉猎现代诗歌、戏剧、小说、文艺评论。冯乃超在幼年时代曾回国三年，在家乡念私塾，后因时局变化重回日本横滨，以后写的诗歌《南海去》、小说《故乡》、回忆录《三十七年前的今天在香港》是对这段日子的纪念。冯乃超从小学到大学都在日本接受教育，祖父是横滨大同学校校董，与孙中山有革命来往。家中丰富的藏书涉及《新民丛报》《新小说》等新式报刊，传统文学作品《三国演义》《石头记》《迦茵小传》《花间集》等亦对幼年的冯乃超产生影响。中国的新文化运动时期冯乃超读高中，大学时期他开始接受高蹈派、象征派诗歌，尝试写诗，同时将学习重心从采矿、冶金等专业转向文学与哲学。冯乃超曾与李初梨、李亚侬等人编《涟漪》诗集，后结识郑伯奇、李铁声等人。1925年他与穆木天相识，从此两人谈诗过从甚密。在探索新诗创作的过程中，冯乃超的诗歌结集《红纱灯》，部分作品发表在《创造月刊》《洪水》半月刊上，开始与创造社发生关系，后来他成为创造社出版部日本东京分部的联络人。1927年10月，冯乃超回到上海。1928年，他参与到"革命文学"的论争中，同时发表《上海》《与街上人》等诗，标志着诗人诗风由前期的象征、浪漫、唯美转向现实、革命。1930年"左联"成立后，冯乃超是七人常务委员之一，并担任"左联"第一任党团书记兼宣传部部长。在担任行政工作的同时，冯乃超坚持文艺理论翻译，如译介《芥川龙之介集》。抗日战争爆发后，他参与筹组中华全国文艺界抗敌协会。

冯乃超是"创造社最后送出的三位诗人"之一，前期的代表性诗集是《红纱灯》，出版于1928年，诗集分为八辑，分别是：哀唱集、幻窗、好象、死底摇篮曲、红纱灯、凋残的蔷薇、古瓶集、礼拜日，收入他1926年的诗歌43首。冯乃超在日本生活了二十多年，曾读日译版的法国诗歌，喜欢北原白秋、三木露风等日本象征派诗人的作品，因此他的早期诗歌既受到日本"物哀"文化的影响，又带有强烈的象征主义色彩。受平安时代"物哀"文化的熏陶，日本人往往在作品中突出悲伤、悲哀、哀思，并将之视作美的一部分，作品的哀挽忧叹、情绪的漂泊虚移，对生活的多愁善感等，都成为他们生命感知的一部分。萩原朔太郎说："比如18世纪的浪漫主义，来到日本后，其辩证主义与唯心主义结合的哲学被阉割，从而成了传统的泪汪汪的感伤主义变种。浪漫主义的名称，实在是可以换成'舶到日本的少女文学'这样一个别名。"①在浪漫主义之后，象征主义的意境、情调、手法，同样注入了日本的"物哀"传统之中，使得这一派文艺作品进一步披上了浓厚的唯美和颓废色彩。北原白秋吸收象征主义与印象主义的表现手法，将语言与感官体验结合起来，熔铸时代情绪，创造出新的自

---

① 萩原朔太郎：《诗性的哲学散步》，于君译，群言出版社，2002，第90页。

由体诗。他说:"我的诗,尚神秘,喜梦幻,慕残腐中的颓唐之红"①,表达自己追求异国情趣的心理。三木露风也有许多颂咏颓废情调,表现暗淡心境之作。而在冯乃超身上,除了日本的"物哀"文化传统、法国的象征主义理论,中国的古典美学进一步发挥着作用。中国古典诗词中的意象、情调,文言语词所具有的强烈的浓缩性和韵律感,都浸润着冯乃超的诗歌,因此他写作的象征主义诗歌还兼具浓郁的东方情怀。诗歌名作《红纱灯》,描写中国古老文化的作品"红纱灯",这一座清晰而朦胧、甜蜜而悲哀的古老神龛,照出来的是冯乃超典雅精致、色彩斑斓,而愈加颓废幽深的艺术世界。

翻开《红纱灯》一集,满眼是哀唱、伤痕、忧愁、苍白、泪零零、阴影等颓废表述。诗集的开篇便笼罩着无声的苦痛、宿命的幽暗:"哀哀哭泣的夜雨/淋漓尽致的泪水/洗尽现实的哀愁/洗尽痛伤的心瘁。"②《红纱灯》描写一个个虚幻的世界,诗人由自己的感觉出发,通过艺术性的象征、暗示等手法来再现这个观念世界。颓废情绪最适合用来抒发青年精神沉沦、理想失落的内心状态,而化到具体的诗行中,则往往呈现出病态的美感,所谓"恶之花"。冯乃超的诗歌善于营造想象的张力,他为自己的世界打开了一扇"幻窗",在这个幻窗外,有苍白的花开、有月光下的梦幻仙乡、有幸福的升华、阴影中古传奇也要耀出美梦。鲁迅编《近代木刻选集》曾收入俄国M.陀普晋司基的作品《窗内的人》,窗内的人斜倚窗棂,

---

① 见北原白秋《邪教门》诗集序言,转引自杨恒达主编:《外国诗歌鉴赏辞典·3·现当代卷》,上海辞书出版社,2010,第691页。
② 冯乃超:《哀唱》,《冯乃超文集》上卷,中山大学出版社,1986,第4页。

窗外是无数的眼睛。这幅木刻画中隐藏的是某种生命的互视,互视中的交流蕴含着人生的转机。"幻窗"一辑中的诗行,同样透露着颓废中的星光。"苍白的晨光拥抱着大地的梦魂/苦恼的阴云罩着寂灭的欢忻"……"流自缥缈的黎暗铿铿的琴声悠扬/一若修道院的早祷晨钟寂寥浏亮。"①个体的情绪最终在宗教的氛围中得到升华。

承袭象征主义传统,冯乃超在写作诗歌的时候重视诗行间的音乐性,代表性作品是"好象"辑中的《消沉的古伽蓝》一诗。该诗共三节,现摘录如下:

一

树林的幽语,

嗡嗡;

暮霭的氤氲,

朦胧;

远诗的古塔,

峙空;

沉潜的残照,

暗红;

飘零的游心,

哀痛;

---

① 冯乃超:《幻影》,《冯乃超文集》上卷,中山大学出版社,1986,第19页。

片片的乡愁,
晚钟。

## 二

消沉的情绪,
苍苍;
天空的美丽,
凄怆;
祷堂的幽寂,
渺茫;
黄昏的气息,
颓唐;
万籁的律动,
衰亡;
消沉的古寺,
深藏。

## 三

万古的飞翔,
沉沦;
夜静的信仰,

身殉；

无言的缄默，

逡巡；

苍茫的怀古，

无尽；

传奇的情热，

灰烬；

墓坟的纪念，

青春。①

从具体诗行中可以看出，诗歌使用隔行韵，所有单行都是五个音节，中间是"的"字；所有双行都是两个音节，表达声音、色彩、颜色、感觉、意境等内容。这首诗的写作，受到法国印象派作曲家德彪西（Debussy）的 *La Cathédrale engloutie* 的影响，在第三部曲尚未完成的时候，冯乃超曾拿给穆木天看，深得后者欢喜，认为其具有"纯粹诗歌"的价值。②是时二人在日本，经常一起谈诗，象征派诗歌首先吸引他们的地方是流动的音乐性。穆木天有天晚上去找冯乃超时，深为当时的月光所感动，那时他想写下来的是月光波的振动，希望通过这种波的振动来展现月光与其他事物的交会，从而呈现律动的幻影。冯、穆二人当时均对国内诗坛提倡的"作诗如

---

① 冯乃超著，周良沛编选：《中国新诗库第一辑·冯乃超卷》，长江文艺出版社，1988，第16—17页。

② 穆木天：《谭诗》，《穆木天文学评论选集》，北京师范大学出版社，2000，第136页。

作文"感到不满,因为诗歌和散文,毕竟有着巨大的分歧,而他们对自己的要求,是写出"纯粹诗歌",展现"诗的世界"。象征派诗歌的异国薰香、腐水朽城、颓废情调都吸引着他们,但他们认为,在此基础上还必须重视诗的统一性,即某种既数学又音乐,"具有持续性的时空间的律动"[1]。新诗的粗糙性、平面化、散文化,不仅使得诗形丧失,更让诗的精神流于肤浅,只有具有"诗的思想"的诗,才是真正纯粹的诗歌。

难能可贵的是,在向西方诗歌学习的过程中,冯、穆二人关注到了诗歌的"民族性"。在他们的思维中,"国民诗歌"与"纯粹诗歌"并不冲突,因为作为个体的灵魂总要与作为国民的生命相交会、相碰撞,在这个交响的过程中,奏出的既是先验的世界,也是怀古的世界。因此,表现颓废的诗歌与个人自我的反映并不冲突,相反,其中充满情调。从这个角度来看后来冯、穆二人转向无产阶级文学创作,或许可找出他们思想发展中的一致性。回到《消沉的古伽蓝》中,整齐的诗形、音乐的律动、孤独的思绪、怀古的情感、暮霭的沧溟、万物的同一……所有事物之间的联系融合到一个整一的时空间中,诗人传达出来的,正是他们追求的"诗的世界"!

与诗集同名的诗作《红纱灯》,进一步铺衍了上述情绪。"森严的黑暗的深奥的深奥的殿堂之中央/红纱的古灯微明地玲珑地点在午夜之心//苦恼的沉默呻吟在夜影的睡眠之中/我听得鬼魅魑魅的跫声舞蹈在半空。"[2]今天读这种扭曲的长句

---

[1] 穆木天:《谭诗》,《穆木天文学评论选集》,北京师范大学出版社,2000,第139页。

[2] 冯乃超:《红纱灯》,《冯乃超文集》上卷,中山大学出版社,1986,第41页。

诗行,或许会有些拗口,但诗人正是选取一系列的意象,通过这些具有冲突性、阴暗恐怖意象的排布,如殿堂、红纱古灯、夜影、鬼魅、乌云、月亮、尼姑等,来营造凄清的环境氛围。值得注意的是,在写视觉意象的同时,诗人还不忘听觉、触觉等感觉的铺陈,如夜半呻吟、鬼魅跫声、尼姑踱步,以及更让人惊悚的河边裸尸。冯乃超的做法,与闻一多的《死水》如出一辙:"乌云丛簇地丛簇地盖着蛋白色的月亮/白练满河流若伏在野边的裸体的尸僵//红纱的古灯缓缓地渐渐地放大了光晕/森严的黑暗的殿堂撒满了庄重的黄金。"[1]诗歌呈现出来的是整体的音乐美、绘画美与建筑美。正如朱自清所评价:"冯乃超氏利用铿锵的音节,得到催眠一般的力量,歌咏的是颓废,阴影,梦幻,仙乡。他诗中的色彩感是丰富的。"[2]而诗中红纱灯、殿堂等代表的中国古老文化与鬼魅舞蹈、荒野僵尸的冲突,也进一步溢出了语词原本的意指,而指向更宽广的精神空间。

---

[1] 冯乃超:《红纱灯》,《冯乃超文集》上卷,中山大学出版社,1986,第41页。
[2] 朱自清:《〈诗集〉导言》,鲁迅等著,刘运峰编:《1917—1927中国新文学大系导言集》,天津人民出版社,2009,第151页。

# 寻找"诗心"[*]

## ——钟敬文与他的文字

钟敬文是"中国民俗学之父",他为人所熟知,更多在于他对创建中国民俗学、民间文艺学等人文专业学科所做出的贡献。在学术研究之外,钟敬文的另一重要文名来自他的散文,《荔枝小品》《西湖漫拾》等几个小集子和郁达夫的评价,奠定了他现代散文大家的地位。钟敬文的长寿和良好的身体状况,则使他得以在改革开放之后,继续自己的学术生涯,并在新时期培养出一大批专业人才。读钟敬文的文章,我们会发现他的文字一如他的生活,简单而丰富,不管是写学术论文,还是创作与评论,都贯穿着一股强烈的执着信念,那就是坚持自我与本真,做内心想做的事情。这种信念支持他走完漫长的创作生涯,寻找"诗心"亦是他一生的写照。

钟敬文原名钟谭宗,笔名静闻、静君、金粟等,1903年3月20日出生于广东省海丰县公平镇,幼年曾接受良好的中国传统教育,1922年毕业于广东省陆安师范学校,后回到家乡做小学老师,开始其写作生涯,1924年自印新诗集《三朵花》。1927年,钟敬文到中山大学中文系任教,并担任傅斯年的助教。在中大,他同顾颉刚、容肇祖、董作宾、杨成志等

---

[*] 本文系"粤派批评丛书"《钟敬文集》(广东人民出版社2018年版)序言。

人一道成立了中山大学民俗学会,参与编辑《民间文艺》《民俗》周刊,并撰写研究歌谣、神话、传说、故事及其他风俗的学术作品。他的《民间文艺丛话》和《歌谣论集》与顾颉刚的《孟姜女故事研究集》、赵景深的《童话论集》等书,代表了当时这个领域的最高理论成就。与此同时,他认识了冼星海,见到了鲁迅,出版了《客音情歌集》、《疍歌》、整理本《粤风》,以及自己的第一本散文集《荔枝小品》。1928年夏,由于校方认为钟敬文经手付印的民俗学会丛书之一《吴歌乙集》含"猥亵"语句,他被迫离职,到杭州任教。

在杭州,钟敬文的心境渐趋平和,江南烟雨开始冲淡广州留给他的纷扰情绪,杭州的人文沉淀以及古朴小巷中的民间色彩,进一步让他看到了人生的转机。在这段时间里,他的主要精力仍在民俗学研究,撰写和发表了30多篇我国民俗学史上的经典论文。1934年4月钟敬文留学日本东京早稻田大学,师从人类学家、神话学家西村真次教授,攻读民俗学、民间文艺学、社会学、人类学、民族学、语言学等理论,此间他撰写的《民间文艺学的建设》一文,首次提出"民间文艺学"概念,并对它的性质、系统、任务及方法等进行了论述,标志着我国民间文艺学的研究开始走向整体、系统研究。这一时期,钟敬文还出版散文集《西湖漫拾》和《湖上散记》,其中《西湖的雪景》等文章入选郁达夫选编的《中国新文学大系·散文二集》,文艺论集《柳花集》、新诗集《海滨的二月》亦同时问世。

1936年夏,钟敬文回到中国,抗战爆发后在广州第四战区政治部第三组担任上校视察专员,用他自己的话来说,是"从学院转向军门"。1940年他专门到粤北战地采访,写出一批报告文学作品，出版诗集《未来的春》。1941年，钟敬文"从军门回到学院"，再到中山大学中文系任教，教授《民间文学》《文学概论》《诗歌概论》等课程，1942年出版诗论集《诗心》，1944年出版《寸铁集》。1947年夏遭中山大学非法解除职务，转赴香港达德学院任教。

1949年5月，钟敬文到北京参加全国第一次文学艺术工作者代表大会，当选为全国文联候补委员和文学工作者协会（作协）常务委员。随后，他进入北京师范大学中文系工作，之后一直没有离开。与施蛰存、沈从文等人在新中国成立后由文学创作转向学术研究的选择不一样的是，对于民间文学的兴趣，源自钟敬文幼年，对于这门学科的专业研究热情，一直贯穿他的整个人生。在北师大中文系，钟敬文开设了民间文学课程，创建了人民口头文学创作教研室（即后来的民间文学教研室），并开始招收研究生，有计划地培养专业人才。与此同时，他参与筹备中国民间文艺研究会，主持创办《民间文艺集刊》和《民间文学》月刊，发表《口头文学——一宗重大的民族文化遗产》《歌谣中的醒觉意识》等学术文章。1957年钟敬文被错划成右派，"文革"中被下放劳动，但他仍治学不辍，先后撰写了《晚清革命派著作家的民间文艺家》《马王堆汉墓帛画的神话史意义》等多篇论文，并坚持旧体诗词创作，以慰人生。"文革"结束后，钟敬文恢复了所有职称及待遇，1979年与顾颉刚等人共同倡议重建中国民俗学。钟敬文逝世于2002年1月10日，在生命的最后二十几年里，他一直没有放下手中的笔，尽管已到高龄，但他仍以巨大的热情投入到教学、科研工作当中，20世纪90年代仍亲自走上讲台授课。

钟敬文从事学术研究与文学创作前后达七十余年，除了专业研究，他还写了不少散文、诗词等文学作品以及诗论、文论等文学批评，这些作品因体现了作者丰富的学识、睿智的见解、鲜明的语言风格，一直受到广大读者欢迎。目前钟敬文作品已经出版了各种选本，其中较为全面的是安徽教育出版社出版的五卷本《钟敬文文集》，这些选本基本上涵盖了他的大部分作品，包括民俗学、民间文艺学、诗学、文艺理论、散文随笔、诗词等多个领域。本次选编《钟敬文文论》，主要着眼于钟敬文的文学理论与文学批评，编者期冀通过这些文字，为读者更好地理解钟敬文的文艺思想提供一些参考，并与读者一道，"略窥"中国新文学的发展与变化。

在阅读钟敬文作品的各种选本与他的传记时，有两本书留给笔者深刻的印象，一是央柳的《少年钟敬文》（花城出版社2006年版），该书详细记写了钟敬文青少年时期的人生经历，与他一直以来留给我们的耄耋老人之印象不同，少年钟敬文"英俊聪颖，才智超群，慈善而又带有几分刚烈的挑战性格"，"专注民间的各项活动"[①]。另一本则是北京师范大学中文系在钟敬文逝世后编写的《人民的学者钟敬文》（学苑出版社2003年版），翻开此书目录，满眼是钟老的葬礼记录，包括来自全国各地的敬赠花篮花圈名单、唁电、悼文、挽联等，后附繁厚的悼念文章与钟敬文生平介绍，读来使人心感悲戚。钟敬文刚好一百岁的年月，仿佛就在书桌上摊开的一本本书、一个个文字中走完，他本意不在"立言"，我们这些后生

---

① 叶春生：《少年钟敬文》序，花城出版社，2006，第1页。

却一直在读他的"言"、在评说他的"功",民俗学专业的学子对于这一点,或许会有更深刻的体会。与其他许多选本的编者身份不同的是,笔者既不是钟老的学生,在他生前也没有与他有过任何的联系及交往,笔者只是一名年轻的文学系学生,在阅读他的作品中选出了后面的文字,凭借的更多是自己的感悟。亦是基于这个原因,本书在选择文章时,可能会更加偏向"文学",看重钟老作品中的"文学性"。钟敬文本质上是一名诗人,他在幼年时代即受到中国的旧体诗与传统诗话的启蒙影响,在日后漫长的人生当中,诗歌则是一直陪伴他的精神挚友。他曾说"百年以后能在墓碑刻上'诗人钟敬文'足矣"[①],老年时书房中检点出来的那个装满纸片的大袋子,记录的便是他这些年的"诗想""诗话"。

钟敬文十几岁上小学堂的时候开始接触旧体诗,启蒙课本是清代钱塘才子袁枚的《随园诗话》,到了20年代中期,他开始写作诗论。那时他一面采录民间故事、歌谣,一面写作新诗与散文,同时阅读了大量诗话与诗品等传统诗学著作,如王士禛的《带经堂诗话》《渔洋诗话》,叶燮的《原诗》等。此后,在留学日本、回国任教等十多年间,钟敬文始终关注文艺理论特别是诗论的学习和探索,雪莱的《为诗辩护》、萩原朔太郎的《纯正诗论》、波亚罗的《诗的艺术》等都曾带给他启发。在中国传统文化与西方文艺理论的影响下,钟敬文探索用不同的形式去表达自己的学艺观点,在诗论中的突出表现则是

---

① 赵仁珪:《我为钟先生整理诗词集》,《钟敬文文集》(诗词卷),安徽教育出版社,2002,第628页。

格言式、警句式文体,以及借用现代白话文写就的诗话。钟敬文偏爱格言体,因为这种文章极端简缩,不能随意妄为,必须经得起时间的淘汰,而且"在这些条件以上,它还需要有特别的精神和光彩"①。钟敬文的写作,便追求着特别的精神和光彩吧。

《诗心》是钟敬文的第一本诗论集,从题目来看,不管是将之理解成"诗人之心",还是"诗歌之心",都容易让人联想到李贽之"童心",所谓"天下之至文,未有不出于童心焉者也",用钟敬文的话来说,便是"诗人必须兼有儿童的直观和哲学家的透视"②。《诗心》的第一句:"诗人的第一件功课,是学习怎样去热爱人类"③,钟敬文提供的是一种兼容、浑朴、开放的眼光。在这种热爱人类、热爱思考、热爱自由的诗情中,我们能感受到"宇宙诏示我们生意的葱茏,/同时也感到一种凝重的冷漠"④之哲思;也能看到救亡青年"森然背影如杉柏,雄劲歌声彻水云"⑤之现实图景。钟敬文生于、成长于变革年代,曾经历狂飙突进的"五四",也走过战火纷飞的岁月,在面对与处理这些强硬的现实时,他一直葆有

---

① 钟敬文:《略论格言式的文体》,《钟敬文文集》(诗学及文艺论卷),安徽教育出版社,2002,第236页。
② 钟敬文:《诗心》,《钟敬文文集》(诗学及文艺论卷),安徽教育出版社,2002,第31页。
③ 钟敬文:《诗心》,《钟敬文文集》(诗学及文艺论卷),安徽教育出版社,2002,第17页。
④ 钟敬文:《冷漠》,《钟敬文文集》(诗词卷),安徽教育出版社,2002,第523页。
⑤ 钟敬文:《赠救亡青年》,《钟敬文文集》(诗词卷),安徽教育出版社,2002,第21页。

强烈的"拓荒者"意识,比如他说"古代希腊人军队出征的时候,诗人常常走在前头"[1],因为"诗人在某种意义上是拓荒者"[2],"徒然袭取马耶可夫斯基诗作的外貌的人,是永远和马耶可夫斯基相去千里的"[3]。但另一方面,钟敬文接受了马克思历史唯物史观,看重历史过程中的"人"之重要性,而不是仅仅凸显英雄之特质。钟敬文认为自己是一个平凡的人,生活中更重要的是人与人之间的联系,"没有一个人是真正孤立的。就是那最卓越最杰出的人物,也不是什么虚悬在天空的星球。他们是生活在人们中间,发展在人们中间的。他们是一定历史和社会所影响着的人"[4]。这正如钟敬文的同时代人冯至所说:"哪条路、哪道水,没有关联,/哪阵风、哪片云、没有呼应:/我们走过的城市山川,/都化成了我们的生命",这些诗行中闪耀的,是他们共同感悟到的时代之光。

钟敬文的诗话,除了谈诗,更谈人生、谈艺术、谈现代生活,如他写道:"艺术上的美学观念,往往比实际生活来得落后。/歌咏火车轮船的'美'的诗歌,是在蒸汽机应用多年之后才产生的"[5]。这种来自现代生活的审美眼光,与巴金看到

---

[1] 钟敬文:《诗心》,《钟敬文文集》(诗学及文艺论卷),安徽教育出版社,2002,第17页。
[2] 钟敬文:《诗心》,《钟敬文文集》(诗学及文艺论卷),安徽教育出版社,2002,第19页。
[3] 钟敬文:《诗心》,《钟敬文文集》(诗学及文艺论卷),安徽教育出版社,2002,第20页。
[4] 钟敬文:《〈诗心〉自序》,《钟敬文文集》(诗学及文艺论卷),安徽教育出版社,2002,第15页。
[5] 钟敬文:《诗心》,《钟敬文文集》(诗学及文艺论卷),安徽教育出版社,2002,第25页。

省港小火轮时的感受或许是相似的,现代机械的工业之美,已经溢出了古典美学追求优美与崇高的范畴。这种感悟传统与现代变迁的眼光同样体现在钟敬文的散文中,他早期的散文谈荔枝、谈水仙花、谈槟榔,都是南国风物,着眼点在它们背后的历史文化及所包含的民俗意象,他到杭州写西湖雪景,并没有打造圆润一体的西湖美景,而是信笔写下心之所至神之所往,意在打通古今,感受天人合一,因此郁达夫说它们"清朗绝俗"①。钟敬文后期的散文,则包含他对外族入侵的忧患悲愤、对弱小者的同情、以及对自己命运的感怀。从抗日战争到解放战争,钟敬文的散文尽管保持着清致淡雅的特质,但不断融入社会生活。他在报告文学《银盏坳》的结尾处如是写道:"我坐在那战垒上,向四面望去。我沉醉在一种浓郁的感兴里。一阵栀子花的香气,把我的心刺醒过来"。"战垒"与"浓郁的感兴"、"刺醒"与"栀子花的香气",强烈的对比突出的是巨大的虚无与失落,在古典的抒情语调中,钟敬文突破了报告文学新闻式的写法,有效地写出了战争中人物的内心世界。

钟敬文的文字带有较浓的学理性,这与他接受的学科专业训练有关,亦离不开他对生活的思考。钟敬文注重语言的锤炼,他曾说:"一切语言,当它产生的时候,大都是活生生地具有诗趣的。现在我们如果细心体味民众日常使用的语言,

---

① 郁达夫:《散文二集》导言,《1917—1927中国新文学大系导言集》,天津人民出版社,2009,第141页。

也往往可以嗅到哪种浓烈的诗的香气。"①钟敬文在20世纪40年代曾是香港"华南方言文学运动"的参与者,他撰写的几篇讨论"方言文学"的文章,从历史、现实、艺术表现等角度、结合民间文学的形式与特点展开讨论,认为方言文学能够展现语言随社会生活产生的变迁与混杂情况。钟敬文的这些看法不仅仅来自当时毛泽东《在延安文艺座谈会上的讲话》产生的政治影响,而与他自身学术思想的发展相关。从最初凭借纯粹的兴趣爱好向《歌谣》投稿,到后来渐渐发现人类学、社会学等其他学科与民间文学、民俗学之间的关系,再到30年代日本学习期间受到导师神话学、文化学理论的影响,钟敬文开始综合这些人文学科之间的交叉领域,抗战时期的社会情势则进一步加强了他参与社会实践,将实践与理论相结合的观念。也正是在这一基础上,钟敬文将民间文学从"野生的"状态中规范出来,确立了其口传性、集团性等特点,将之与一般文人文艺区别开来。韦勒克在讨论"比较文学"时,曾指出"它首先是关于口头文学的研究,特别是民间故事的主题尽其流变的研究以及关于民间故事如何和何时进入'高级文学'或'艺术性文学'的研究"②,这类文学指涉的对象也可以归入民俗学,民俗学对民间故事的调查与讲述、对其文学格式的结构形态研究,在口头文学与书面文学之间架通了桥梁,亦能提供文学的民族性。从这个角度来看,钟敬文写作的《中国的天鹅处

---

① 钟敬文:《蜗庐诗谈》,《钟敬文文集》(诗学及文艺论卷),安徽教育出版社,2002,第48—49页。
② 勒内·韦勒克、奥斯汀·沃伦:《文学理论》,刘象愚等译,江苏教育出版社,2005,第41页。

女型故事》《口头文学:一宗重大的民族文化财产》《歌谣与妇女婚姻问题》《刘三姐传说试论》等论文,都具有"比较"之意义。关于民俗学与民间文学之关系,钟敬文明确界定为:民间文学作品及民间文学理论,是民俗志和民俗学的重要构成部分。①口传文学与民间文学作为人类文化的遗留物,同时亦是"文学"学科的组成部分,对于这些文化现象的考察,除了技术上的科学操作之外,我们要重视的更多是它们体现出来的精神与灵感,而这些专业本身也不可避免地呈现出来"文学性",不管是它们的语言,还是它们的情趣、诗趣。因此钟敬文说,"文学不是一种职业,而是一种宗教",投身其中者,必须怀抱"殉教者的决心"②。钟敬文在他的"格言"中不止一次提到歌德,提到歌德的"感兴诗",讲到歌德在与席勒谈话时感叹自己是外物的奴隶,歌德打动他的,或许正是内心的敏感与真实。

  本书的编选,也意在寻找钟敬文之"诗心"。本书拟分为文学评论、诗话、谈艺录、文艺论、学术论文、外国文学评论等几个部分,其中所选的文章,时间跨度较大,涉及钟敬文创作的各个阶段,亦指向不同的学科。读钟敬文的文字,我们除了可以进入他毕生念兹在兹的民俗学、民间文艺学等专业领域,更能感受到他对于诗歌的不变之乾乾热忱;而他在经历百年中国社会的巨大变化之时,一直在寻找学术、人生之"诗

---

①  钟敬文:《民俗学与民间文学》,《钟敬文民间文学论集》(上),上海文艺出版社,1982,第187页。
②  钟敬文:《诗心》,《钟敬文文集》(诗学及文艺论卷),安徽教育出版社,2002,第23页。

心",坚持从生活中发现美,发现诗。钟敬文曾说他十分喜欢何其芳《夜歌》中的几行诗句,单纯、朴素、有新味,写出了生活的流利自然:

> 我们的敞篷车在开行,
> 一路的荞麦花,
> 一车的歌声。

本文亦愿意以此作结,一方面缅怀已远去的钟敬文先生,另一方面作为我们对于自身生存状态之审视与勉励。

# 与革命唱和：《中国诗坛》的歌

一百多年前的中国是一个诗的国度，受过基本教育的读书人或多或少都会吟诵几首古诗。诗歌发展到近代，随着社会文化更新有了变革要求，1899年梁启超正式提出"诗界革命"的口号，认为写作新诗应抛弃旧诗的形式主义和拟古倾向，提倡"新意境""新语句"等要求。"诗界革命"一方面是对创作上已落入格律窠臼的"同光体"之反拨，其早期的倡导者夏曾佑、谭嗣同、梁启超等人希望可以开辟诗歌语言的新源泉；另一方面也有不成熟性，服从政治改良的性质决定了它不能在艺术探索中走得更远。"诗界革命"在开展过程中提出来的一系列理论主张，为广东现代新诗的发展提供了一些经验借鉴。陈永正将广东现代新诗分为四个阶段，认为它分别走过了第一个十年突起、第二个十年兴旺、抗战时期动荡、抗战后艰困的四个阶段。[1]在这个过程中，"革命"是重要的底色。

广东诗坛主流是现实主义诗歌，主要精神是关注民生、书写革命。"五四"时期广东诗歌开始打破旧体诗的格律形式束缚，1918年10月创刊的《广东省会学生联合会月报》，是"最早发表白话新诗的刊物"[2]，它刊登的《暴风歌》《演讲

---

[1] 陈永正：《岭南诗歌研究》，中山大学出版社，2008，第513—515页。
[2] 张振金：《岭南现代文学史》，广东高等教育出版社，1989，第35页。

队员出发欢送歌》《演讲队员回省欢迎歌》《夏夜独坐》《越王台怀古》《雪里行军》等六首新诗为广东白话新诗的先声。20年代彭湃等人开始创作无产阶级诗歌。彭湃早期在海陆丰开展农民运动时尝试写作革命诗歌，目前能搜集到的诗歌共11首，写于1921年到1927年，内容包括劳动节纪念、破除迷信、佃户反抗地主、起义、分田、抗债等。[①]《这是帝王乡》《劳动节歌》《田仔骂田公》《无道理》等诗歌，语言通俗、意象浅白，读来朗朗上口，适合革命宣传。为了教育农民，彭湃还积极向农民学习当地方言，他的诗歌《偓唉手枪和炸弹》改编自当地客家山歌，《起义歌》则描写当地家族势力之间的械斗。彭湃是广东乃至全国范围内较早创作革命歌谣的人，他的作品较多在民众中口头流传。革命歌谣适应了早期革命根据地的军事要求与宣传需要，1926年张太雷等人创办的广东农民协会机关刊物《犁头》，也广泛刊登各地革命歌曲和民间歌谣。

到了30年代，随着"左联"的出现与革命形势的变化，无产阶级诗歌进一步发展。1931年洪灵菲、冯宪章、冯铿等诗人在上海加入"左联"，次年由蒲风、温流等人发起的"中国诗歌会"成立。1933年，温流等人在广州筹组"中国诗歌会广州分会"，成员包括李筱峰、黄宁婴、陈残云等人，出版会刊《新诗歌》。到1936年，广州文艺界同人成立"广州艺术工作者协会"，下设诗歌组，温流任组长，出版刊物《今日诗歌》。"艺协"成员包括黄宁婴、芦荻、夏子、陈残云、

---

[①] 彭湃：《彭湃文集》，人民出版社，1981，第330—337页。

马荫隐、冯明之、苏绿漪等人,该社吸引的多是年轻诗人。1937年2月,"艺协"诗歌组成员又创立"广州诗坛社",出版诗刊《广州诗坛》。《广州诗坛》创刊号出版于1937年7月1日,其《创刊辞》写道:"我们南中国的一群新诗歌的虔诚爱好者,为了加深我们对于新诗歌的修养,为了更广泛地开展新诗歌建设运动的工作,为了集中力量去唤起中华民族的自由解放,我们便建立了广州诗坛社。今后,希望追随着先驱们,努力把新诗歌坚强地建立起来,努力以新诗歌当作武器,争取我们民族最后的胜利!"[①]该社目标是为中华民族的自由解放而战,因此蒲风在开篇论文《现阶段诗人的任务》中便发出号召:"自由诗是我们唯一的武器"。广州诗坛社的活动加强了广东诗歌与全国诗歌运动的联系,团结了本地的诗歌创作队伍,推动了华南诗歌运动的发展。从1937年到1938年秋,广州诗坛社的活动非常活跃,社员激增,组织也不断扩大,并在粤东地区设立分社,促使华南诗歌运动出现一个小高峰。

1937年温流去世,蒲风和雷石榆等诗人回到广州,蒲风根据形势的要求,倡议大力发展组织,面向全国,"广州诗坛社"易名为"中国诗坛社",刊名亦相应改为《中国诗坛》。他们制定《中国诗坛社简章》,明确该社以团结诗歌工作者从事于推进中国新诗歌运动为宗旨。中国诗坛社的主要任务包括"建立诗歌理论""批判过去诗歌""介绍世界诗歌""创造大众化诗歌"四个方面。到1938年该社社员已达100多人,其中包括不少知名的诗人,如林林、童晴岚、锡金、马荫隐、史

---

[①] 《创刊辞》,《广州诗坛》,广州诗坛社,1937年7月1日,第1页。

轮、征军、林焕平、克锋、陈适怀、蒲风、雷石榆、黄宁婴、陈残云、芦荻、李育中、周为等。国内著名诗人王亚平、穆木天，木刻家李桦、梁永泰、黄新波、赖少其等人也参与了该社活动。除了进行诗歌创作与开展大众化诗歌运动，《中国诗坛》还在原有的基础上增设各种栏目，介绍诗歌理论及翻译，举行诗歌座谈会，出版诗歌选集，开展诗朗诵及"街头诗画展览"等活动，将理论与实践相结合。此外，该组织还成立出版社，出版了本土诗人的诗集，如蒲风的《茫茫夜》、温流的《我们的堡》、陈残云的《铁蹄下的歌手》、芦荻的《桑野》、金帆的《赴战壮歌》、素庵的《咆哮》、黄宁婴的《九月的太阳》、马荫隐的《航》、林英强的《蝙蝠屋》、侯汝华的《海上谣》、陈江帆的《南国风》等。"中国诗坛社是南中国最大的诗歌团体，它不但对华南的诗歌运动有深远的影响，而且在全国也占有一席重要的位置。"①

广州沦陷后，社员星散各地，有人走上前线，有人奔赴延安，也有人转移香港、桂林等地，但他们在各地继续从事文化宣传工作。离开广州后，黄宁婴主持诗社工作，在他的努力下，《中国诗坛》先在香港出版三期，后又在桂林出版三期。在桂林该社还发展了部分新社员，亦吸引了袁水拍、郑思、洁泯、高咏等诗人参与社团活动。抗战胜利后，诗人们陆续回到广州，黄宁婴、陈残云、李育中、吕剑、洪遒等五人组成新的编委会，光复《中国诗坛》。在《复刊的话》中诗人们写

---

① 陈颂声、邓国伟：《中国诗坛社与华南的新诗歌运动》，《学术研究》1984年第3期。

道:"这刊物也伴随怒吼着和战斗着的祖国而成长,因此她始终作为文艺的轻骑,向祖国的敌人及一切出卖国家民族的败类作无情的冲刺,她始终作为人民的歌手,向世界控诉他们的痛苦与灾害,也喊出了他们的希望与信念。"在经历了由广州而香港,由香港而桂林,桂林又到香港,香港再回到广州的曲折历程之后,诗人们始终以自己坚定的热情维持着这份刊物。特别是在香港时期,黄宁婴、陈残云、洪遒和叶春等人仍然以"丛刊"形式出版《中国诗坛》,吸引了许多当时居港作家,郭沫若、茅盾、黄药眠、钟敬文、沙鸥等人都曾在该刊上发表论文或诗歌。这一时期广东现代新诗的创作题材主要以抗日为主,代表性诗集包括芦荻的《驰驱集》、黄宁婴的《荔枝红》、欧外鸥的《欧外鸥诗集》、征军的《蒙古的少女》《红萝卜》等。

中国诗坛社在建社之初就重视诗歌理论,每期刊物均以相当的篇幅来发表理论文章。作者主要有蒲风、穆木天、雷石榆、陈残云、芦荻、林焕平、黄宁婴、李育中等人,1938年2月还组织过一次关于诗歌与政治关系的专题讨论会。郭沫若、茅盾、冯乃超、林林等也在刊物上发表自己的诗歌主张,代表性作品是蒲风在《现阶段的诗人任务》、黄宁婴的《一九三七年的中国诗坛》、芦荻的《二十年来中国新诗发展的回顾》、林焕平的《诗到底是民众的还是少数人的》、陈残云的《反对标奇立异与朦胧》等,这些文章均强调现实主义诗歌,突出诗歌的大众化与革命性。

中国诗坛社的诗人们还参与到实际的革命工作当中,他们中的不少人后来从军,走向前线作战,而其他人则继续从事文艺宣传。雷石榆在《诗歌作者总动员》中认为，诗人应"直接地鼓舞民众，组织民众，深入到民众的里层去，诗人可以时为兵士，时为喇叭手，时为剧员，时为漫画家，时为街头卖唱者"。1937—1938年间中国诗坛社开展过持续的街头诗朗诵活动，坚持诗歌大众化，倡导通俗诗歌和方言诗歌的创作。《中国诗坛》亦专门开辟"大众化诗歌特辑""方言诗歌特辑""儿童诗歌特辑""民歌研究"等栏目。贝贝的《新启蒙运动与诗歌》，雷石榆的《新歌谣的创作问题》《谈诗歌大众化》，可非的《大众化与方言街头诗歌》，野曼的《开展新诗的群众性运动》，冯乃超的《诗歌翻身》等文章都主张诗歌要与群众结合，注入新的思想，号召诗人与大众打成一片，用大众所能理解的语言去创作。华南诗歌运动呼应着全国文艺大众化运动，而它在发展的过程中又保存了不少自身固有的地方特色，方言文学创作是最显著的例子。此外，中国诗坛社重视国外诗歌理论和作品的译介，尤其注重翻译苏联、日本和欧洲一些弱小国家的作家作品，被介绍过的作家包括高尔基、马雅可夫斯基、叶赛宁、江布尔、布洛克、莱蒙托夫、涅克拉索夫、裴多菲、海涅、惠特曼以及日本近现代的一些进步作家。在这些国外诗人里，马雅可夫斯基对年轻诗人们的影响最大，他们很重视作者的政治倾向和战斗精神。

在创作方面，中国诗坛社给华南诗坛留下了丰厚的作品。从作品内容来看，他们的诗歌主要是现实主义之作，反映了抗战时期、解放战争时期不同的历史面貌和进程。《中国诗坛》第一、二两卷中的作品，基本上是抗战诗篇，温流的《田地，咱们守护你》、黄宁婴的《国防的歌》、雄子的《祖国，咱们用血来写你复兴的历史》都写出了作家们对祖国苦难的同情，和他们发出的悲壮的呐喊。他们也注重国际题材，黄鲁的《赤道线》、欧外鸥的《第二回讣闻》、杨任的《西班牙民族·中华民族》等诗表现了世界弱小民族联合起来共同反抗法西斯暴行的主题。抗战结束后，中国诗坛社作品的内容最主要表现八年离乱的痛苦，展现时代的苦楚，如郑思的《希望就勒死在我的脚边》、周俐鸣的《将革命进行到底》、芦荻的《怒涛吟》《我是海燕》、雷石榆的《我死了也不要棺材》、古根的《两个炮手》等，同时也表现了人们要求民主自由的呼声和高昂的革命热情。中国诗坛社反对现代派诗风，倡导大众化的诗歌创作，再加上年轻诗人的青春热情，他们的诗歌往往率真、浅白、畅达，又不乏希望与激情。像青鸟写的《我爱新绿的田野》，充满新生的希望："我爱新绿的田野，/我要呼吸在这田野上/守卫在这田野上/听取麦浪的微风/含葩未放的稻香/不知名野花触鼻的芬芳/荡漾在新生的曙色的阳光！"诗人们也不乏对现实生活的思考，陈残云的《卖叮叮糖的人》、黄宁婴的《鹿颈村》、莽曙的《清粪妇》等作品描写生活中具体的人物，反映现实生活与理想的冲突，周岱《在法院里》用鲜明的阶级冲突来揭露国民党暴政。

在诗歌形式上，中国诗坛社的作品大多是自由体诗，形式上较为随意，个人特征较为明显。温流的诗较多短句。蒲风的诗讲究意象，如"灯蛾""笼中鸟""海鸥"等比喻，画面感强，寓意清晰；他倡导的朗诵诗和明信片诗，曾在诗坛流行一时。黄宁婴的诗歌现实感较强、诗情饱满，讲究字句锤炼，注重诗歌结构。黄鲁的诗受马雅可夫斯基和郭沫若等人的影响，感情丰沛，诗行较长，抒情风格明显。中国诗坛社的诗人们还注重方言诗歌创作，不少人曾参与20世纪40年代的华南方言文学讨论，并利用广东方言与民间形式写了一系列作品，陈炳熙的《保卫大广东》用广州方言写作，后被谱成歌曲传唱；克锋和素庵等人用民谣写作儿童诗歌；楼栖写作客家话长诗《鸳鸯子》。广东的粤调说唱作品如龙舟、南音、粤讴亦是诗人们尝试借用的民间文学形式。

中国诗坛社成员众多，为华南地区的新诗创作贡献了数量可观的作品。他们的诗歌作品主张现实主义诗风，风格明确，诗社内部有统一的创作方向和思想内容，但不少融入了地方特色，有南国风情。今天重读他们的诗歌，仍会为他们的热情所感动。这些写诗者年纪大多二十出头，受战争环境影响较少沉下心来研究诗艺，并对同时代的现代派诗歌持反对态度。但是，诗歌在抗日救亡阶段代替民族的呼喊、政治的宣传，有其现实意义；在战争中草就的大众诗歌，同样涉及时代与个体、浪漫与革命、生活与诗情之间的微妙关系。

# 第三辑

# 文学的中西碰撞

# 试论"沿海传统"对广东近现代文学的影响

从中国史的角度来看，1840年鸦片战争到1949年新中国成立这一个世纪，刚好是中国走向现代社会的"革命时代"。革命时代的文学具有区别于中国传统文学的重要特征，它作为一股新的力量介入现实，参与社会变革。近代以来革命与文学作为时代的两面长期共存互动，原因在于它们同时被作为改造社会的手段，因而某种程度上形成了共同的使命感。近现代时期广东是革命策源地，它的文学发展也具有上述特征；但作为鸦片战争的发生地，它的思想文化发展又深受"沿海传统"影响。

费正清在讨论近代中国民主革命的发生时用"沿海传统"（次要传统）来概括条约口岸城市、沿海城市为中国民族主义思想的产生所提供的支持。费正清认为，中国最开始从事现代化探索的知识分子，主要受"沿海传统"影响，他们以建构"国家–文化整体的中国"（与外国对比的"中华"）为目标，几乎没有进行根本性社会变革的概念。在他们看来，创立统一国家所必需的基础是现代工业（经济）与立宪民主制度（政治）。"中国的西化论者一般是来自沿海的人士。"[①]借

---

[①] 费正清：《导言：中国历史上的沿海与内陆》，费正清编，杨品泉等译：《剑桥中华民国史（1912—1949）》，中国社会科学出版社，1994，第25页。

用"沿海传统"来看广东近现代文化生产,它也是以同样的方式进行。笼统来看,广东近现代文学的发展可分为三段:一是受"沿海传统"影响的近代文化改良期;二是倡导根本性变革的"左翼"文化运动期;三是全面抗战兴起,地方军阀统治结束后,民族文学的建构期。"沿海传统"在前两个时期的影响逐渐减弱,抗战时期最终融入民族文学的发展中。

## 一、"沿海传统"与近代文化改良倡导

广东是岭南地区的重要组成部分,其行政建制久远,文化生态复杂。近代以来广东再次成为中国的政治、经济、文化先导,促进了中外交流。广州在"五四"运动之前是近代中国与西方交流的重要窗口,亦是基督教进入中国的早期门户。得益于与海洋相邻的地理位置,近代时期广州在文化上与外界有不少交流,如1827年创刊的《广州纪事报》,是英国商人出资创办的介绍中国新闻和材料的英文报纸,读者远及南洋、印度甚至英美等商埠。鸦片战争后西方成功打开中国国门,当时先进的资本主义文化、人文自由观念、全新的科学知识和工具理性随之来华,传教士的大量到来促使口岸文化初步形成。在华洋杂处的环境里,这些口岸文人学习中文,宣讲教义,塑造着当时中国人对西方的认知度。传教士用粤语翻译《圣经》等传教书籍、编写大量的粤语学习工具书,甚至用粤语翻译西方小说。粤语文学发展到传教士手中时,已经达到了一定的规范性与系统性,《晓初训道》《天路历程土话》《辜苏历程》等粤

语传教小说都比较成熟。

与口岸文人同时出现的是晚清有识之士。"近代广州万木草堂的康有为、梁启超师徒均为维新骨干,从郑观应《盛世危言》、何子渊的教育革新,到孙中山领导的民主革命,岭南文化是中国近代政治革命的重要代表和领导力量。"[①] 以康有为、梁启超为首的资产阶级维新人士努力将西方资产阶级社会学说与中国传统儒家思想相结合,奠定了维新变法的理论基础。康有为在广州开办万木草堂,招徒讲学,影响深广。作为康有为的弟子,梁启超大量阅读汉译西方政治、经济、哲学、社会学等著作,后反观中国社会各个领域,深感有必要进行改良与重构。梁启超在担任《时务报》主笔期间发表大量论文,像《变法通议》等文文笔犀利,猛烈抨击顽固派因循守旧,阐述变法图存思想。东渡日本后梁启超提出了经学革命、史界革命、文界革命、诗界革命、小说界革命、曲界革命等一系列主张,以推进中国知识学术体系的转型。文学上影响较大的是小说界革命,他认为"小说为文学之最上乘",这个看法改变了自古以来小说不登大雅之堂的文体区分格局,使之成为"开民智"的武器。嘉应州人黄遵宪的"新世界诗"则拓展了当时写诗的经验世界。

康梁等人的尝试虽然没有带来社会的根本性转变,但其蕴含激进变革精神。正如谢有顺说:"广东人常有一个思想误区,就是没有充分认识到,岭南文化最有价值的部分是其1840年以后的现代文化。近代以来,在中国各个时间节点,

---

① 凌逾:《构建粤港澳大湾区文化想象共同体》,《粤港澳大湾区文学评论》2020年第1期。

岭南文化都是独领风骚的。从康有为、梁启超、孙中山这几个重要人物到引领改革开放这样的重大事件,都有一种'杀出一条血路来'的精神。所以,岭南文化中的现代文化对中国发展影响很大。"①1911年辛亥革命推翻中国两千多年的封建帝制,中国政治结构发生巨大变化。辛亥革命失败后,中国进入南北军阀割据和混战时期,两广受桂系军阀控制。1916年孙中山由上海到广州开展"护法运动",但未成功。孙中山的变革主张源自西方自由主义思想,经济上也对外依赖,其政治理想缺乏在国内实现的根基。

康梁之后的第二代知识分子尝试从思想文化领域进行变革,陈独秀、胡适等人的理论依据也来自其留学时学到的西方知识,但与其日常生活没有直接联系。他们的日常生活仍旧是古老的传统的,因此包括鲁迅在内的这代知识分子对宗法制度表现得极为抗拒,提倡新文化要求彻底反传统反封建。对比康梁与陈独秀、胡适的私人生活,很容易能看到前者的开放性(或者说世界性)与后者的传统性,虽然后者曾到海外留学,但求学生涯只是人生极为短暂的一个阶段,留学结束回国仍是传统的生活模式起主宰作用。新一代知识分子应用西方先进思想抨击中国传统时,他们使用的理论武器与费正清所说的"沿海人士"相差不远。陈独秀在《新青年》发刊词《敬告青年》中提到的"自主、进步、进取、世界、实利、科学"六种精神,《新青年》大力倡导的"民主"与"科学",也能在前辈论述中看到。他们的贡献在帝制被废除后,从上层建筑-思

---

① 谢有顺:《"粤港澳大湾区文学"的现在和未来》,《光明日报》2019年5月29日,第14版。

想文化层面推动中国社会变革，因此强调经济基础的"沿海传统"影响逐渐减弱。但是，他们提倡的思想学说与创作的"平民文学"仅局限于各大城市的知识阶层，尤其集中在北京、上海，既不能动摇整个中国社会的生产关系，也无法触及农村的小农经济结构。这样就出现一个有趣的现象，南方的广州与北京的新文化运动似乎存在一个地域差，北京的一所大学、一份刊物的影响还不足以使广东学界兴奋，广东地区的思想文化仍继续在沿海经验中发展。李金发在赴法留学之前就从未北上求学，从他的回忆录来看，他甚至不怎么接触到新文学报刊。赴法之前他第一次出远门是去香港学习英文，其他时间都待在故乡梅县。与此同时，广东本土三大方言语种，粤语、客家话、潮汕话与国语的巨大差异，也是出现上述现象的重要原因。

在这样的背景中，广州地区的新文化运动就具有四个特征：一、注重美学、哲学研究多于文学创作。广东知识界较早译介西方哲学美学思想，杨匏安1919年在报刊连载《青年心理讲话》《美学拾零》《马克斯主义》等长文，详细介绍柏拉图、康德、费希特、黑格尔、哈特曼、马克思等十几位西方学者及其学说。谭平山、谭植棠、朱执信等人较早接触共产主义思想，他们在广东办刊写文章推行新文化，杨匏安、朱执信都曾进行小说创作。二、在文学艺术上最早接触到西方最新的文艺思潮，如李金发与梁宗岱的象征主义诗歌。但同时广东文坛缺乏鲁迅所说的那几类乡土文学。三、对"五四"新文化运动的倡导集中于广州高校，这与大批新文化人士南来在高校任教有关。但校门之外思想文化界的传统力量强大，陈独秀1920年12月来广东担任省教育行政委员会委员长时，便曾被人讥讽为"陈毒兽"(粤语"独秀"与"毒兽"的发音相同)。四、广东农村较早接触外界,农民有外出到印尼、马来群岛等地谋生传统,也有大批到美洲的华工,因此农村变革的想法也较早付诸行动,主要代表是"农民运动大王"彭湃。

就文学来看,广东高校对新文化运动的倡导依据的是北京的路子。如1923年7月8日,岭南大学学生梁宗岱给北京郑振铎去信,汇报他们在广州成立地方文学研究会的想法和工作。不久郑振铎复信,同意他们以团体会员名义加入全国性的文研会,并将地方团体吸纳为文学研究会广州分会。该分会发起人包括梁宗岱、刘思慕、陈受颐、潘启芳、司徒宽、陈荣捷、汤澄波、叶启芳、甘乃光九人,在广州《大光报》上发行会刊《文学旬刊》,由岭南大学汤澄波等人管理,该刊是广东新文学史上第一份纯文学刊物。文学研究会广州分会同人,倡导写实的文学,主张文学要表现人生和批评人生,分会前后持续一年多时间。1926年,岭南大学师生成立了另一个文学社团——倾盖社。"倾盖"取广东方言"聊天"音译,成员包括钟敬文、杨成志、聂绀弩、刘谦初、董秋斯、蔡泳裳、刘应董等,其中不少人成为后来中国新文学的中坚力量。倾盖社在广州《国民新闻》副刊上附《倾盖》作为会刊,这份刊物受鲁迅和《语丝》影响,以"简短的感想和批评的形式","发表自己要说的话","任意而谈,无所顾忌,要催促新的产生,对于有害于新的旧物,则竭力加以排击"。[1]此外,汕头的"火

---

[1] 见张振金1986年对钟敬文的访问,转引自张振金:《岭南现代文学史》,广东高等教育出版社,1989,第16页。

焰社"是潮汕地区著名的青年文学社团，1923年春由许美勋（许峨）发起，吸引了戴平万、洪灵菲、冯铿等潮汕地区的文学爱好者参加。"火焰社"的会员最多时有50余人，活动时间持续两年多。该社创办《火焰》周刊，每周一期，共出版100多期。1924年戴平万和洪灵菲又在学校里组织"国立广东高等师范学校同学会"和"潮州旅穗学生革命同志会"，出版年刊，宣传新文化与革命思想。

广东1920年前后也创办不少宣传新思潮的书报，这些报刊多是综合性的，较为重要的是《新学生》（侯曜主编，1920年2月），《南风》（陈受颐、陈荣捷主编，1920年4月），《工界》（1920年5月），《广东群报》（陈公博、谭平山等主编，1920年10月），《劳动与妇女》（沈玄庐主编，1921年2月），《新海丰》（郑志云、彭湃主编，1921年9月）。值得注意的是《南风》杂志，除了经常发表青年作者的作品，还积极介绍外国文学，刊登文艺批评，1920年12月还出版"西洋诗专号"。

## 二、"沿海传统"之外的广东"左翼"文学

1927年"四一二"政变后，广州经历了"四一五"大屠杀和工农武装起义失败，一度笼罩在恐怖的气氛当中，大量共产党人、工农群众、革命文化人士、青年学生遭监禁、杀害，广州成为反革命残暴镇压的中心。广东"左翼"文化运动产生于革命低潮时期，它的开展方式也与上海"左联"保持一致。

1930年3月2日，筹备多月的中国左翼作家联盟在上海成立，同时在国内各大城市设立分小组。受此影响，广州的青年爱国学生成立了各种社团，如中山大学抗日剧社、新兴读书会、世界情势社、广州文艺社、万人周刊社等。1932—1933年，这些社团先后被国民党政府查禁。1933年三四月间，广州各"左翼"文化团体在观音山（今越秀山）举行会议，正式成立"中国左翼文化总同盟广州分盟"（简称"广州文总"），会议推选谭秀峰、温盛刚、谭国标、欧阳山、吴屿、黄甘棠、胡春冰为执行委员，谭秀峰任书记。"广州文总"成员最多时达到六七十人，还有三个下属组织，包括"广州社联"（谭秀峰、温盛刚、谭国标等人负责，会员来自原"一般文化社"）；"广州左联"（欧阳山、吴屿等人负责，会员来自原"广州文艺社"）；"广州剧联"（胡春冰、梁未闻等人负责，会员来自原"前卫戏剧家同盟"）。"广州文总"的成立推动了广东地区"左翼"文化工作的开展。1934年1月15日秘密出版的《新路线》是"广州文总"的机关刊物，由林伯骧、江穆、楼栖负责编辑出版。刊物出版四期即遭查禁，在第二期刚印好也就是1934年1月29日凌晨，"广州社联"与"广州左联"等组织被破坏，几十位男女青年被逮捕。关押大半年后，大部分人被释放，但温盛刚、谭国标、凌伯骧、赖寅倣、郑挺秀、何仁棠六名骨干却于8月1日被集体杀害，他们被称为"文总六烈士"。

这些"左"倾的学生团体与"广州文总"下属的相关机构，自成立之日起便不断遭政府查禁，根本原因在于它们服从共产党领导，要求根本性的社会变革，这些原则与陈济棠当局的执政方针大相径庭。陈济棠自1929年始执政广东八年，他虽为地方军阀，但致力于广东建设事业，在经济与文化教育方面都有所建树。①而且广东政府历来重视教育，"五四"之后的教育经费已由民国初年的每年30万元增至1921年的150万元，教育部在广东高等师范、农业专科学校、法政学校这三所公立高等专门学校的基础上筹办广东大学，其他的私立学校、师范学校、实业学校、中学、小学等学校的数目亦有不同程度增长。在社会秩序稳定、经济飞速发展的时候，陈济棠于1933年6月18日倡导读经，原因在于他认为民国初年废止读经应是权宜之计，此后学界的做法有些矫枉过正。他的用意是通过恢复传统文化，提高民众的道德感，以维持社会稳定；同时此举也为了应对20世纪30年代广东学界提出的全盘西化、发展南方文化的主张。②广东"左翼"文化运动的倡导无疑与他的论调格格不入。

  从康梁的主张到30年代陈济棠提倡读经的做法，都体现了"沿海传统"对现代知识分子产生的影响。"中国的海上联系，不仅成了西方人入侵的渠道，而且还吸引新的中国领导方式进入上海、天津、九江和汉口等新型城。越来越多的学生离乡背井，前往日本和西方去探求拯救祖国之道，脱离了中国的士大夫阶级。中国新型从事现代化人士，一般都失了其在农村的根底，结果使许多士大夫人士在农村销声匿迹了。1895年以后的第一代年轻国民党革命者，都是不熟悉农村的典型城市

---

① 沙东迅：《陈济棠治粤八年确有建树》，《学术研究》1986年第1期。
② 童亮：《文化的反动：陈济棠与广东读经运动》，《深圳社会科学》2018年第2期。

人。"①孙中山曾在澳门和檀香山接受教育，他的一生所具有的海外经验居多。这些知识分子在思想、技术、执政等方面向西方习得具体的内容，而后将之运用于中国现实中。陈济棠早年曾入同盟会，对其而言，他治下的广州繁荣稳定，此时倡导读经是传统治国之道在现代社会的重新应用，西方现代政治的模型辅以中国传统的官僚政治可以成为中国现代社会的基本结构。这些举措在广东具有历史的文化积淀与现实的经济基础。

反观广东"左翼"文坛对"革命文学"的倡导与他们所开展的革命工作，未接广东地气。前者更多来自留日知识分子借来的马克思主义文艺经验，后者则徒有形式。虽说"左翼"倡导的无产阶级运动志在推翻现有政权，但落实到具体的革命行动中，"左联"成员参加的游行示威、派发传单、开展读书研讨会等工作，未能与实际的无产阶级接触，只是知识界青年学生的象征性行为，整个无产阶级文学运动没有实质介入社会底层。广州"左联"的参与者虽有明确的开展文艺大众化意识，也进行了许多大众文艺创作，但很多时候这些作品只是换了一个方式、换了一种语言（粤语）讲"五四"故事，它们是知识分子写给知识分子阅读的大众文艺作品。

这里以潮汕地区的"左联"作家戴平万、洪灵菲、冯铿的作品为例进行分析。戴平万1924年加入中国共产党，1926年大学毕业后，由国民党中央海外部派遣往暹罗（今泰国）开展工作。次年4月国内发生"四一二"政变，他开始在暹罗流

---

① 费正清：《导言：中国历史上的沿海与内陆》，费正清编，杨品泉等译：《剑桥中华民国史（1912—1949）》，中国社会科学出版社，1994，第26页。

亡，与从新加坡过来的洪灵菲相遇。两人后来结伴回上海，又一起参与海陆丰农民运动。他们的这些经历，在戴平万的短篇小说《在旅馆中》《流氓馆》《出路》《山中》《母亲》《春泉》，以及洪灵菲的《流亡》三部曲等作品中均有体现。戴平万的《出路》采用书信体形式，由杜君自述自己的经历，着重展现在流亡期间回家的革命者面对年迈母亲之时内心的苦楚。洪灵菲的《流亡》三部曲则采用"革命+恋爱"叙事模式，通过记述男主人公的流亡历程与心理变化，书写大革命时期知识分子的精神彷徨。戴平万、洪灵菲的这些作品虽为"革命文学"的力作，但更接近"五四"小说。尤其是《流亡》，在革命的外衣下，充满浪漫主义色彩与启蒙话语。"在后来的无产阶级革命文学中，民众往往是以社会变革的主体力量出现。但是在《流亡》三部曲中，作家对民众是俯视的。在作家眼里，民众是一群不觉悟的存在，是需要启蒙和唤醒的对象，这显然属于启蒙文学的叙述套路。"[①]戴平万、洪灵菲的早期创作实质仍是相当个人化的书写。

冯铿的小说创作同样存在这个问题。冯铿1929年到上海，通过柔石等人的介绍认识鲁迅，1930年加入"左联"。她参与了"左联"的一系列工作，发表短篇小说《无着落的心》《乐园的幻灭》《遇合》，中篇《重新起来！》等作品。1931年被杀害，她是"左联五烈士"中唯一的女作家。中篇小说《重新起来！》尝试塑造革命低潮时期动摇者和革命者这两类人物。故事主要讲述革命伴侣辛同志和小苹，在大革命失

---

① 黄景忠：《论洪灵菲的创作转向》，《粤港澳大湾区文学评论》2021年第3期。

败后来到上海,辛同志获得优渥收入后,他希望小苹像笼里的金丝雀那样过他安排好的生活。但小苹则坚决要走革命的道路,最后不辞而别,投入到水深火热的革命生活中。本来要描写工农革命斗争和革命家成长的作品,却着重展现了女主人公的心路历程,将革命者的生活描写成小资产阶级的状态,这也是"五四"启蒙小说的叙述方式。冯铿有两部短篇小说专门写苏区红军生活,《小阿强》叙述农村青年阿强参加红军,带领村民开展土地革命;《红的日记》以日记体形式,记述红军女战士马英六天的战斗生活。这两篇较早书写革命根据地的小说充满革命浪漫蒂克情怀,革命体验的缺失限制作家的书写,对红军斗争生活的书写依然来自作家的个人想象与无产阶级理论建构。

在广东"左翼"文化运动开展时期,青年知识分子积极推动无产阶级文学的理论探讨与创作实践,也创作了大批作品。但由于它的写作者仍然脱离具体革命实践,他们创作的大众化文艺也没有在无产阶级群体中产生实际影响,这决定他们的组织无法与民众发生更广泛的联系,因此一旦遭当局镇压,便只能宣告结束。

## 三、民族文学对"沿海传统"的吸纳与转化

1936年陈济棠下野,地方军阀专政的局面被打破;1937年7月7日全面抗战爆发,8月31日那天日军发动对广州的首次空袭,到1938年10月21日广州沦陷,日军进行了长达14个月

的狂轰滥炸,广州成为一座破烂城市。司马文森的《广州四月的轰炸》《死难者》《为死难者复仇》《在轰炸下》,草明的《遭难者的葬礼》,华嘉的《小北路的血债》,于逢的《溃退》等报告文学,描写了广州沦陷前后的状况,记述了日军对广州的轰炸和屠杀民众暴行。

  抗战期间社会各界人士、各党派团结在统一战线的旗帜下,一致对外,民族解放意识空前高涨。在这一时期,"沿海传统"对广东地区的影响不断弱化,最后为中华民族的一统要求所吸纳与转化。陈铨总结了"五四"以来中国新文学从"个人主义"发展到"民族主义"的过程:"在第一阶段,大家认为没有个人自由就没有社会自由;第二个阶段,刚好翻过来了,大家认为没有社会自由根本就没有个人自由。——到了第三个阶段,中国思想界不以个人为中心,不以阶级为中心,而以全民族为中心——中华民族第一次养成极强烈的民族意识。他们第一次认清楚他们自己。中国的文学,从现在起,一定有一个伟大的将来。因为,我已经说过了,只有强烈的民族意识,才能产生真正的民族文学。"[①]1938年顾颉刚发起"中华民族是一个"的学术大讨论,他认为"民族"在中国不是狭隘的种族观念,而是具有极其强大整体性与包容性的主体精神。面对日军大举入侵,"中华民族"不仅应该成为一个文化共同体,而且也包含领土完整的地理意义。

  "沿海传统"隐含着近代知识分子对"民族国家"

---

① 陈铨:《民族文学运动》,《中国抗日战争时期大后方文学书系》第2卷,重庆出版社,1989,第570—575页。

（nation-states）理解上的偏差或说无意中的忽视，这在抗战大潮中得到知识界的重新正视与区分。"民族国家"与中国传统认知的"中华"不是同一个概念，近代以前我国没有"中华民族"的说法。民族国家是欧洲近代以来通过资产阶级革命或民族独立运动建立起来的，以一个或几个民族为国民主体的国家。它是一个基于共同体的认同概念，既可以指独立自主的政治实体，也可以是政府体制的具体形式。"民族"一词的现代意义指客观上在历史、文化、语言与其他人群有所区分的群体，它是民族国家的认同感的来源之一。"中华"在中国古已有之，具有地理与文化上的双重意义。"中华"最初指汉族兴起的地方，后来历朝将自己统辖疆域所至之地皆称为"中华"，因此"中华"也等同于"中国"。"民族"一词19世纪末由日本传入中国后，梁启超在《历史上中国民族之观察》中最先提出"中华民族"，但他用"中华民族"称呼汉族，以"中国民族"概称中国各民族。孙中山则有"民族之统一"的说法。费正清所说那些探索中国现代化的沿海人士，他们最初并未完全留意到自己所借用的国家治理模式产生于"民族国家"的概念框架，但实际上中国的历史传统、社会现实均与欧洲意义上的民族国家相距甚远。这些沿海人士也未脱离洋务派"中学为体、西学为用"的思路，陈济棠在广州的经济、文教事业步入正轨后提倡读经，正是这一想法的现代再现。

全面抗战后，思想界重新讨论"中华民族"的含义，将之与"民族国家"概念区别开来。中华民族的形成与演变很复杂，抗战时期主要从两方面确定其"时代精神"。首先，面对外敌入侵，最主要的是重申"中华"所具有的地理边界感，维护国家领土完整是抗战的首要目标。其次，张扬"中华"所积淀的文化精神，将之与民族团结、英勇战斗、舍生取义等传统爱国主义精神结合起来，使之成为新的时代精神。在民族文学的建构过程中，近代以来推动中国思想文化变革的"沿海传统"融入"中华民族"代表的共同体意识，中华民族具有的整体性超越了地域差异、党派斗争等现实问题，文学则在其中起着建构、表达、推进的作用。将祖国比喻成母亲，将生活在中国土地上的各民族比喻为祖国的孩子，强调个人与国家共存亡的爱国主义，成为抗战以来人们不怕牺牲，为中国、为民族献身的精神源泉。

思想的统一、战争的持续与救亡运动的广泛开展促进了作家的流动，更多的青年写作者成为创作主体。如果说近代以来以康有为、梁启超、孙中山等人为代表的第一代知识分子（1895—1911）及以陈独秀、胡适等人为代表第二代知识分子（1911—1937）是社会思想领域的变革者，这些二十世纪二三十年代登上文坛的青年作家更多是时代的追随者。他们大多生于辛亥革命之后的普通民众家庭，受"五四"新文化"平民文学"的滋养成长，已与传统文化断开了联系；他们虽然人数更为庞大，但几乎没有海外（生活、留学）经验，他们当中的不少人是底层百姓的子弟。民国时期工业实业的发展促进了各地的交流，沿海与内地之间、大城市与小城镇之间的联系更为活跃，因此他们也有更多凭借个人天赋与努力走出家庭，自主寻求学习与生存的机会。哪怕是在广东，"沿海传统"对这群青年的人生已经影响不大。20年代开始集结在《广州民国日报》副刊的年轻人可视作这一群体的代表。

《广州民国日报》在广东影响较大,它从1928年起先后设《晨钟》《黄花》《东西南北》三种文艺副刊。当时主编是厉厂樵,因他与国民党省党部执行委员黄季陆交好,这几个副刊得以存在较长时间。同时,厉厂樵也注意保持分寸,虽然经常发表各类针砭时弊的杂文,但在暴露现实时又适可而止,避免涉及政治问题,观点不至于太过尖锐。它为当时初出茅庐的不少青年提供了发表的平台,楼栖回忆,当年在广州从事文学活动的作者大都和《黄花》结过文字因缘,只是深浅程度不同。① 1936年秋陈济棠反蒋失败,被迫下野,《广州民国日报》改为《中山日报》,报社人员大换血。厉厂樵去了香港,集结在他周围的青年作家如萧殷、楼栖、杜埃、廖子东等人也随之转移阵地。这些年轻人基本都是在广东"左翼"时期登上文坛,他们早期的创作模仿"五四"作品的痕迹较重。抗战爆发后他们星散各地,不少人在省港澳及广西桂林、重庆等地流徙。随着人生阅历的丰富,战争惨烈的现实与民生疾苦成为他们的主要书写对象。

　　新一代青年作家具有更为丰富的革命经历与战时经验。这里以易巩为例稍作分析。易巩生于1915年,是广东省南海县人。他在中学时代开始学习写作散文、小说,后加入"广州左联"。1933年9月易巩被捕,判刑10年,5年后释放。易巩真正的成长不在"左联"时期,而在抗战之后。易巩出狱后曾参加欧阳山等组织的"广东战时文艺工作团",在国民党军队中担任文书,后分别供职于曲江文协、桂林国际新闻社、救亡

---

① 楼栖:《〈黄花〉忆(代序)》,《楼栖自选集》,花城出版社,1994,第3页。

日报、亚洲印刷馆、桂林印刷厂等单位。他一面工作，一面继续从事文学创作，在老一辈作家茅盾、巴金、艾芜、王鲁彦、邵荃麟等人的鼓励下，发表了一批影响较大的作品。中篇小说《杉寮村》于1941年完稿，1942年在王鲁彦主编的《文艺杂志》上连载，1943年出单行本，原始素材是易巩自己的随军体验。小说描写了粤东山区的沦陷及潮籍难民的痛苦生活。茅盾后来评价《杉寮村》是时代险恶浪潮中"文学的力作"。易巩在40年代还写了一系列短篇小说，内容涉及当时社会生活的各个方面。《黄教头》描写深得中国传统武术精髓的新兵黄杰，从最初的骄傲自大，爱表现自己，重传统武术、轻现代枪支，转变到后来熟练掌握现代军事技术，英勇上前线杀敌的故事。《一首诗的诞生》戏拟白居易的日常生活，描写他与农民们交往中显现出的格格不入情状，展现知识分子对世俗生活的思考。"念彼深可愧，自问是何人"，既是白居易先生对自身的拷问，亦是新一代知识青年对未来的疑惑。

抗战集结了中国从上层到下层的全部力量，广东现代文学也全部参与其中。欧阳山等"广州文艺社"同人，"左翼"时代曾希望在广东开展广泛的粤语大众写作，并已出版粤语文学的实验性作品，抗战时期不再进行阅读受众极为受限的粤方言写作。1937年后，欧阳山返回广州，与文化界朋友发起组织"广东文化界救亡协会"和"广东战时文艺工作团"，创作三幕话剧《敌人》，并与马思聪合作，创作《武装保卫华南》进行曲（粤语），后辗转长沙、沅陵、重庆等地开展文艺工作。欧阳山这一时期的作品主要描写农民在抗战期间所受的迫害，表达他们要求革命，要求抗日的决心，代表作是长篇小说《战果》和大量的短篇、速写、论文。《战果》讲述贫民丁泰从小偷变为劳动者,并将自己的血汗钱捐给抗日运动的故事。在作者笔下,丁泰是一位无名的"抗战英雄"。

在这些年轻作者的作品中,我们可以读到更质朴的表述、更平民化的生活、以及它们的作者更为单纯的想法。"我们原是思想单纯的知识青年",陈残云表达了这一代青年对自我的认知。外敌的入侵、社会层级的打开与交流、民族认同的迫切给予他们书写时代的机会,抗战时期广东诗坛影响最大的是"中国诗坛社"的诗歌,诗人们既是诗歌工作者,也是无产阶级的优秀战士。他们的使命是成为时代的歌者,革命的追随者:"我们并不羡慕豪华的沙龙,并不羡慕高贵的象牙之塔,而是关心人民的疾苦,国家的安危,社会的不平和抗争。我们有正义感,有朦胧的理想,有新的追求,文艺战壕里闪出的战斗火花,闪亮了我们的眼睛,使我们看见光明美妙的前景,于是发出了真诚的心声,唱出了热情的颂歌,在歌声中前进,进入了革命的队伍。"[①]这支革命队伍不仅走过抗战,也见证参与了后来新中国文学的发展。

民族文学成为时代主潮,不同党派之间尽管矛盾极为突出,但1932年黄震遐写长篇小说《上海的毁灭》,1935年深陷牢狱的方志敏写《可爱的中国》,两人不约而同言及全面抗战的必要性及必然性。也正是在需要万众一心的时代,"沿海传统"消隐在民族文学的身影中。

---

[①] 陈残云:《南国诗潮》序,陈颂声、邓国伟编:《南国诗潮——〈中国诗坛〉诗选》,花城出版社,1986,第5页。

# 近现代时期广东话剧发展的两个方向

戏剧是指以语言、动作、舞蹈、音乐、木偶等形式达到叙事目的的舞台表演艺术的总称,中国近代戏剧主要由京剧、传奇杂剧、地方戏曲、新戏、文明戏等几部分组成。其中,新戏和文明戏出现于晚清民国时期,是近代戏剧向现代戏剧的过渡阶段。中国现代话剧则是舶来品,其创作观念与形式源自西方19世纪现实主义戏剧传统,19世纪末20世纪初经由日本传播到中国。戏剧多以说唱为主,话剧则主要是对白,辅以舞台、灯光、布景等音效,哑剧则以表情和动作来传达剧情。大体来说,话剧、哑剧都是戏剧的门类,现代话剧对应的更多是"drama"意义上的艺术,以与"opera"相区别。

广东现代话剧是沿着两条道路发展的。首先是以戏剧鼓吹革命。这一传统肇始于近代资产阶级民族革命,由孙中山的同盟者陈少白率先倡导,主要目的是通过戏剧演出,在不识字的老百姓中传播革命思想。陈少白身体力行,在省港澳三地发动革命党人,创办大量戏剧团体,并亲自创作剧本。这些戏剧有三个特点:一是为了吸引更多民众,演出时不局限于"drama",反映革命内容的粤剧也是重要的表演方式。二是重视内容多于技巧。这些戏剧及时捕捉革命发展信息,大多是感时应时之作。三是使用粤语,陈少白领导的戏班开创广东粤语话剧先河。"五四"之后,广东剧坛兴起了大量时事宣传剧。戏剧为革命宣传服务，在第一次国内革命战争与抗战时期发挥了重要作用。

广东现代话剧的另一努力方向是对话剧艺术的探索，主要发生于1929—1931年欧阳予倩在广州主持广东戏剧研究所时期。广东戏剧研究所的创办得到李济深与陈铭枢两任广东省政府主席的支持，它以"创造适时代为民众的新剧"为宗旨，开展三方面工作：一是出版发行《戏剧》杂志，从理论上探讨戏剧教育、戏剧研究、戏剧改革、音乐教育等问题。二是举行戏剧公演活动，以欧阳予倩、唐槐秋等研究所人员与演剧学校师生为主体，共开展十二届近百场公演活动。三是开办戏剧学校和音乐学校，发动、指导广州市中等以上学校学生参与戏剧运动。欧阳予倩请来马思聪负责音乐学校工作，他组织成立了第一支完全由中国人组成的管弦乐队。①欧阳予倩希望借鉴西方戏剧来改良中国传统戏曲，发展出属于自己国家的现代话剧形式。这一努力随着欧阳予倩离开广东暂告一段落。

## 一、时代的感应器：以"志士班"白话剧为发端

广东现代戏剧产生之前，近代戏剧作品与诗歌、小说、散文等文类一道参与推动传统文学的变迁。以梁启超等人为代表的近代戏剧家的创作活动和理论实践，成为中国近代戏剧改革

---

① 叶洁纯、向前：《广东戏剧研究所相关史料补遗——兼及对该所历史地位和重要影响的思考》，《星海音乐学院学报》2020年第4期。

的先声。梁启超曾发表传奇《新罗马传奇》（未完稿）、《劫梦灰传奇》（未完稿）、《侠情记传奇》、粤剧剧本《班定远平西域》，这些作品展现出走向世界的创作观念。其中，《新罗马传奇》是中国戏剧史上第一部以外国历史事件为题材的作品，同时作者也强调了民族解放的重要性。梁启超的戏剧创作体现出强烈的政论性，重视思想意义，主张文学创作为社会变革服务。与梁启超的作品同期出现的《血海花传奇》（麦仲华）、《曾芳四传奇》（吴沃尧，即吴趼人）、《南北夫人传奇》（黄世仲）等传奇及其他的地方戏曲亦有这个特点。

中国现代戏剧史上的大事件是1907年2月中国留日学生组织的春柳社在日本东京公演《茶花女》第三幕，首次使用汉语进行演出；四个月后该社演出《黑奴吁天录》；同年秋天，王钟声、任天知等人再在上海演出《黑奴吁天录》。在此之前，文明戏已经在上海、天津、北京、江苏、湖南、广东等地广泛发展。在广东，文明戏被称为"白话剧"，文明戏的演出班底是"志士班"，志士班是为宣传革命而组织的戏班。广东最早的志士班是1904到1905年间由革命党人程子仪、陈少白、李纪堂等创办的天演公司采南歌班，其他重要的志士班包括：优天社（黄鲁逸、黄轩胄，澳门），优天影剧团（黄鲁逸、陈铁军组织，演员姜魂侠、郑君可参与），振天声社（陈铁军，广州），现身说法社（陈俊朋，香港），现身说法台（梁侠侬，番禺花地），移风社（李德兴，广州），振南天剧团（振天声社与现身说法社合并成立）等，总数有20多家，主要表演改良粤剧。志士班的成员复杂，既包括革命党人、新闻记者，也有不少工人、店员、学生，他们自己撰写剧本再化妆登场演出，戏的内容以鼓吹民主革命纲领、歌颂民族英雄、抨击官场黑暗为主。当时广泛流行的剧目包括《文天祥殉国》《熊飞起义》《博浪沙击秦》《一炮定台湾》《剃头痛》,演出多使用广州方言,基本表演方式是对话与演唱、粤剧相结合,表演、化装、服装和布景接近生活。

志士班开始以粤剧表演为主,后逐步兴起白话剧演出。"辛亥春陈少白、黄咏台等以振天声社解散后,诸同志不可无所寄托,遂由陈少白向香港富商陈庚如商借一千元,另创白话配景新剧,粤省之有白话剧自兹始。"①1911年春在香港成立的振天声白话剧社,是现代意义上的话剧社。首先,该社编排话剧时依据底本,剧本由陈少白编写,不再由演员即兴演出。其次,演员的表演全为粤语对话,不事唱工,不讲台步,仅配以相应的灯光布景。振天声白话剧社的举措将粤语新剧与传统说唱粤剧完全区别开来。"据1918年刊载在《梨影》杂志的《余之论剧》一文,'志士班'中的白话剧社有振天声、琳琅幻境、清平乐、达观乐、非非影、镜非台、国魂警钟、民乐社共和钟、天人观社、光华剧社、啸闲俱乐部、霜天钟、仁风社、仁声社等。"②琳琅幻境社较具规模,最初由陈少白成立于香港中环,其成员全部为革命党人与其支持者。该剧社主要演出揭露黑暗社会、针砭时事的新型剧目,如《父之过》《愚也直》《西太后》《梁天来》《沙三少杀死谭亚仁》《李觉》等。1911年琳琅幻境社又编演《辛亥革命党人碑》,演绎黄

---

① 冯自由:《革命逸史(上)》,新星出版社,2016,第339页。
② 进:《余之论剧》,《梨影》1918年第1期。转引自温方伊:《"志士班"白话剧演出考述》,《戏剧艺术》2020年第4期。

花岗起义。1925年省港大罢工期间,该戏班迁回广州,在广州海珠戏院和各个工会演出宣传反帝话剧,全部采用说白对话,每幕均配备油画布景和灯光装置,完全打破以前广东锣鼓戏讲台步、讲唱工的旧做法。

1912年香港教育界人士胡炳南、胡国英等在广州组织"觉世钟"全女班白话剧社,在当时是一个创举。该社曾在广州河南戏院、澳门清平戏院等地演出,剧目包括《侠女魂》《赌之害》《慈母累》等。该社最大的特点是通过着装区分正面人物与反派角色,正面人物衣服上绣兰花、牡丹、玫瑰花,反面人物的衣服绣生鸡、鲤鱼和水蛇等恶毒的生物。该社共有30多位女演员,有些还是当时知名的粤剧演员,新闻记者胡飞准为编剧主任。该社演员在演出时的全女班阵营,常引起各地群众的讨论,但她们的表演非常熟练,因此广获好评。

文明戏出现后在中国迅速流行,原因是它易学易演,容易推广。"'这种穿时装的新剧,既无唱工,又无做工',不必下功夫练习,就能上台表演,自信也能演出。"[1]辛亥革命后政治环境相对宽松,演员有更多的演出空间,因为"在一个政治和社会大变动之后,人民正是极愿听指导,极愿受训练的时候。他们走入剧场里,不只是看戏,并且喜欢多晓得一点新的事实,多听见一点新的议论"[2]。因此春柳社、春阳社、进化团等演出的剧目都紧密结合时事,宣讲革命新事。文明戏在广东同样很受欢迎,但是,"与其他地区的文明戏剧团不同,多

---

[1] 陈白尘、董健主编:《中国现代戏剧史稿》,中国戏剧出版社,2008,第4页。
[2] 洪深:《从中国的新戏说到话剧》,孙青纹编:《洪深研究专集》,浙江文艺出版社,1986,第169页。

数'志士班'是戏剧领域的革命组织,部分活动甚至直接由孙中山授意。从陈少白等人组织'采南歌'培养粤剧改良人才开始,'志士班'演剧就成为同盟会革命活动的一部分,为开启民智、宣传革命发挥作用。"①也就是说,广东作为革命策源地,白话剧在产生之初就是革命运动的重要组成部分,是服务于革命的工具。志士班演出的文明戏,随革命的高涨而兴盛,在第一次国内革命战争结束后走向衰落,它的命运与中国近代资产阶级革命的发展有密切联系。

其次,文明戏多用国语演出,在广东基本上改用粤语。从1905年冬采南歌班在各乡市及香港、澳门等地巡回演出开始,他们所演的新剧"摆脱了中国传统戏剧内容的局限,不用'舞台官话'而采用广州话唱曲,更能引起观众共鸣,香港舆论界赞扬其'颇博世人好评,实开粤省剧界革命之先声'"。②这既开创了粤语话剧的传统,也因语言上的巨大差异使得广东现代话剧逐渐疏离国内话剧主流。同时,由于志士班大多为业余剧社,并非职业戏班,亦不追求商业盈利,演员多为兼职,因此志士班演出白话剧并非与粤剧完全区分开来。"在上海,文明新戏盛行的时间相当长,但是文明戏在广东没有得到开展,开始没多久便和粤剧相结合了。"③重视文明戏的演出效果而非戏剧艺术的深化,原因也在于广东白话剧的工具性。

---

① 温方伊:《"志士班"白话剧演出考述》,《戏剧艺术》2020年第4期。
② 韦金艳:《陈少白之革命宣传活动及其影响研究》,《新闻世界》2013年第5期。
③ 欧阳予倩:《谈粤剧》,《欧阳予倩戏剧论文集》,上海文艺出版社,1984,第75页。

总之，志士班作为革命组织而出现，白话剧以宣传革命、开启民智为目的，这是广东现代话剧在兴起之初所具有的最为独特的性质。

## 二、融入革命：从青年演剧到北伐洪流中的部队文艺

从1919年"五四"运动爆发，10月孙中山改组国民党，到第一次国内革命战争时期，大量宣传爱国运动的时事剧在广东演出，"工、农、军、学、妇各条战线的非职业剧团"都在演出话剧。在学界，广东各大中小学校出现演剧热潮。当时广东大学、国民大学、光华医学院、广州法政专门学校、岭南大学、广雅中学、广府中学、广州女师等各大中小学校纷纷成立话剧社，师生们编写剧本，组织演出，热情高涨。同时，共产党人也关注到话剧的宣传作用，通过在工人群体中演剧宣传、讲解政治任务。谭平山、阮啸仙、刘尔崧等人参与了话剧创作，阮啸仙在《工业杂志》发表一幕六场话剧《爱情是什么？》，集中讨论青年男女的生活、爱情与革命事业之间的关系，并在1922年春将之搬上舞台，阮啸仙甚至出演女角。1924年广州工人代表会成立后组织"工人剧社"，编演话剧和锣鼓白话剧，以宣传、讲解政治任务。1925年省港工人大罢工后，各个系统的工会都自行组织了白话剧社，如广州洋务工会罢工工友成立警世钟白话剧社，自编自导自演《农民之路》等剧。

国民革命开始后，戏剧演出的作用进一步凸显。1924年，国民党中央党部妇女部长何香凝为筹募红十字经费，发起组织"民间剧社"演剧筹款，陈曙风、汪干廷、关存英、李少华、陈惠芳、杜群英、赵雪如等人加入该社，主要作品包括《夜未央》《山河泪》《少奶奶的扇子》等。"民间剧社"从两个方面推动了广东话剧的发展，一是要求演员在演出的时候严格按照剧本来对话，不能临时更改，更不能即兴演出。这种做法加强了话剧的艺术性，并且形成了剧团较为规范的管理机制；二是吸纳女性会员，演出时实行男女合演，体现男女合作精神。1926年，该社在广州长堤青年会举行公演，演出郭沫若的三部历史剧《三个叛逆的女性》《王昭君》《聂嫈》。当时郭沫若是广东大学文学院院长，演出时剧社邀请他过来做现场指导。据陈曙风回忆，郭沫若给大家讲述了他创作这三个剧本的动机和经过。郭沫若说："在'五卅'惨案发生的时候，那时我在上海，而且就在惨案发生的那一天，我在南京路先施公司的楼上，亲眼看见一些英国巡捕和印度巡捕，飞扬跋扈，镇压行人和开枪屠杀中国人民的暴行，当时我真是义愤填膺，如果我当时有手枪，我一定拿起枪来向帝国主义者予以还击，但可惜我当时没有武器。因此，我就怀着悲愤的心情，回到寓所，写出了《聂嫈》这一个剧本。"[①]当时郭沫若用国语说这段话，陈曙风现场将之译成粤语，现场互动热烈。

国民革命时期戏剧对革命的参与体现在两个方面，一是部

---

[①] 黄德深：《广东话剧从辛亥革命至解放前的发展历程》，《广东文史资料》第34辑，广东人民出版社，1982，第7页。

队文艺出现，剧社作为部队的一个组成部分随军行动，在宣传、后勤等方面为部队服务。二是农村戏剧运动的开展。由于中国农民普遍文化水平低下，文盲居多，借助表演传达信息的戏剧成为与农民沟通的有效手段。国民革命催生了部队文艺工作的开展，在众多文艺形式中，话剧因具有表演性而更能达到有效的社会动员效果，最具代表性的团体是黄埔军校学员创办的"血花剧社"，它在两次东征及武汉光复时期发挥了重要的宣传作用。"血花剧社"的名称取自军校党代表廖仲恺手书的"先烈之血，主义之花"，原是黄埔军校学生自发组织的文艺团体，1925年1月18日成立。后由周恩来倡议成立独立社团，成为国民革命军政治部正式的宣传机构，于4月25日扩大为"黄埔俱乐部"，下设政治、经济、美术、戏剧、音乐、体育等组。"血花剧社"成立一年即演出50多场次，主要包括《血泪湖》《醉打蒋门神》《还我自由》《黄花岗》《鸦片战争》《革命军来了》等作品。北伐开始后剧社随军行动，机构进一步扩大为剧务、总务、理财、电影四科。"血花剧社"坚持排演革命题材的话剧，主要展现"军阀的专横，和帝国主义的捣乱，及民众受摧残的惨状"[1]，再加上其常常辅以舞蹈、电影等新颖的表现手法，因此剧社的表演深入民心，被称作"红色的宣传使者"。"血花剧社"除了在内容与形式上拓展了现代话剧的表达面向，更主要的是开创了现代军队文艺的演出模式。从性质上来看，"血花剧社"是隶属于国民革命军的组织

---

[1] 梁杰人：《观〈革命军来了〉》，广州《民国日报·小广州》1926年3月27日。转引自王烨：《国民革命时期国民党的革命文艺运动（1919—1927）》，厦门大学出版社，2014，第120页。

团体。它的演出是部队军事行动的重要组成部分；从艺术要求来看，它以"艺术的革命化"为演出宗旨，视文艺为"宣传革命主义、唤醒民众的一种利器"①，它主要的演出目的是为国民革命进行宣传鼓动，号召民众支持、参与革命。"血花剧社"是大革命的产物，后来随着国民革命内部政治势力的分化而衰落。虽然它最终在"四一二"政变后解体，但它提供的战时文艺经验为后来的工农红军更大程度地继承与完善。

国民革命时期农村戏剧运动的开展则为土地革命的宣传动员积累了经验，彭湃较早在家乡海陆丰组织农民参加戏剧演出。1919年夏，彭湃刚从日本回国，短暂居留期间在潮州会馆组织白话剧社，演出文明戏。在筹备与创办剧社之余，彭湃还参与演出《打倒帝国主义》《打倒袁世凯卖国贼》等作品，在《朝鲜亡国恨》一剧中男扮女装。彭湃离开海丰后，剧社由他的好友、同事维持，演出《秋瑾》《哀鸿泪》《彭素娥》等作品，《彭素娥》在当地影响较大，该剧根据海丰县城一桩女青年要求婚姻自由的抗婚事件改写。1921年彭湃回到家乡担任海丰县劝学所（教育局）所长，他组织当地群众运用方言来写作、演出话剧，进一步宣传革命。1927年底海丰苏维埃政府成立后，戏剧宣传转向宣传土地革命，海丰第三区成立梅陇农会剧团，该剧团后来成为东江特委新剧团的前身。

"五四"新文化运动以来，广东现代话剧有两个变化。一是参与演出的群体更为广泛，从早期的主要由革命党人与戏剧

---

① 王烨：《国民革命时期国民党的革命文艺运动（1919—1927）》，厦门大学出版社，2014，第115—122页。

（粤剧）演员参与演出文明戏，到社会各界、各单位自行组织剧社表演爱国时事剧；形式上也更趋向文明戏乃至新剧。二是部队文艺出现。国民革命军不同于旧军阀部队，它是大革命时期国共两党共同领导的革命力量，在部队开展政治工作的传统也源自此时。从志士班作为革命组织独立存在，到"血花剧社"成为国民革命军的组成部分，广东现代话剧对革命的参与进一步深入，戏剧的动员功能也在实际的军事战斗中得到发扬。1927年后中共建设革命根据地，开展"红色戏剧"活动，此前"血花剧社"的部队文艺经验具有示范意义。

## 三、走上前线：与抗战时代对话

"左翼"文化运动的开展与抗日救亡运动兴起，再次激发起广东现代话剧的现实参与感，20世纪30年代以来，它自觉以服务抗日为使命。抗战时期广东话剧走出校园、走出单位，广场剧广泛开展，走上街头、走上前线使其更深入抗战一线；左翼戏剧联盟、广州戏剧协会等联合组织的成立，推动了抗战戏剧的发展。

广东戏剧研究所解散后，原研究所编纂主任胡春冰先后组建"前卫戏剧作者同盟""中国左翼文化总同盟广州分盟"（简称"广州文总"）等组织，并于抗战期间在香港组织多场戏剧公演。中山大学抗日剧社是较早成立的广东左翼剧社，1932年1月由中山大学高中部学生李克筠、吴华（吴永年）、邓克强等人发起，社员有二三十人，以研究戏剧演出、致力抗日宣传为目标。2月该社举行第一次公演,演出《工场夜景》(袁文殊作品)、《钱》(美国左翼作家歌尔德作品)、《活路》(楼适夷作品)三部独幕剧。《工场夜景》演绎日本老板对中国工人的残酷压榨和工人们对其进行的斗争,《活路》展现底层人民生活的惨状。这些反映现实的戏剧在观众中引起强烈反响。同年劳动节,抗日剧社在省教育会礼堂举行第二次公演,演出《SOS》(楼适夷作品)、《活路》、《乱钟》(田汉作品),这次演出吸引了更多观众,不少人站着看完全场。为了满足群众的要求,抗日剧社在5月3日又加演一场。抗日剧社前后成立两年多来,先后公演十多场,反映出爱国学生投身革命运动的热情。1933年"广州文总"成立,设三个下属组织,分别是广州社联、广州左联、广州剧联。剧联的主要负责人是胡春冰、梁未闻、黄叶、袁文殊等,社员主要来自前卫戏剧家同盟,他们当中的不少人是原广东戏剧研究所的学生。广州剧联成立后立即投身抗日宣传,集中演出苏联话剧《怒吼吧,中国!》《最初欧罗巴之旗》《水火》等作品。1933年7月,为支援太古洋行海员工人罢工,剧联专门举行了一场义演,并将募捐所得全部捐给罢工工人。

除了在广州等大城市的开展话剧演出,在中国共产党领导下的琼崖、东江等革命根据地,演出红色戏剧成为革命文艺宣传最重要的组成部分。在农村的宣传队伍除了演出现代话剧,还改编当地原有的传统剧目,哑剧、活报剧等借助肢体语言来表达的形式也广受民众欢迎。如1930年秋粤东潮(州)普(宁)惠(来)苏维埃政府成立后,组建赤花剧社。该剧社鼎盛时期共有60多人,上演过《二七案》《广州暴动》《神棍现形记》《和睦家庭》等与当地生活相关的戏剧。

1936年中共北方局派人到广州恢复党的活动，分别成立中共广州市委和南方工委，后广州市委宣传部于1937年3月正式成立了戏剧支部，由戏剧支部来管理各大剧团的工作，达到宣传抗日救亡、团结组织群众的目的。当时广东有三个影响较大的受党领导的话剧团，分别是蓝白剧团、锋社话剧团和广州艺协剧团。此外，还有远东中学剧社、前锋剧社、广州儿童剧团等20多个业余剧团，组织剧场话剧演出，并在广州沦陷前后，集体参加广东青年抗日先锋队和战时民众宣传队，上街头、下农村、到工厂进行演出。他们演出的剧作品包括如《放下你的鞭子》《张家店》《林中口哨》《别放跑他》《月亮上升》《没有祖国的孩子》《最后一课》等，主要形式有街头剧、活报剧和短剧。除了这些短剧，他们还演出大型话剧，如上海流行的《回春之曲》《雷雨》《我们的故乡》《八百壮士》《扬子江暴风雨》《飞将军》《自由魂》等。在广州沦陷前夕，各剧团举行了第一届戏剧节的联合公演，蓝白剧社演《泰山鸿毛》，锋社演《自由魂》，艺协剧团演《天下太平》，前锋剧社演《怒海余生》等。此外，各个剧团的成员还广泛参与到抗日救亡运动中，如在广州沦陷时组织担架救护、抢救伤员、维持治安等活动。

由于这些剧团经常在一起开展工作，因此1937年8月8日，广东戏剧协会在广州成立，前述各个剧团共有275人参加，出版会刊《抗战戏剧》。广东戏剧协会的成立宣言指出："我们广东剧运的工作者联合起来，在千险万难之前直立，今日华北的炮声，渐渐的爆响到华中而华南了，这不可避免的大斗争将架临到每个人头上,我们应当毫无疑义地举起'救亡戏剧'之旗,向敌人的腹地冲锋,因之今日的戏剧运动,应该比昨日更前进、更勇敢、更具体、更实际,那便是为民族的生存而斗争,为时代的使命而努力。"广东戏剧协会管理安排各剧团的演出活动,并组织集体创作与演演,较为重要的作品是1938年革命历史话剧《黄花岗》的创作和演出。《黄花岗》共四幕六场,由20多位剧作者集体创作、用3天时间分幕写成,初稿后由夏衍等3人整理定稿。剧本出来后,广东戏剧协会又动员20多个单位、剧团和歌咏队参加演出,其中包括7人导演团,80多名演员与100多名舞台工作人员,阵容强大。《黄花岗》是一场为进一步发动全民抗战,激励和教育群众的大规模联合演出,由广州地下党文化界领导人夏衍、周钢鸣全力组织。该剧于同年3月29日举行的纪念黄花岗起义27周年戏剧歌咏大会上成功演出,连续公演3场,再加演3场。演出取得了很好的效果,前来观看的群众人数众多,当时有报刊指出:"这个剧的演出,动员之广,不独在广州,就是在全国,也不能不算是一个空前创举"。《黄花岗》的出现也推进了剧本集体写作的发展。

广州沦陷后,许多戏剧工作者执行毛泽东关于"最普遍的推动友党友军进步"的方针,参加第四战区战时民众动员委员会属下的战时工作队,前往省内各地农村和战地开展宣传工作。1938到1939年初,12集团军政工总队成立,总人数达1000多人,其中包括不少广东戏剧协会的成员。他们的主要工作是在前方从事民运工作,同时组织戏剧、歌曲的创作演出,如1940年初曲江举行粤北大捷展览会,他们演出了《胜利的反攻》《陈列室》等宣扬抵抗日本入侵、反对汉奸卖国的剧目。到1941年皖南事变爆发，第七战区政治部政治大队、抗敌演剧第七队、艺专剧团、艺联剧团、中大剧团、复兴剧社、省府艺宣队等众多话剧团体，云集于战时省会韶关曲江，开展戏剧工作讨论会，排演时互相学习，并一起从事演出，演出剧目包括《天国春秋》《蜕变》《虎符》《大明英烈传》等。第七战区政治部政治大队的戏剧小组，还专门前往广西省立艺术馆观摩欧阳予倩对《忠王李秀成》的排练，回来后该剧先后演出100多场，场场满座。1944年2月，上述剧团又集体参加在桂林举行西南剧展，和西南戏剧工作者大会，广东参展的作品有七战区戏剧小组的《天国春秋》《蜕变》，演剧七队的《法西斯细菌》《军民进行曲》，艺专剧团的《苏瓦（沃）洛夫元帅》《油漆未干》，艺联剧团的《茶花女》《水乡吟》，中大剧团的《皮革马林》。除《法西斯细菌》《军民进行曲》两部作品外，其他选送的作品均使用粤语或英语演出，别开生面。而在剧展期间的资料展览中，广东仅七战区戏剧小组就曾经参演多幕剧175场，独幕剧504场，数量相当可观。

抗战期间，广东的地方戏剧活动也配合战争形势的发展，迅速开展起来。1943年12月2日东江流动剧团成立，该剧团对外进行对敌战斗和宣传演出，对内则在连队开展战士文娱活动。该团体演出的活报剧和独幕剧多由剧团成员结合战争与当地实际创作，如《打倒日本仔》《有枪出枪》《模范之家》《劳模李标》《生面人》《盲哑恨》以及多幕剧《流寇队长》等。五幕话剧《路西一年》描写东纵和老区广九铁路之西一带人民并肩战斗英雄事迹，剧本改编自真实故事，演出时观众达

2万人。剧团创作的这些剧本,还供给当地的学校、部队和其他业余剧团演出。1944年,大批从事进步演剧工作的青年和学生,集结到东江纵队。在海南岛,琼山、文昌、琼海、海口、儋县、昌江等地的中小学校,大多开展话剧活动。在中共琼崖特委、抗日独立总队建立的抗日根据地里,则多运用活报剧、歌剧、话剧进行宣传演出。如独立总队政治部歌剧团,除自编自演《家乡进行曲》《模范乡长》《人兽之间》等话剧外,还经常参加民运、宣传和战斗。在广东南路,湛江、遂溪、茂名、电白、钦州、北海等地的进步话剧活动都很活跃,演出剧目有《放下你的鞭子》等活报剧以及《日出》《流寇队长》《明末遗恨》《钦差大臣》《茶花女》等中外名剧。在潮汕地区,潮安、普宁、揭阳、揭西、惠来等地都成立了话剧社团,演出《放下你的鞭子》《三江好》《松花江上》等活报剧、短剧。梅县、大埔、清远、英德、新会等也纷纷建立话剧团体。

## 四、探索戏剧艺术:始终未离开现实与民众

广东现代话剧发展的另一条路径是欧阳予倩创办广东戏剧研究所时期,对戏剧艺术与戏剧表演进行理论与技术上的革新,促使广东话剧从文明戏转向新剧,朝正规化、专业化发展。

20世纪20年代末期,广东现代话剧发展陷入低潮,田汉率南国社到来,促进了剧坛对戏剧艺术的探讨。1929年3月7日至12日,南国社六天公演7场,"替广东戏剧研究所'打开张锣鼓'"。南国社公演的话剧包括田汉创作的《古潭的声音》

《苏州夜话》《颤栗》《湖上的悲剧》《生之意志》《名优之死》和欧阳予倩的《车夫之家》等，在广州引起轰动。南国社带来的除了名导演、名剧本、名角儿，还有独创的舞台布景和灯光，这些都使得广东的话剧爱好者大开眼界。南国会同人还召开座谈会，与广州的话剧工作者讨论现代话剧的创作、排练、演出等方面的经验，解答关于话剧运动的基本问题，促进了广东话剧从低潮中走出来。在这之后，广东的话剧演出有如雨后春笋纷纷出现，较为活跃的剧社包括"蓝白剧社""前锋剧社""远东中学剧社""广州女师剧社""执信女校高二班话剧社""培正中学'四二六'剧社""培道女中剧社"等，他们演出《孔雀东南飞》《未婚的母亲》《蠢货》《忘记了礼帽》等剧。

欧阳予倩创办的广东戏剧研究所则更加注重学生的文化素养及演出技巧，其培养目标是"以养成学艺兼优、努力服务社会教育之演员"。欧阳予倩重视戏剧教育对社会的影响，认为"我们不能离开社会谈艺术"。他在《演〈怒吼吧中国〉谈到民众剧》一文中阐释自己对戏剧宣传的看法，一是"我们从来主张艺术替民众喊叫，不要专替自己喊叫"，二是"要从戏剧里面认识人生，要使观众出了剧场，在精神上有所获得，不仅是拿戏剧作一时的宣传的工具就算满足"。欧阳予倩的看法超越了戏剧的功利性目的，他追求以戏剧艺术感染民众，真正实现戏剧教育对人格的完善。

广东戏剧研究所的工作也朝这方面努力。受到粤桂战争影响，1929年5月戏剧研究所及学校停办，到7月、9月分别恢复工作。1930年夏季，研究所增设管弦乐队和音乐学校，管弦乐队由马思聪任队长。"将管弦乐队加入戏剧演出的背景伴奏，作为戏剧改良和发展的一个探索性试验，是欧阳予倩力主创办管弦乐队的本意。"[1]同时，戏剧学校原来只有演剧系，分为歌剧和话剧两班，演剧系的学生主要学习国语、外语、戏剧理论、中西剧本研究、戏剧艺术史、编剧史、武术、舞蹈、音乐、粤剧、京剧、音乐、编导等课程。后来学校又在演剧系的及出生增设戏剧文学系，开设戏剧概论、文学概论、现代思潮、当代文艺、音乐理论等课程。两个系的学生实际上并没有非常明确的区分，他们经常一起上课，合用教职员，公演时也不分彼此。演剧系的学生修业时间期限为两年半，文学系的学生为两年。为了开拓学生的视野与知识面，欧阳予倩还从国内邀请戏剧专家田汉、洪深、马彦祥、唐槐秋、严工上等人过来讲课或排戏。这些措施都促使广东话剧朝专业化、规范化发展。

广东戏剧研究所的成立，对发展广东现代话剧起到重要作用，在培养人才、创办刊物、话剧排演等方面，都形成了一套规范的教学与演出体制，是当时广东甚至全国均屈指可数的规模完备的戏剧学校。在剧本和演出方面，戏剧学校都有严格的要求。首先，演员不能再临时删改对白，演剧时必须按照剧本，辅以动作表情。在排练的时候，导演在旁指导，一是训练演员的形体、习武、练舞蹈、练声、学朗读，传统戏剧与现代话剧的"百般武艺"，必须一一习得。其次，导演在排戏的时候，要学习西方戏剧理论，既强调我国的民族特色，也要结合

---

[1] 李歆：《广东戏剧研究所的创作与演出考略》，《云南艺术学院学报》2020年第3期。

西方现代话剧理论。再次，在演出之前，导演与演员必须做好充分的排练工作和舞台布景，不能草率上场。此外，戏剧研究所还成立"戏剧月刊社"，出版《戏剧》杂志，并在广州《国民日报》副刊每周出一次《戏剧》周刊，前后达100多期。

在该校成立后两年多的时间里，大多数时间是在所里的小剧场排演，有时也参加公开表演，较为大型的公演则有十多次，演出的剧目包括《茶花女》《最后的拥抱》《女店主》《怒吼吧中国》《史推拉》《未完成的杰作》等多幕长剧，以及《蠢货》《白茶》《谣传》《贼》《千方百计》《可怜的裴迦》《幻灭》等独幕剧。1930年6月，为纪念广州沙基惨案，该校在当时的省参议会礼堂、省教育会礼堂分两场演出苏联名剧家铁捷克所编的《怒吼吧中国》，现场反响热烈，引起观众齐声高喊"打倒帝国主义""英国帝国主义滚出中国去"的口号。此外，欧阳予倩所编写的歌剧《杨贵妃》、独幕剧《车夫之家》《屏风后》《小英姑娘》《白姑娘》《国粹》《买卖》《伤兵之家》等，也是剧校经常出演的剧目。

欧阳予倩来到广东后，结合广东当地说粤语的习惯，编排了不少方言剧，而为了适应不懂国语的观众，戏剧学校在表演的时候，也经常使用粤语，欧阳予倩还写了《用粤语演话剧》一文，否定了"非国语不能演戏"的观点。由于学校的人数有限，有时导演们也亲自登台，如演出独幕剧《贼》时，欧阳予倩饰演随同博士夫人回来的青年，吴家瑾饰演博士夫人，唐槐秋饰演贼，他们的演出精彩，博得观众一致好评。1931年春陈铭枢离粤、陈济棠上台后，广东省政府对广东戏剧研究所停发经费，欧阳予倩自行筹款维持研究所运作，但困难重重。

到1931年11月广东省政府收回院址,广东戏剧研究所宣告结束,欧阳予倩于1932年夏天离开广州返回上海。

欧阳予倩构想的宏愿随着戏剧研究所的仓促关门而失落,但经由他对戏剧研究所的苦心经营,逐渐完成了广东近现代戏剧由文明戏阶段向现代话剧阶段的过渡。[①]广东戏剧研究所在南国最重要的贡献是撒播下艺术种子,戏剧研究所结束后,不少学生投身"左翼"文化运动和抗日救亡演剧活动。"从戏剧创作、表演和其他艺术人才方面来看,不少广州和华南地区的文艺中坚力量都来自戏剧研究所。"[②]欧阳予倩注重培养德才兼备的人才,要求戏剧的艺术审美与演员的人格素养之匹配,同时他也强调戏剧的社会性,否定"纯艺术论",要求戏剧肩负为社会、为民众的使命。这些想法在广东现代话剧的工具性之外,从艺术探索的角度提供了新的思路。

广东现代话剧的发展一直未离开革命现实。戏剧团体的职能既有演戏,也包括演戏之外的其他工作。早年志士班筹措革命经费、运送革命物质、掩护革命党人身份等工作在此后几十年的革命历程中一直被重复开展。志士班在第一次国内革命战争结束后便退出历史舞台,但它开启的戏剧参与革命运动、演出为革命服务的传统却流传了下来。欧阳予倩在广东戏剧研究所的工作为现代话剧的发展提供了新的方法与思路,但在战时高度紧张的环境中,唯有重视戏剧的动员斗争性质,才能适应

---

[①] 张健:《田汉、欧阳予倩、熊佛西和艺术戏剧运动》,《戏剧》1998年第3期。
[②] 叶洁纯、向前:《广东戏剧研究所相关史料补遗——兼及对该所历史地位和重要影响的思考》,《星海音乐学院学报》2020年第4期。

革命的现实需求。与此同时,通过对比两条不同的发展路径,我们也必须看到,现实主义戏剧始终具有生命力,原因在于它能够不断调整自身,适应当代观众的审美需要。反映革命、贴近生活、走向人心,是广东现代话剧艺术发展的生命源泉,以恰当的艺术方式与当代人对话则是它获得成功的具体途径。

# 浅谈五邑华工的精神遗产[*]

## 一、写作缘起

本次论坛的议题之一是"《广州大典》与'海上丝绸之路'",笔者成长之地江门,恰是海上丝绸之路的节点之一。海上丝绸之路既促进了古代中外贸易,也打开了中国国际移民之路,沿海地区人口的外流瓦解了传统乡村社会的封闭型结构,侨乡由此形成。2012年笔者就职于江门广播电视台,当年4月14日,时任广东省委书记汪洋视察江门,用"进取、勤劳、开放、包容"八个字概括华侨精神内核,6至7月笔者集中筹备制作《走近先侨故里》系列短片,前后共9期,每期五六分钟。这项工作虽为"政治任务",但通过它,笔者对江门的侨史侨情有了一定了解;在对多位已是耄耋之年的亲历者进行采访后,之前书中得到的华侨印象开始立体起来。笔者联想起自己的外曾祖母也是印尼归侨,是客家华侨。这部短短的系列片基本囊括了五邑地区第一、第二代华工出国的重要事件,尽管"华侨"是一个使用面更广泛的概念,"华"表示了中华民

---

[*] 本文提交第五届"广府文化论坛",2017年11月。

族属性,"侨"表示了移居国外的侨民现象[①],但笔者更愿意区分"华工"与"华侨",因为"华工"之称更直接体现了当年苦力贸易之残酷——从掘金、筑铁路到拿起"三把刀"——由"华工"而"华侨"充满血泪与辛酸,就算是其中少有的发迹者,亦面临"故土"与"他乡"的双重疏离。

  采访中笔者看到一些遗留下来的物质实体,包括一把据说修建过美国中央太平洋铁路的斧头、多位采访对象家中悬挂的先祖画像、金山箱,还有现在已声名鹊起的碉楼等。在笔者的采访对象中,年纪最大的97岁[②],是"金山女",与另外几位也是90岁左右的婆婆一样,后来成为侨眷;另有几位华工后代,是华侨孙辈或重孙辈,留在家乡守着祖业。不少使用古希腊柱廊和欧洲中世纪哥特式尖拱作为装饰的华侨祖屋已经衰败,不是每一户都能获得开平"申遗"成功那几幢碉楼那样的养护与声名。但在笔者看到、听到的故事里,在与采访对象交谈的过程中,笔者能隐约感受到一些情感发展的线索:亲历者从前往后讲起,聆听者从后朝前追溯,所产生的言语碰撞往往超出文字带给我们的想象,笔者这个外来闯入者也在那个时候走进了他们的先祖留下的历史想象空间中。也正基于这个原因,上述物质载体适时增加了历史的在场感。

---

① 郑民:《华侨概念、定义问题初探》,《华侨华人史研究集》(一),海洋出版社,1989,第14页。
② 本文采访对象的岁数均计算到2012年为止,他们后来的情况笔者没有再做调查。

## 二、集体家书——构建"故乡共同体"

在开平塘口镇潭溪村,谢敏驯老人带给笔者两样惊奇的礼物:一把斧刃锋利不再,但斧面依然闪闪发光的铁斧头。据说这是他的曾祖父谢维绍从美国带回来的,曾经修建过美国中央太平洋铁路。修建铁路是否要用到斧头,我们不得而知,但这是谢家一直以来珍贵的物品。

采访时间:2012年6月20日
采访地点:开平塘口镇潭溪村谢敏驯家、伯棠图书馆
谢敏驯:谢维绍第四代孙(75岁)①

谢敏驯谈话:太公搞建筑,150年前卖猪仔到美国,修公路。去之前娶老婆生了一个仔,去外面带美国女回来,一共回来三次。那时开平"土客之争",村里被杀300多人。(外面有)昭伦公所,谈、谭、许、谢姓都可以参加。那个时候土客之争,所以他逃生之后,卖猪仔到美国,所以他当时就是这样去美国。他到那里以后,因为年轻,又上进,后来负责做工头。他修公路,从美国通向南美洲那条最大的公路。他做了十年,找到钱就回来,回来之后差不多一年,生了祥公(音译),第二次出去。出去以后,他有那么多时间,就开了店,识了中华会馆的人,第二次回来,请了维栋(音译)那些人。维栋有儿子有女儿,一班人出去,带上兄弟。他们几个人,赚了钱就存在老板那里,老板就写张纸。老板说过年了,没钱

---

① 本文所有谈话内容均不改变采访对象说话时的用词、语序。

了，帮老板存钱的会计就说不是。你贪也不要贪那么多。伯公在外面还娶了老婆。他们两个一起回来，渡海，那一个是会计，被人推了下海，我伯公大脑都是乱的，整个人都吓傻了。伯公好怕，吓到傻了，回来就没人理他。

司徒莲青：谢维绍孙媳（一直生活在村中，岁数不详）。

司徒莲青谈话：我老爷开了一间铺，在大吕宋，几个儿女都出世了，后来又回来，带了大姑娘去纽约。老爷到了美国十年就死了，六七十岁就死了，那时没饭吃饿死了。（后来）儿子要带我去，老爷说带全家去，我就不喜欢，左想右想觉得不好，不习惯，我的牙都掉了，搭车又呕，儿子又去世，找不到吃的。

在粤语中，"伯公"指曾祖父，"老爷"指公公，"出世"指出生。谢敏驯与司徒莲青的谈话基本上概括了早年华工出国的概况：（1）出国内在动因：土客之争、家乡贫穷、匪患严重等，1855—1867年，"以台山、开平、恩平3县交界地为中心的土人与客家人之间的械斗，长达12年之久"，这种现象主要源于人多地少所导致的饥饿威胁；开平塘口镇潭溪山塘村仅29户，1848—1879年间就有11户14人远涉美国。[1]（2）出国方式：卖猪仔。当时的华工大体上分为两类：猪仔华工和赊单华工，前者主要是被拐骗、掳掠至猪仔馆，失去人身自由，后被贩运至南美洲、东南亚等地从事苦力贸易劳动；赊单华工则较为自由，与雇主签订借债合同，到国外后由侨团负责安置，以工资还债，这类华工多到美国、加拿大、澳大利亚等

---

[1] 梅伟强、张国雄主编：《五邑华侨华人史》，广东高等教育出版社，2001，第29—31页。

国。<sup>①</sup>（3）从事行业及其变化：从敏驯、莲青两位老人的描述来看，谢维绍更可能是"赊单华工"；而通过时间与历史事实推测，谢敏驯提到的在美国"修公路"，应为修铁路；以谢敏驯的年龄往前推四代，刚好是道光年后（1821—1850），美国修建中央太平洋铁路之时（1863—1869），该铁路横贯北美大陆，故老人认为其通向南美洲。司徒莲青提到的"大吕宋"，本指西班牙，后与"金山"等词一样，成为海外的代称。从上下文来看，此处"大吕宋"指美国。谢维绍在修完铁路后开始经营小本生意，尤其是在美国排华以后，各地华工开始流入大中城市，从事一些白人不愿做的工作，最著名的便是"三把刀"行业，如裁缝洗衣业、中餐馆业、理发业，此外还有零售杂货业等。莲青老人说谢维绍到美国饿死，应该是第三次出去之后的事情，一方面在于第二次回乡途中受到的刺激，另一方面排华时期华侨处境也日趋艰难。

上述信息得到当时潭溪村支部书记谢卓宜确认，在对两位老人采访时，谢卓宜一直陪伴左右，既充当"翻译"（两位老人讲粤语语系四邑片中的开平语，笔者许多听不懂），也对老人所说的事实进行补充。对于先祖谢维绍的故事，谢卓宜同样了然于心，村中老人的口口相传、代代相传自其幼年起，而乡村社会本身具有的稳定性使得同村后生愿意，并且有条件通过其特有的血缘与地缘优势，寻求先祖的荫庇，不管是经济上的，还是精神上的。这也正如谢卓宜所说：

---

① 梅伟强、张国雄主编：《五邑华侨华人史》，广东高等教育出版社，2001，第40—41页。

第一代第二代的华侨出去赚钱，我们这里的说法是淘金，赚了钱回来又带人出去，一代一代这样出去。没有第一代华侨，今天家乡的建设也不会这么繁荣。

在谢敏驯家中聊完之后，老人颤颤巍巍带领笔者来到他们村的侨刊编辑部——伯棠图书馆，也是华侨捐建。谢敏驯2005年1月至2012年12月任《潭溪月报》副董事长，当然这是笔者近期查到的数据，当时无从知晓；2012年老人出示的《潭溪月报》，由于条件限制现在无法查阅，但其留给笔者的强烈的"阡陌交通，鸡犬相闻"印象，则一直存在。笔者随后在百度搜索《潭溪月报》，后进入"广东侨刊网"，发现该杂志收入其中。以2017年4月出版的复刊第106期为例，月报分为家乡新闻、乡亲往来、文化教育、海外讯息、文艺杂组等板块，消息的内容大则登载国际国内华侨华人新闻，小则记述村中邻里家常，其新闻标题更富于人情味，这里摘抄几条：

瑞钧叔伉俪回国观光
伟杰叔男孙满月宴
潭溪幼儿园元旦文艺汇演
均达夫人寿星婆魂游天国
……

《潭溪月报》的这种编撰方式，有个美好的名字：集体家书，事实上这也是广东各地侨刊乡讯的基本模式。仅仅通过其目录页，读者便能了解近几个月来村中发生的大小事宜，其关涉的无非是村民生老病死、升学工作等生活内容，但却以最直接明了的方式，勾勒了村里的每一寸变化，让远在海外的乡亲知道，哪里修校场了，哪位同辈又"过去"了。

点击广东侨刊网主页，出来的广告词是："全球华人精神家园"，提法稍带夸张高调，但互联网数字化传播方式的前进，不亚于当年印刷术的兴起，也进一步落实了"集体家书"的意义：由侨乡本土民间创办，向海外的侨胞传递家乡信息。五邑地区最早的侨刊是创办于1909年的《新宁杂志》，县级刊物（新宁县即今天的台山市），级别与办刊水平较高。《潭溪月报》则创办于1927年，由潭溪的谢族①创办，规模较小，后因战乱、经费短缺、人员离散等原因，经历了四次停刊、复刊。最后一次复刊是1981年6月，由谢锦焕、谢敏驯等十多位热心村民主持，至今坚持每年出版三期，每期2000多册。②

侨民在海外，多以血缘、地缘、业缘等作为聚居的纽带，通过这样一份集体家书，他们能够获得关注家乡的渠道，摄影与印刷技术的发展，亦使侨刊能更好地反映家乡面貌，尤其对当年从这里走出去的年迈华侨来说，侨刊提供的更多是一种对故乡的想象与期待。因此，借用安德森"想象的共同体"理论，我们可以说"集体家书"提供了一份"故乡共同体"的想象：海外侨胞和本土居民，都需要这样一种集体认同感。这是

---

① 在开平各姓人口中，谢姓多集中于塘口的潭边园及苍城墟西门，见《开平县志》（上），中华书局，2002，第230页。其中潭边园包括潭溪、北义、南屏、以敬等自然村落。

② 见广东侨刊网，网址：http://www.gdqiaokan.com/press/56.html。

华侨愿意捐资维持侨刊的原因,如《潭溪月报》原董事、旅美华侨谢祝珊96岁高龄去世,仍交代遗愿,给月报捐款一百美金;①其他像捐款给宝树中学、潭溪小学设立教育基金,为村里修乡道、建立养老院等行为,基本上不改他们的华工先祖当年不惜以生命作为赌注出国,所抱有的改变自身与家乡亲人命运的初衷。

## 三、故事定型与记忆流失

在"故乡共同体"的召唤下,每个村关于自己先祖出洋的故事慢慢成形,在参照原有历史记载的条件下,村中年纪大的老人,能够一遍遍地讲述他所知道的故事,所讲与后人史书所得相差不多,而对于华侨后代来说,所隔辈数越多,对其先祖的记忆也渐渐走向程式化。这种现象的出现,或许因为个体经验与心路历程之不可复制,也或许因为"看来似简单的故事,其实它的形态的复杂,正和传播的广远及历史的悠久成一个正比例"②。

### (一)后人谈什么?

新会区沙堆镇独联村是华侨大村,笔者按图索骥联系采访,找到最早应召契约华工到古巴谋生的林启为之曾孙沛霖。

---

① 《潭溪月报》复刊第106期,2017年4月,第79页。
② 钟敬文:《中国的天鹅处女型故事》,《钟敬文民间文艺学文选》,安徽教育出版社,2010,第272—273页。

该村是林姓，据记载，较早出洋的是村人林德利，19世纪50年代到美国，后回乡带亲人出去。该村林绍德，是当地有名的文人，因家境清贫，其子林启为、林启党与其他乡民到古巴谋生，这几人是独联村最早到古巴的契约华工。清朝光绪年间，林启为的儿子英朗、英睦及其他乡民接踵前往古巴。与其父辈不同的是，第二、三代华侨多在古巴做小生意。

采访时间：2012年6月28日

地点：新会区沙堆镇独联村村中

林沛霖：林启为曾孙

林沛霖谈话：听我父亲说，爷爷在外面主要是开油行杂货店，做洗衣馆。日间赚的钱就寄回来生活，夜晚赚的钱就留给自己生活。

林达天：原《独联侨刊》主编（92岁）

林达天谈话：清朝末年，民间很辛苦，耕田没收获，又遭受种种剥削，很难有饭吃。没办法了，听说古巴有条生路，那就去了，生死也不管了，第一批人到达古巴以后，大多数在糖厂做工。

林沛霖是林绍德的第五代，没有外出古巴。林绍德家在独联村太史第巷有三间祖屋，现今由沛霖看管，日久失修。年代最久的祖屋曾经住过五代祖孙，但时已部分坍塌。沛霖对先祖的出洋经历谈得不多，但在祖屋他指给笔者看，这里是当年的厨房，这边是灶台烧火，那边是门口摆桌子吃饭，而映入笔者眼帘的全部只有地基及其上的杂草青苔。笔者由此联想起曾在南京明孝陵看到过的"厨房",也是只有矮矮的地基,不过面积要大许多。帝王与平常百姓家一样,始终躲不过历史的唏嘘。正如林达天老人再一次谈到古巴糖寮的时候,以历史知情者的身份娓娓道来,但事实上老人终身并未出国。与林沛霖家衰败景象相对照的,是独联村公益事业的发展,基本仰仗侨资。而沟通海内外的桥梁,便是上面提到的集体家书。独联村1927年曾办《独洲月报》,后断续停刊、复刊。1988年旅美华侨林华万归国,捐资2000美元复办《独联侨刊》,林达天68岁出任主编。通过侨刊沟通海内外,侨汇由此不断寄来,截至江门日报2006年发稿,独联村共获得华侨捐赠人民币近3000万元。[1]

上文提到的潭溪谢敏驯家祖屋,同样有部分坍塌。梅伟强曾对台山端芬镇经济进行调查,并考证台山华侨历史,发现侨乡繁荣并不是生产力发展的结果,而是侨汇在发挥神奇的作用,并由此产生了专靠侨汇为生的"食汇者阶层"——即过着不劳而获生活的侨属阶层。[2]侨属是让人羡慕的身份,但不是所有侨属都能衣食无忧。谢维绍曾祖父生意蚀本客死他乡,林沛霖祖父在古巴经营小本生意,二位先祖都没有飞黄腾达,因此对于小的家庭来说,祖上的荫庇更多呈现为一种故事的分享(如果某位先祖发迹,其荫庇势力又必然不会局限在单个家庭内部,这亦是接下来讨论的问题)。实际上,故事注重情节,

---

[1] 见江门市外事侨务局,网址:http://www.jmwqj.gov.cn/newsShow.asp?dataID=12585。

[2] 梅伟强:《侨乡社会经济与文化发展的强大动力》,《五邑侨史》第17期,1996年10月,第59页。

记忆偏向感觉，当记忆开始随着时间流逝，或者当讲述人在诉说根本不属于他本人的出洋记忆时，这样的历史还原还不如沛霖至今保存的祖父英朗和祖母的炭笔肖像画真实可信。而对于整个大的家族或同姓村落而言，故乡共同体的建设则在故事之上增加了经济的有力支撑，八十年代后广东各地大量侨刊的复刊及坚持办刊正说明了这一点，侨乡需要这座桥梁。

### （二）如何维系宗族血缘社会？

在台山水步镇西歧村，有许多建设完好，但又长期丢空的洋楼，村民许健朴介绍，因为他们的主人当时不断获得"出世纸"，将自己的子孙带出国外。[1]

采访时间：2012年7月12日

地点：台山水步镇西歧村村中

许健朴：村民（75岁）

许健朴谈话：基本是拿自己的亲人出去，比如那个孩子是自己亲人，比较听话，就要他出去。口供簿，一个本子很大的，什么内容都有。姓甚名谁，哪条村的，第几巷，第几屋，父亲的名字，母亲的名字。不行就爆纸，退他们回去。比如松山村炳林，我有个亲戚带他去美国，（审问官）问他巷子多宽，明明是五尺宽，他答五寸宽，（考官）就说回去拾猪粪

---

[1] 1906年，一场地震引发的大火将旧金山官方移民档案烧毁。华人重新向美国移民局申报自己的孩子数量，领取"出生纸"，寄回国内。"出生纸"可买卖，20世纪上半叶，西歧村约有250多名许姓人由此改名换姓，以"纸面儿子"的身份进入美国。见《五邑华侨华人史》，广东高等教育出版社，2001，第244页。

吧。我爷有个朋友说,老许伯,我知道你有张出世纸,年龄很适合我儿子,可以就卖给我,要多少钱就给多少。我爷说,你反正都是给钱买,可以去买其他人的,我家还有很多穷子侄,一定要用这张纸带他们出去。

李佩琼:村民(89岁)

李佩琼谈话:锦顺就是他爸拿出去的,还有番牛(音译),番牛他爸有张纸。

虽然"出世纸"可以买卖,但一般都不会卖给不熟悉的人,将自己直系家庭、同姓宗族的利益放在首位,有利于保持华侨原生社会的稳定性;同时,具有血缘关系的族人聚居在国外陌生的环境中,亦有利于保护自身以及家业壮大,这一性质在客家人的围屋建筑中得到鲜明体现。费孝通用细胞分裂理论形象地说明了这个问题。"如果分出去的细胞能在荒地上开垦,另外繁殖成个村落,它和原来的乡村还是保持着血缘的联系,甚至用原来地名来称这新地方,那是说否定了空间的分离。"[1]上文提及的"集体家书",在海外以家乡地名命名的华人会馆,各宗族对于其姓氏与血缘的强调,无不是为了否定移民带来的空间分离,而营造一种以血缘为纽带的"故乡共同体"。这也正如卡西尔所说:"一个人的存在和生命如此紧密地与其名称联系着,只要这一名称保存下来,只要还有人提及它,人们就会觉得该名称的负载者仍旧在场,还在直接地活动

---

[1] 费孝通:《乡土中国》,上海人民出版社,2007,第67页。

着。"①中国传统乡土社会重乡重土,"血缘和地缘的合一是社区的原始状态"②,当这种状态被打破的时候,华侨必须面对的是新的社区的建设。事实上,加进了业缘因素的唐人街等新的社区,已经无法再达到他们古老的中国乡下那种纯粹的谐和状态。不同的人种因素进一步阻碍了华人融入白人世界,要攻破陌生地缘这一堡垒,只能依靠血缘的凝聚力。19世纪90年代的"黄金德事件",起因便是生于旧金山的华人黄金德,17岁时奉父母之命回祖籍台山完婚,五年后重返美国时受到移民局阻拦。华人回乡完婚,再出去,等下一代出生,再回来带出去,使得外面的新社区重新获得血缘与地缘的协调,是华人延续后代的稳定方式之一。以新会沙堆独联村为例,通过携带亲儿及裙带亲戚出国,在20世纪30年代,独联村旅古巴华侨达700人,后转移到委内瑞拉,主要聚居在马拉开波埠,被人称为"独联新村"。③而截至2012年,开平塘口潭溪村有村民766户,人口2235人,旅外华侨约2500人,分布在美、加、英、新加坡、泰国、越南等国家,及中国的港澳台地区。不少侨村符合类似这样的统计数据,即在外华侨与国内原住民的人数基本均等,甚至更多。

尽管台山水步西歧村的许多洋楼被空置,但与大多数华侨在外立稳脚跟后回乡带人出去不同,开平塘口镇自力村方卓辉一家,则是被祖父留在家中的代表。

---

① 恩斯特·卡西尔:《语言与神话》,于晓等译,生活·读书·新知三联书店,1988,第75页。
② 费孝通:《乡土中国》,上海人民出版社,2007,第66页。
③ 陈汉忠:《新会华侨出国史话》,《五邑侨史》第7期,1989年12月,第30页。

采访时间：2012年7月3日

地点：开平塘口镇自力村方卓辉家、安庐门口

方卓辉：安庐主人方广彰之孙

方卓辉谈话：他在餐馆打工，帮人做豆腐，很受欢迎的。他回来，就传授一种技术给你，就像棉衣保暖一样，你以后不管在哪里生存，都有一门副业是做豆腐，在外面也好，在家也好，都有一门技术。

方卓辉的爷爷方广彰，是旅居英属斐济岛华侨。1874年10月10日英国在斐济正式建立殖民统治后，大力发展甘蔗种植园和制糖工业，19世纪80年代开始招收有经验的福建、广东农业工人，至1922年斐济群岛共有中国人3000人。[1]方广彰的父亲方文厚早年到斐济谋生，到方广彰一代，则开始在餐馆打工，方广彰擅长做豆腐。1922年，其大伯方文璇建居安楼，方文厚闻讯，让儿子寄了1000港元回乡，委托伯父找人修建，1926年建成，名安庐。两座碉楼挨在一起，表示文厚、文璇两兄弟亲密无间，碉楼的名字也体现出华侨寄寓乡间居者平安的愿望。从"保卫小家园"的角度考虑，方广彰并没有带儿孙出去，而是回来传授自己做豆腐的手艺，后来由儿子再传给孙子，一家三代以此营生。方卓辉向笔者展示家中传下来的古老石磨和大缸，虽然不再使用，但一直放在墙角。当然这只是以方广彰直系家族为例进行的讨论，方氏大家族在斐济，依然

---

[1] 陈翰生编：《华工出国史料汇编》（第八、九、十辑），中华书局，1984，第53—55页。

保持着稳定的族群生态，扩大到方姓，则更不在话下。

## 四、金山的"馈赠"与乡土秩序重组

开平塘口镇庙边村李金，人如其名，用今天后设的眼光来看，她身上集满金山的"馈赠"。

采访时间：2012年7月3日
地点：开平塘口镇庙边村李金家
李金：侨眷（97岁）
李金谈话：这是我爸，去了美国，现在已经不在了，我都已经90多岁了。那时建房买田，什么都带回来。花旗参，什么都带有，金器首饰什么都有。那是父亲，这是母亲。那个时候别人画的，画了之后挂在那里，但是烂了，我就叫我的孙子去三埠照着画，做纪念，这是母亲。
方焕赞：李金儿子
方焕赞谈话：我爷爷在金山赚了钱，拿了金山箱，当时都感到有点荣耀。金山箱又牢固，又结实。从美国那么远回来，和中国木制的还是有差别，感到很特别，也有点羡慕。

李金97岁，双耳微聋，对许多事情的记忆模糊，说话不太清楚，但反复提到当年金山归来的父亲，情绪激动。李金是名副其实的"金山女"，父亲是美国华侨，她后来嫁给"金山少"，公公是加拿大华侨。李金居住的地方是她夫家的碉楼，而她一辈子没有离开过这里。一楼正厅墙上，依次挂着她公公、婆婆、祖母半身照，其父亲的全身照则镶嵌在一个独立的铜质相框中，可以时时拿在手上看。介绍完客厅里的先祖后，李金又迈着蹒跚的步子引领笔者走到一楼侧室，从一个黝黑的老柜子里拿出一张卷起来的老妇人画像，画像色彩艳丽，明显经过后期加工。像上的老妇人正是她母亲，所谓的"金山婆"，身着绣花裙褂，看上去慈祥、贵气。当时开平人视美、加为金山，华侨更意味着财富，"金山婆""金山少""金山女"，是令人羡慕的身份。而李金，亦终生沉浸在这种身份认同之中。方焕赞向笔者展示他家中收藏的金山箱，做工精良，箱子全皮料制作，箱身厚，四个边角嵌有铁皮，箱身有一排排铆钉，看上去非常牢固。

除了金山箱，碉楼是更为重要的财富与地位的象征。在华工出洋的冲击之下，传统的封闭型乡土社会秩序被打破，人口一下朝海外流动，但"故乡"作为一个空间概念，必须在现实中找到对等的物质载体，只有家中有屋有田，才能称得上"故乡"。碉楼的出现，正是这种传统思想与祸患连年的现实之结合品，对于那些气势恢宏的私人洋楼来说，它们的展示作用不亚于实际的居住、防御功能。据民国《开平县志》记载：当美国人准备建造帝国大厦的时候，在那里打工的华工却带着血汗钱返回家乡，让防匪防洪的欧洲古堡在南粤大地上复兴。1921—1926年，6年间开平诞生了608座碉楼。[1]

李金获得了当年人们期冀的一切：（童谣）喜鹊喜，贺新

---

[1] 转引自中共开平市委宣传部编：《世界遗产》，南方日报出版社，2013，第20页。

年/爹爹去金山赚钱/赚得金银成万两/返来起屋兼买田。金山给她的"馈赠"是稳定的生活,安全的保障,财富与地位。地位从字面上来看指一个人在其所处社会及人际网络中的位置,但不同的位置代表不同的阶层,地位由此也被赋予了社会价值。李金是侨眷,居住在碉楼,当年衣食无忧,她本人以及她的生活模式,和钢筋水泥铸造的碉楼一样,具有无懈可击的文化意义,打个不恰当的比方,有些类似能矗立很久的贞节牌坊。时人更多艳羡"金山女"优越的生活,因此童谣又唱:有女莫嫁耕田人,满脚牛屎满头尘。有女要嫁金山客,掉转船头百算百。但实际上像台山广海夹水村凌氏老太所说"别人叫我做'金山二',怎知守了一世生寡。倒不如夫妻厮守,男耕女织,一家团聚胜得多"①,这样的苦楚或许只有当事人才能体味。李金在谈话中一直没有提到她的丈夫。

  在当事人与当事人后代的共同讲述中,在金山箱、碉楼等财富象征的辅助佐证下,五邑华工出国打拼的故事慢慢形成一套稳定的模式,尤其是对"猪仔华工"非人遭遇的强调,使得在广东的许多地区,"卖猪仔"成为华工出国的代称。侨乡后人共同分享先祖的遗产,不管是经济上的,还是精神上的。华工出国瓦解了传统乡土社会的封闭性,但没有抛弃乡村礼治传统,华侨在外无法回避"生于斯、长于斯"的信念,于是大多在力所能及的范围内为自己的亲属提供有效帮助,以延绵宗族血脉。建立超越海外、国内之距离障碍的"故乡共同体",是

---

① 寒梅:《一页古巴华工史——凌氏老太访问记》,《五邑侨史》第7期,1989年12月,第33页。

他们的发明,也是世界上各个移民社会共有的做法。这是我们今天重新审视华工贡献、探讨他们留下的精神遗产应该注意到的地方,碉楼作为最显现的存在,不仅仅代表资本。"故乡共同体"带来新的社会分工和社会合作,"华侨出钱、村民出力"成为建设家乡的稳定模式,这种做法在碉楼出现之初已经形成,今天依然存在于侨乡的各项公益事业中。

## 五、结语

本文结尾仍然借助碉楼。台山四九镇五十墟福临村的福临碉楼,是众人楼,由村人共同出资兴建,共同使用。众人楼远没有私人居楼豪华舒适,但其提供的集体认同,恰是故乡共同体的精神所在。福临碉楼是目前五邑地区最高的碉楼。

采访时间:2012年7月26日
地点:台山人民医院四九分院
邝转笑:福临村居民(90岁)
邝转笑谈话:避土匪去碉楼住,怕土匪抓去。被抓去比住医院更惨,抓去山上杀头。抓过别人没有抓过我,抓了我的长婆婆(音译),同她的女佣,长婆婆就被人杀了,女佣自己走了。女佣跳下水潭,水就将衣服冲走,没衣没裤,顺水流下被村民救回,被入山砍柴的村民救回。第二日,入山村民听到有人叫救命,村民以为有鬼,女佣同他们讲,我不是鬼,是人,村民就救她回去,问她哪里人,送她回家。她的二叔公对送她回家的人每人送一块香皂，一斤猪肉，每人20元美金，村民好多谢。经常有土匪好惊，去碉楼避。一天黑就要去，不敢回家。一天黑土匪就来，土匪一般躲在田洞里，在山里来。怕土匪，所以入碉楼住。自己拿个桶去大小便，拿个桶方便，天亮下来再带走。我住在长婆婆的房间，3楼东边，同长婆婆保管那间房。一村人都去碉楼住。同家里几个大人，几个小孩。走不动的人也去碉楼。我那个房间有三个小孩和我，还有叔婆的女儿，在床尾铺一张草席，睡在地上，床给小孩子睡。那张床是长婆婆的。全村100多人。男人在上面九楼，拿着枪炮，等贼人来。那贼人说："生鸡厚（音译），你不怕死吗？"厚叔仔说。如果去田做工回来太夜，来不及吃饭，就装着饭菜去碉楼吃。1946（住到）1948年。早上起床出田做工，天差不多黑就回碉楼，小孩吃饭大人才吃，拿葫芦瓜壳装水去喝。有小小怕，只不过入来就不怕，如果被土匪劫都没办法，有间楼这么大还被劫没办法。比在家好。以前南光（音译）都拿桶去碉楼避，未修碉楼有村民被土匪抓去，建好就没有这个发生，就是刚才那个长婆婆，之后就没有抓过人。

采访时间：2012年7月26日

地点：台山四九镇福临村村委会

伍柱荣：福临村村长

伍柱荣谈话：碉楼是外面的华侨捐了钱，在加拿大请了一个设计师设计的，材料是红毛泥和钢铁，在香港买好，用船运回来。运回来以后找做建筑的乡民建造。那里又高房间又多，小时候经常在那里捉迷藏，跑上跑下。以前那样的旧时代，都能够修起一座碉楼，用来防御土匪，体现了我们村海内外齐心协力。

正如邝转笑所说，福临碉楼的兴建是因为村中侨眷长婆婆被土匪抓走并撕票，为保障村民安全，由华侨捐资，村民集资所建。福临碉楼是典型的众人楼，最多曾容纳300多村民。碉楼2—8层共有28个房间，每户一房。笔者根据邝转笑指引，来到她当年住过的房间，与其他各房相似，该房间约6平方米，内有一床，外墙有一扇可封闭的铁窗和一个长方形枪眼，内墙有钩子可挂马灯。碉楼9楼有一圈围廊，四面皆有枪眼，方便八方防御。10层建有凉亭，一旦出现匪情，便燃起烽火。福临碉楼的产权由村民共同拥有，碉楼的钥匙，则由村里德高望重的老人掌管。由于福临碉楼地势较高，因此能看清附近北峰山、虎头山和各个村落的情况，视野开阔。解放之后村民不再集体躲避土匪，60年代碉楼曾作为水库工人宿舍使用，后来则慢慢荒废，成为村民储放粮草的仓库和村中孩子的游乐园。福临碉楼在2012年时仍处于关闭状态，没有对外开放。虽然不及私人碉楼奢华，但它承载着几代人的集体记忆，也是一个时代的特殊记录者。而从更加形而上的角度来看，在广东南部沿海的低丘、平原地带，广袤的田野上矗立着一座座碉楼，其视觉冲击是相当强烈的，在它们的下面，有一个个仍然在田里劳作的乡人，和许多荒败的华侨祖屋。这样一个宁静的场景，容易让人想起法国作家米勒笔下的油画《拾穗者》。在现代化的进程中碉楼穿刺长空，华工出国改变了他们古老村庄的历史走向，使之变成侨乡；今天侨乡正以新的社会秩序运行，华侨与他们的同乡已经完成了经济资本和文化资本的重新分配，但大家心中的土地依然还在。

# 何为"乡愁":论《珠江文港》《珠江文海》的研究视野*

"华侨文学"和"华侨文化"近年来不断受到关注,像2009年由中央宣传部、中国作家协会批准的"中山杯"华侨文学奖,是新中国成立以来全球首个华侨文学奖;[①]在学术研究领域,各大高校纷纷成立华侨文学研究工作室,并举办国际高端论坛;近年来各地展开的对于地域文化与文学创作、文学研究之间关系的探讨,也为华人文学研究提供了又一个切入点。广东省珠江文化研究会主持的《珠江—南海文化书系》工程近已基本完成,该书系以"记住乡愁"作为主线索,目的是"展现和证实珠江文派的存在及其来龙去脉,又进而探求和展现珠江文化在广东文学中的内蕴、根基及其向海外的扩散和影响"[①]。该书系纵向梳理一百年来广东新文学经典作家作品,包括诗歌、散文、小说及评论,横向讨论粤籍海外华文作家作品,寻找在外游子的文化之根。后一个方向努力的结果是《珠江文港》(以下简称《文港》)、《珠江文海》(以下简

---

\* 本文提交"珠江文派、珠江学派与珠江文明论坛",2018年8月。
① 聂传清:《"华侨文化热"悄然升温》,《人民日报海外版》2012年5月7日,第8版。
② 黄伟宗:《建造珠江文明新高地的立体文化工程》,黄伟宗,李俏梅编著:《珠江文典》,广东旅游出版社,2017,第12—13页。

称《文海》）二书，《文港》选析香港、澳门代表作家作品，《文海》的对象则是海外粤籍华人华侨。本文将回顾世界华文文学研究中的热点问题，并以此观照《文港》《文海》研究视野，讨论它在华文文学研究序链中的存在价值及不足。

## 一、研究背景之梳理："世界华文文学"与"华语语系文学"

中国大陆对世界华文文学的研究大概始于20世纪70年代末80年代初，从最开始的"港台文学"到"港台澳暨海外华文文学"，再到"世界华文文学"，学科名称的每一次改变都关乎学界观念的更新和研究视野的调整。就"世界华文文学"的内容与范围来考察，目前学界有多种不同的意见，主要围绕其与中国大陆文学、台港澳文学、海外华文文学之间的包含与被包含关系进行；中国大陆文学是否纳入"世界华文文学"的范畴是论争的重点之一，如何界定同时兼具多种身份的游走作家如早年的白先勇、聂华苓，以及改革开放后的"新移民作家"，也是无法单从国籍、地域来讨论的问题。之所以从"海外华文文学"酝酿到"世界华文文学"，缘于学界对于中国中心视角的反思，也由于不少海外华文作家的反感；长期将"海外华文文学"与"大陆文学""台港澳文学"相区分，也不利于中华文化认同和民族认同。"世界华文文学"的提法最早出现在20世纪80年代中期，理论上来讲它包括两个板块：中国文学和海外华文文学。其中，中国文学包括大陆文学和台港澳文学，海外华文文学包括东南亚、北美、欧洲、澳大利亚、日本、泰国等地华文文学。

就"世界华文文学"的语言书写来看,目前学界基本达成共识,认为该命名是一个语种上的概念,既与"世界华人文学"有所区别,也与歌德笔下的"世界文学"不一样,90年代老一辈学人对它的定性基本上奠定了后来该研究的发展方向:"它是一门考察语种文学的学科,是一门探讨民族文学、研究文学关系的学科。"①"世界华文文学"认同"华文"(汉语)写作,学界基本对此不存在异议,但该表述的复杂性又在于"华文"的具体指称并不明确,不少汉人的第一母语并不是我们今天中文书面语所使用的普通话,汉语方言在海外华人中有广泛的使用群体,如影响甚大的粤语一支。

在三十多年来的海外华文文学研究的发展过程中,学界从当初更多倾向考虑海外文化语境,到后来趋向"共享""多元""互动""兼容",在"世界华文文学"的研究框架中,该学科的内涵及研究范围均得到扩展。刘俊在综合各家理论的基础上提出了"文学共同体"的想法,认为"世界华文文学"是指:"以中文/华文为书写载体和创作媒介,在承认世界华文文学的历史源头来自中国文学,同时也充分尊重遍布在世界各地的中文/华文文学各自在地特殊性的前提下,统合中国(含台港澳地区)之内和中国之外的所有用中文/华文创作的文学,所形成的一种跨区域跨文化且复合互渗的文学共同

---

① 古远清:《中国15年来世界华文文学研究的走向》,《南方文坛》1996年第6期。

体。"①在这个高度概括的"共同体"中,刘俊着重解构概念自身所具有的中国中心主义,除了强调文化的无边界性与渗透性,他认为华文文学的出现以"克隆"中国文学的"侨民文学"始,而后吸收了在地文化传统,是完全由接受者本人的内在需要自主选择的结果,不存在语言(汉语)的殖民扩张以及宗主国的外权压迫。②

刘俊观点针对的是史书美"华语语系文学"理论中对"中国性"和"离散中国人"研究的解构。史书美在其著作《视觉与认同:跨太平洋华语语系表述·呈现》一书中,将"华语语系文学"指称为"在中国之外以及处于中国边缘、在数百年的历史中被不断改变并将中国大陆文化在地化的文化生产网络"③,而"离散中国人"这一国内长期使用的表述,其本土性倾向对于海外"华文文学"体现出殖民意味。史书美认为:"这不仅是因为它与中国的民族主义之间存在共谋关系——民族主义者习惯用'海外中国人',而'海外中国人'这一提法假定这些人渴望回到作为祖国的中国,而且他们的最终目的也是服务中国——同时也由于它不知不觉地与西方和非西方(如美国和马来西亚)国家对'中国性'的种族主义建构

---

① 刘俊:《世界华文文学:跨区域跨文化存在的文学共同体》,胡德才策划:《世界华文文学研究年鉴2014》,武汉大学出版社,2016,第17页。
② 刘俊:《世界华文文学:跨区域跨文化存在的文学共同体》,胡德才策划:《世界华文文学研究年鉴2014》,武汉大学出版社,2016,第21—22页。
③ SHU-MEI SHIH, Visuality and identity: Sino-phone articulations across the Pacific, (Berkeley & Los Angeles: University of Califonia Press, 2007), p.4. 转引自李杨:《"华语语系"与"想象的共同体":解构视域中的"中国"认同》,《华文文学》2016年第5期。

联系在一起，且起着强化作用——在这些国家，'中国性'永远被看作是外国的（所谓'离散的'），而不具备真正本土的资格。"①同是出于对"离散性"的解构，"华语语系文学"的热情支持者王德威则将此概念（Sinophone）大化为"华夏的声音"，他看到了"在地文学和宗主国之间的语言/权利关系"，但他坚持认为，"海外华语文学的出现，与其说是宗主国强大势力的介入，不如说是在地居民有意无意地赓续了华侨文化传承的观念，延伸以华语文学符号的创作形式"。王德威在多处提到"花果飘零，灵根自植"，重点在"自植"，而如何"自植"，则由作家主体来进行多元阐释。②

史书美指出"世界华文文学"这个概念本身"华而不实"，这一点国内的学者是默认的。虽然李杨认为史书美某些说法带有从后学角度炮轰中国性的嫌疑，但提到国内的实际研究情况时，他又不得不承认"'华语语系'的价值取向并非如同我们所批评的那么简单"，因为，"当我们义愤填膺于'华语语系''竟然'将中国大陆文学'排斥'在外的时候，我们常常忘记被中国大陆学科体制普遍认可的二级学科方向'华文文学'或'世界华文文学'指的其实就是'除中国大陆文学之外的华语文学'。"③

古远清曾举过一个例子，1992年中国台湾成立了一个来自

---

① 史书美：《反离散：华语语系作为文化生产的场域》，赵娟译，《华文文学》2011年第6期。
② 王德威：《华语语系文学：花果飘零　灵根自植》，《文艺报》2015年7月24日，第3版。
③ 李杨：《"华语语系"与"想象的共同体"：解构视域中的"中国"认同》，《华文文学》2016年第5期。

全球七大洲共57个国家参加的"世界华文作家协会",但这个协会"政治大于艺术",并且没有邀请任何中国大陆团体或个人参加。而中国的世界华文文学研究,也没有将大陆文学纳入自己的研究范围,因为"大陆文学与台港澳暨海外华文文学性质不同,也不方便放在一起研究。事实上,中国世界华文文学学会已默认了这一观点"。①

黄万华曾对"海外华文文学"的出现与发展做过整体性分析:

> 它的提出,与"大中国文学观""文化中国"等观念的倡导有密切关联,与中国现当代文学研究的关系密切也就不言而喻,而海外华文文学强调的多重的、流动的文学史观对中国现当代文学也产生了影响;由于其"跨文化性"和"世界性",也被比较文学学科关注,甚至已成为中国的比较文学研究的一个重要分支;同时它本身包含的"离散性""本土异质性""中心与边缘""国家认同和文化认同""民族与世界""东方与西方""现代与传统""本土与外来""身份"批评等课题也为文艺学所关注。②

在黄万华概括的海外华文文学的一系列特征中,包括许多新世纪以后学术论文中出现频率极高的词语,如"文化

---

① 古远清:《21世纪华文文学研究的前沿理论问题》,中国世界华文文学学会编:《直挂云帆济沧海——世界华文文学研究三十年论文集》,中国文史出版社,2012,第272页。
② 黄万华:《百年海外华文文学的整体性研究》,《山西大学学报(哲学社会科学版)》2012年第3期。

中国""世界性""离散性""中心与边缘""东方与西方""身份"……在这些耳熟能详的词语背后,实际上贯穿着两套建构逻辑:一是该学科的研究受到外在意识形态环境变化的影响,如20世纪90年代国际"冷战"局面的瓦解、香港澳门回归祖国、21世纪以后世界多元格局的形成等。近年来国内召开的华文文学高端会议之选题,则倾向于与国家的社会远景目标相契合。如2008年10月召开的"第十五届世界华文文学国际学术研讨会",主题为"和而不同",适应了当时国家推行"文化软实力"决策,以及奥运会召开之后在全球范围内"中国热""汉语热"的文化潮流。①2014年4月召开的"首届世界华文文学大会暨第十八届华文文学学术研讨会筹备会"的主题,则是"华文文学与中国梦书写"。②2016年11月举行的第二届世界华文文学大会则以"中华情、民族梦"为主旋律。③2017年10月召开的"含英咀华:世界华文文学的理论探讨与创作实践"国际学术研讨会暨"'一带一路'与世界华文文学"杭州峰会,主要强调"跨界"与"互动"。该会议认为,"互动、兼容、跨界历来是世界华文文学学科重要的关键词,在'一带一路'共商、共享、共建的建设原则启示下,世界华文文学文科期望借此新契机,打开新局面。'一带一路'的提出是对建立人类命运共同体迫切呼唤的回应,在精神本质

---

① 陈玉珊:《世界华文文学的学术前沿——第十五届世界华文文学国际学术研讨会综述》,《华文文学》2008年第6期。
② 池雷鸣、朱云霞:《华文文学与中国梦书写学术研讨会和首届世界华文文学大会暨第十八届华文文学学术研讨会筹备会综述》,《世界华文文学论坛》2014年第2期。
③ 黄汉平:《寻华文根 筑民族梦——第二届世界华文文学大会综述》,《暨南学报(哲学社会科学版)》2017年第4期。

上世界华文文学的发展诉求和'一带一路'的建设诉求是一致的。廓清'一带一路'与世界华文文学的关系，深化细化学科学理研究，结合作家创作实践，嵌连海内外华文文学研究成果，推动学科在'一带一路'的绿荫中更上一层楼已是势之所趋。"[1]该综述的表达语气已经与文学研究相去甚远。

二是"世界华文文学"作为一个二级学科，仍然离不开整个学科建制的影响。从现当代文学学科建构的角度来谈，中国大陆的海外华文文学研究，实际上延续着八九十年代以来学界对于"五四"传统的重拾、对于文学"现代性"的阐释，以及对于西方后现代文学理论的借鉴，如解构主义、后殖民主义、女性主义等。王润华在很早之前便提出应从"双重传统""多元文化中心"的角度来理解世界华文文学[2]，但是，在学界反思"海外华文文学"这一学科称谓的大陆视角之时，"世界华文文学"的提出以及故乡"共同体"的发掘，往往不小心陷入民族主义的窠臼；而不断强调海外华人作家及其作品中蕴含的"离散性"及"本土异质性"，则容易造成对中国传统以及"乡愁"的过度阐释。

## 二、《文港》《文海》提供的研究视野

在梳理完大陆与海外重要的两个研究方向："世界华文

---

[1] 李朦：《世界华文文学研究的新视域——"含英咀华：世界华文文学的理论探讨与创作实践"国际学术研讨会综述》，《学术评论》2018年第2期。

[2] 王润华：《论世界华文文学之形成——从中国文学传统到海外本土文学传统》，《学术研究》1991年第5期。

学"与"华语语系文学"的基本理论视野之后,回顾《文港》《文海》两部书稿会发现它们的成稿并没有脱离上述框架,他们的编选者不自觉使用的是大陆研究视角,但同时也涉及对"华语语系"系统的借用,如《文港》编者对于"吾心安处是故乡"的乡愁新解,以及《文海》绪论中对于粤方言的分析,都有较为独到之处。就总的指导思想来看,《珠江——南海文化书系》是"文化中国"的一部分,海上丝绸之路的研究与开发,南海历史的重新考察,为"珠江文化"和广义的"南海文化"提供了学术佐证,该书系的编撰亦与"一带一路"的战略精神相契合。其次,南海历史上云集众多文化名人,若从地域文学对文人创作影响的角度来看,也可将珠江一带视为"故乡"。因此,"望得见山,看得见水,记得住乡愁"这一全国城镇化进程中的号召,"成为发现和倡导珠江文派的重要途径"①。

《文港》的绪论,亦是从这个角度谈起。在《流动的乡愁》里,卢建红从集体无意识的角度谈到了"故乡"与"还乡",他认为在"现代"社会当中,"乡愁"成为人们主动离乡的产物。乡愁的产生源于人们对于新的生活方式与充裕物质的追求,这种追求本身是工业社会发展的结果,也意味着人们与"家"根源上的断裂。因此,现代乡愁"不再仅仅意味着'向后看'式的怀旧,不再止于衣锦还乡和叶落归根式的愿望表达,而成为现代个体和集体通过书写建构自我与家园的话语实践"②。在卢建红构建的现代"珠江乡愁"中,情感的

---

① 黄伟宗:《建造珠江文明新高地的立体文化工程》,龙扬志主编:《珠江文港》,广东旅游出版社,2018,第12页。
② 卢建红:《流动的乡愁》,龙扬志主编:《珠江文港》,广东旅游出版社,2018,第2页。

流动性、世俗生活的神圣性、表达角度的非中心性,都展现出一种新的凝聚力,这种凝聚力成功地建构了"故乡",创造了"家园/中国"[①]。王列耀认为,这种对于文学空间的认知,打破了长期主宰学界思维的"20世纪中国文学"框架,因为对于百年中国文学史的书写来说,"空间的中国"是一个新的认知体系,而在这个体系的建构中,"'华侨华人文学'将为此提供一个不可或缺的文学史视角,在'文化中国'的全球化场域中,将有效沟通本土与海外"。[②]就对象的选取来看,《文港》《文海》两书覆盖面较广,基本上遵循了"港澳华文文学+亚、美、澳、欧华文文学"模式,但该书系没有选入台湾文学代表作家作品。其中香港作家与亚洲作家所占的比重较大,而目前影响较小的澳大利亚华人文学也有提到。就作家对于文学创作中的空间感悟来谈,早年曾出国留学的粤籍作家,都在作品中表达过中西文化带给自己的冲突,如李金发的诗歌、林风眠的画作,以及梁宗岱的译诗。这种文化的碰撞带给作家们的影响是深刻的,不管是当时的生活体验,还是精神心理的冲击,都对其后面的人生产生深远的影响,李金发晚年经营养鸡场、梁宗岱晚年炼制中草药油,是最生动的案例。这里回荡的就是"域外"与"中国"之间的声音,尽管它们不再以文学的形式表达出来。

在两书选取的粤籍华人作家作品中,"旅行"是一个重要

---

① 卢建红:《流动的乡愁》,龙扬志主编:《珠江文港》,广东旅游出版社,2018,第8页。
② 王列耀、池雷鸣:《华侨华人与百年中国文学及海外传播》,《福建论坛(人文社会科学版)》2017年第11期。

的切入角度。这里有现实中的旅行：如陶然的散文，足迹遍布世界，写感悟，写哲思；张奥列的游记，既有历史知识与个人经历的支撑，也写到了中西对比。《爱恨唐人街》从自己初到澳大利亚的切身体验写起，再将唐人街的地理方位、建筑、社团、饮食、活动，甚至路牌一一道来，作者不单纯宣扬中国文化，也认知到唐人街作为中华文化图腾的意义所在，他的文笔横亘东西文化，亦游走在历史长河之中。也有难忘的记忆。刘以鬯70多岁时写的回忆文章《寒风吹在脸上如刀割》，文笔节制，但细节紧扣人心，情绪一直在压抑中平稳发展，只是在最后结尾高潮处，半个世纪以前《酒徒》的画风一下回来了：叠加的影像、难忘的生活、战争的混乱、永别的挥手，文思如泪涌。在这些作家的笔下，人生体验与家国情怀的双重叠加，带给个体的感悟可能不同，但他们所承继的中国文化传统资源，却是不变的，所谓"灵根自植"；而"域外"与"中国"，也正如王德威所说，既是地理空间的坐标，更是政治的实体和文学想象的界域。① 文学地理学不是一个全新视域，将虚构的文学空间介入实际历史情境的做法，早在黄遵宪的海外诗歌和郁达夫的南洋论述中有明显体现，而苏曼殊写作中不自觉的日本经验与洪灵菲小说中自觉的暹罗逃亡描写，则是对于"中国"与"身份"的思考，当然前者更为犹豫，而后者更为狂热。"王德威指出：'华语语系文学与以往海外华侨文学、华文文学最不同之处，就在于反对寻根、归根这样的单向的运动轨道'"②，若

---

① 王德威：《文学地理与国族想象：台湾的鲁迅，南洋的张爱玲》，《扬子江评论》2013年第3期。
② 转引自李杨：《"华语语系"与"想象的共同体"：解构视域中的"中国"认同》，《华文文学》2016年第5期。

从这个角度来理解乡愁，上述的陶然、刘以鬯、张奥列与黄遵宪等老前辈相比，尽管最后的定居地不一样，但在"旅行"途中收获的心绪意志是一样的，这样一种乡愁不是愁绪，而是存在于如卢建红所说的"正在进行的过程"①中的情绪，这种情绪既含有"我是谁"的追问，也含有"中国在哪里"的想象。既然如此，又何必再执着故乡在哪里？

而在海外拥有庞大使用群体的粤语方言，也成为两部书稿编者关注的对象。"世界上讲广东话的人数在1958年就有4300万，占世界总人口的1.5%；1992年有6500万，占世界总人口的1.1%，这一数量和比例表明粤语是汉语中第一大方言。"②龙扬志认为，"从语言角度切入海外华人族裔文学的身份认同问题，无疑具有重建学理空间和现实关怀的重要意义"，语言作为一种"想象共同体"，对离乡游子有强大吸引力，而其中方言起着重要的作用，因为它关乎祖先的血缘关系与族群记忆。龙扬志举新马华文学为例，他关注近百年来世界华人文学的现代性与本土性之冲突，他认为尤其是移民作家的作品，体现了一种强烈的身份重塑的过程，李永平、潘雨桐、林月云、黎紫书等人，均经历过异乡现实与原乡记忆之间的磨合与升华，最后完成落地生根的心理转换。③在龙扬志的论述中，他巧妙地通过"象征/寓言"这种精神指征，将大陆传统

---

① 卢建红：《流动的乡愁》，《珠江文港》，广东旅游出版社，2018，第8页。
② 萨缪尔·亨廷顿：《文明的冲突与世界秩序的重建》，周琪等译，新华出版社，1998，第50页。转引自龙扬志：《语言与身份——粤籍华人作家的方言书写及其文化意义》，《珠江文海》，广东旅游出版社，2018，第1页。
③ 龙扬志：《语言与身份——粤籍华人作家的方言书写及其文化意义》，《珠江文海》，广东旅游出版社，2018，第1—10页。

"离散"视角下的"中国中心主义"与史书美"反离散"语境中的多语言政治策略结合在一起,因为后者已经关注到粤籍作家尝试用广东话书面语来写作这一现象。龙扬志强调由语言建构的精神"原乡",同样借鉴了民族主义与后殖民理论,但与卢建红的看法不同的是,他认为华人作家有一个"从'西方'重新返回'东方'"[①]的过程,无论是像汤婷婷那样使用英语音译来摹写粤语歌谣,还是像刘荒田那样用戏谑的方式来写自己的域外体验,因为远离原乡,他们始终是局外人,最终只能通过文化记忆与本土生活,来获得自己的主体经验。刘荒田的《金山箱》,便仿佛是这种历史的信物。金山箱"目睹"旧金山华人当时的一切,而后跟着金山伯,从西方回到东方。留在原乡的村民对金山伯投来无数羡慕的目光,因为他们"衣锦还乡",村民眼中只有"金山箱",却永远不会注意祖父"被卤水腐蚀得指甲全缺了一半的手"[②]。

## 三、"乡愁"与"离散"之反思

在中国海外华文文学研究的众多关键词之中,依然选择"乡愁"与"离散"进行讨论,一方面在于"记得住乡愁"是《文港》《文海》的主要定位,另一方面也在于,在谈到这些

---

① 龙扬志:《语言与身份——粤籍华人作家的方言书写及其文化意义》,《珠江文海》,广东旅游出版社,2018,第13页。
② 刘荒田:《金山箱》,转引自龙扬志主编:《珠江文海》,广东旅游出版社,2018,第197页。

关键词的时候,学界往往没有关注到细节,而只是从它们的宏观意义上去建构"想象的共同体"。郜元宝在评论张奥列的散文时提到他对"多元文化"的理解,传达了相似的意思:"看奥列这组国内游记散文,一个最直观的印象是经过千百年融汇凝聚,固然造成了高度统一的中华文明,然而仔细观察,在高度统一的主流文明和流行文化表层之下仍然保留了不同地域和不同民族文化的差异性,这些差异性与主流文化并行不悖,由此造成立体多元的现代中华文明景观,远非一些西方的移民社会临时拼贴也因此麻烦不断的'多元文化'可比拟。"①

同样,新移民文学体现出来的"乡愁"也有新的发展趋向,比如由"又见棕榈"那种寻求身份认同的刻骨铭心,转向了现在的回看、怀旧、关注。中年北岛曾说"那时我们有梦,关于文学,关于爱情,关于穿越世界的旅行。如今我们深夜饮酒,杯子碰到一起,都是梦破碎的声音",但他编选《给孩子的诗》,也在国内出版发行,希望诗歌之光能更多照进后生孩子的心。就"记得住乡愁"的语境来看,如果着重"乡愁"之愁,将"乡"设置成故乡实体,便将这种人类普遍的情感具象化了,乡愁其实也可视作人们某种终身追求的东西。与国内许多研究者的看法一样,龙扬志也强调远离原乡的华人作家的"有国"与"失国"经历,就算是同处"大湾区"的港澳作家,也需要通过"本土特色"来实现"文化寻根"。②这里似

---

① 郜元宝:《张奥列作品简析》,转引自龙扬志主编:《珠江文海》,广东旅游出版社,2018,第239页。
② 龙扬志:《语言与身份——粤籍华人作家的方言书写及其文化意义》,《珠江文海》,广东旅游出版社,2018,第14—15页。

乎也存在理论预设，因为现代性所提供的孤独、虚无等表征必须回到工业社会背景，而华侨的去国离乡，除了外在力量的左右，也包含其个人的人生意愿。将方言作为身份认同的重要指归也容易走向理论的反面。在海外，无论是对于宗族的想象，还是方言的使用，都可视作一种文化策略，这种策略针对的正是失却本身，因此可能加速疏离。马华新生代作家黎紫书等人的作品较少原乡经验，"原乡"的慢慢消失，便反映了史书美所说的"离散有其终时"："当移民安顿下来，开始在地化，许多人在他们第二代或者第三代就会选择结束这种离散状态。对于移民前的所谓'祖国'的留恋通常反映了融入本土的困难，不管是自觉的还是不自觉的。"①

而在这个融入的过程中，海外华人作家使用的语言陌生化表达，到底是一种内心的真诚怀乡，还是一种纯粹的自我展示，研究者也确实无法给出定论。王德威在组织编撰世界–中国文学史时，曾提到一种方法："'诗史'的观念促使我们视特定文类作品，甚至是传奇虚构，为一种'历史经验里特殊的，信以为真的说法；或一种（主体）意识遭遇、诠释和回应世界的方法'。"②这种做法也出现在不少华人作家的作品中，它有利于表达历史感，也容易遮蔽个体的心理实感。比如来自广东台山的旅美作家伍可娉，使用家乡素材写出《金山伯的女人》，表达"金山婆"所面临的痛苦与不幸，但作者弱化

---

① 史书美：《反离散：华语语系作为文化生产的场域》，赵娟译，《华文文学》2011年第6期。
② 这个观点由宇文所安提出，转引自王德威：《"世界中"的中国文学》，《南方文坛》2017年第5期。

了碉楼等家产带来的家族荣耀及其巨大吸引力,在已经塑造定型的"真实可感的金山婆形象"后面,不是每个金山婆都如此触手可及。这里呈现的,其实是作家远距离创作、与学者远距离评论所带来的研究局限。

1955年万隆会议上中国政府宣布废除双重国籍,真正意义上的华人作家也同时宣告诞生,但他们回看原乡的"海外视角"则无关地域国籍,这一视角从他们离开中国的时候便已形成。同理,当中国的研究者望向海外时,第一感觉往往是自己的对象四处分散,因此不加选择使用"离散"理论,重复分析华人作家在海外的"痛苦"历程,而忽视了多国文化带给他们的不同层次的体验。用福柯的理论来看,这便是一种新的知识权利的确认,而且有意思的是,这是由中国学界与海外作家互动的结果。20世纪90年代以来海外作家获得了越来越多在中国大陆参与文学活动的机会,而在这些公开的活动当中,他们所拥有的本身便是不一样的"身份",因此也具有从不同角度谈论问题的资格。在2016年第二届世界华文文学大会上,来自美国、加拿大、捷克、中国台湾等国家与地区的作家到场,讨论华文文学经典化问题,关于如何讲好中国故事,如何讲好华人故事。经典问题在学科建制中有特殊意义,因为某种程度上它是文艺判断标准的风向标,它需要外在意识形态力量的助推。尽管国内"世界华文文学"研究一再强调"世界性""整体性""互动""跨界",但究其根源,"现有的经典和新生的故事,指向的都是源自同一血脉的文化传统"[1]。与会作家

---

[1] 黄汉平:《寻华文根 筑民族梦——第二届世界华文文学大会综述》,《暨南学报(哲学社会科学版)》2017年第4期。

洛夫代表海外华文作家"表白":"我们在哪里,中华文化就在哪里",但在这种类似的口号式呼喊背后,学界提出的关于政治、经济、文化、责任、命运"共同体"设想,多年来仍然停留在问题意识层面。在"世界华文文学"研究中,何为本土?何为中国?何为经典?也仍是至今未决,也不可能寻找到准确答案的循环提问。

写到这里的时候笔者想起广泛存在于广东五邑各地侨乡的"集体家书"。所谓的"集体家书"指的是侨刊,侨刊不是文学杂志,只是记载乡中事宜的册子,但定期出版,由各村镇自己筹办,每次印刷必分发寄往海外。侨民在海外,多以血缘、地缘、业缘等作为聚居的纽带,通过这样一份集体家书,他们能够获得关注家乡的渠道,摄影与印刷技术的发展亦使侨刊能更全面地反映家乡面貌,尤其对当年从这里走出去、已经年迈的华侨来说,侨刊提供的信息无疑代表着"故乡"。如2017年4月出版的开平市塘口镇潭溪村的《潭溪月报》复刊第106期的目录包括:"瑞钧叔伉俪回国观光""伟杰叔男孙满月宴""潭溪幼儿园元旦文艺汇演""均达夫人寿星婆魂游天国"等,仅通过翻阅目录,读者便能了解近几个月来村中发生的大小事宜。《潭溪月报》创办于1927年,中间经历多次停刊、复刊。卡西尔曾说:"一个人的存在和生命如此紧密地与其名称联系着,只要这一名称保存下来,只要还有人提及它,人们就会觉得该名称的负载者仍旧在场,还在直接地活动着"。①集体家书大概就是这样

---

① 恩斯特·卡西尔:《语言与神话》,于晓等译,生活·读书·新知三联书店,1988,第75页。

更加现实地以实物的形式联系着海内外，承接着原始的族群血缘与新地缘关系，而它就是"乡愁"的载体。

回头来看《文港》《文海》两书的编选，尽管它们从"记住乡愁"的主旋律出发，但没有离开中国文化中重乡重土的传统。它们有"家园"意识，也提供了粤籍海外作家所具有的特定的地域经验。两书没有着重突出经典，但它们选入的对象，又确实是现今在海外文坛较有影响力的作家。书稿每节设置引言，基本上只介绍该作家的写作特点和艺术风格，较少在文学史框架中给他们安排座次。两位编选者均看到了粤语作为"方言"语种所具有的重要性，因为对于很多海外华侨来说，粤语（甚至台山话）就是他们的"华语"，不是方言。以上这些都说明《文港》《文海》两书在编选过程中看到了粤籍港澳与海外作家所提供的世界性经验，他们其实已经融入"世界中"，而世界本是变化的历史，他们也是历史中的写作者。

奥威尔曾说，在五六岁的时候，他就知道自己应该成为一名作家；十几岁的时候，开始发现纯粹词汇的乐趣；长大后经历各种职业与战争，才体悟到写作中"政治的目的"。奥威尔也曾"去国"，在战争体验与信仰变化中，他最终发现写作中的"政治的目的"是不可避免的，它与党派性不一样，也可以与文学本性不产生冲突，"政治的目的"更多是指人们"渴望沿着某个方向推进这个世界"。[1]笔者认为，这种个人政治也

---

[1] 乔治·奥威尔：《我为什么写作》（代序），孙宜学译，《战时日记》，广西师范大学出版社，2003，第1—8页。

可视作乡愁之一种。所谓"乡愁"经过年月洗礼可以变得冷静节制,通过观看生活得到类似于本雅明心中珍藏的新天使,从而使自己学会越过边界,寻找新的生活状态。林毓生回顾当年博士论文选题的文章曾让笔者深深感动,除了已经进行多年的学术准备,他负笈千里到美国求学,仍对祖国怀有强烈的个人关怀,并最终在与老师的共鸣中找到了个人知性探索的出发点,开始专心探索中国近现代思想史与自由知识分子诸问题。①笔者认为,这是动人的乡愁。回到艺术世界,无国籍无姓名的海上钢琴师和卡尔维诺笔下选择永远活在树上的反人类男爵,他们所提供的精神之旅,足以让人反省自身。不管因为什么原因游走,不论身处何种环境,人总是首先要认识自己,而后再一一去审视自己所从属的各种身份。在这个过程中,乡愁便油然而生。《文港》《文海》两书也正因为给予所选对象的标签并不特别明确,因此具有开放性。

---

① 林毓生:《试图贯通于热烈与冷静之间——略述我的治学缘起》(代序),《热烈与冷静》,上海文艺出版社,1998,第1—24页。

# 后记

2014年我在中山大学新华学院任教，曾开设《广东作家作品选讲》课程，一个学期大概讨论了10位现代作家。当时的系主任张均教授跟我说，你可以反复推敲这些作家，五年后将讲课内容整理成一本书，这样也算一个交代。但我第二年离职攻读博士，这个课只上过一回，写书的事情也就不了了之。这几年曾将自己当时的部分感想写成论文，参加了相关会议与"粤派批评丛书""珠江文化丛书"的编写工作，因此时不时会关注一下广东现代作家。这本论文集便是这些经历与想法的集合。

论文集研究的对象，有些是著名的作家，有些是我很喜欢的作家；体例上也不完全工整，大多是学术论文，也有一些读书笔记和会议论文，我就按照小说、诗歌、概论三个部分将它们归类。在此提一下《浅谈五邑华工的精神遗产》，这篇文章是我2017年为参加广州大学举办的广府文化论坛而写，依据的是更久之前我当记者时的个人采访材料。2012年夏天我在开平、台山等地采访了多位九十几岁的老人，其中一位还是在医院病床上录的音。我想，十年过去了，可能他们当中有不少已经故去。那时我还多次向五邑大学中文系梅伟强教授请教问题，老人极为和蔼耐心，他是江门侨乡研究的开创者。会议召开前我曾建议组委会老师邀请梅教授参加，老人却以年迈为由婉拒。第二年年底我无意中看到悼念他的文章，才知道当时他已是癌症晚期。怀着对梅教授的敬意以及对自己记者生涯的感念，我开始四处投稿，无奈这篇文章实在不像一篇学术论文，因此它便一直放在电脑里面。

感谢广东省作家协会的"广东青年批评家丛书"出版计划，让我有机会将它收入进来，也让我得以集中整理自己这些不成熟的文字。感谢博士导师林岗教授、博士后导师贺仲明教授对我的悉心指导，同时也感谢为本书费心劳力的花城出版社黎萍、夏显夫老师。

包莹

2022年8月31日